O FAREJADOR

SPENCER QUINN

UMA INVESTIGAÇÃO DE
BERNIE & CHET

O FAREJADOR

Tradução de
FABIANA COLASANTI

EDITORA RECORD
RIO DE JANEIRO • SÃO PAULO
2012

CIP-BRASIL. CATALOGAÇÃO NA FONTE
SINDICATO NACIONAL DOS EDITORES DE LIVROS, RJ

Q62f

Quinn, Spencer
 O farejador / Spencer Quinn; tradução de Fabiana Colasanti. – Rio de Janeiro: Record, 2012.

 Tradução de: Dog on it: a Chet and Bernie mistery
 ISBN 978-85-01-08806-2

 1. Ficção americana. I. Colasanti, Fabiana. II. Título.

12-2759   CDD: 813
                     CDU: 821.111(73)-3

27.04.12   08.05.12   035120

Título original em inglês:
Dog on it: a Chet and Bernie mistery

Copyright © 2008 by Spencer Quinn

Texto revisado segundo o novo Acordo Ortográfico da Língua Portuguesa.

Todos os direitos reservados. Proibida a reprodução, no todo ou em parte, através de quaisquer meios. Os direitos morais do autor foram assegurados.

Editoração eletrônica: Trio Studio

Direitos exclusivos de publicação em língua portuguesa somente para o Brasil
adquiridos pela
EDITORA RECORD LTDA.
Rua Argentina, 171 – Rio de Janeiro, RJ – 20921-380 – Tel.: 2585-2000, que se reserva a propriedade literária desta tradução.

Impresso no Brasil

ISBN 978-85-01-08806-2

Seja um leitor preferencial Record.
Cadastre-se e receba informações sobre nossos lançamentos e nossas promoções.
Atendimento e venda direta ao leitor:
mdireto@record.com.br ou (21) 2585-2002.

Para Bailey, Gansett, Charlie, Clem e Audrey,
sem os quais este livro não teria sido possível

UM

Eu podia sentir seu cheiro — ou melhor, a bebida em seu hálito — antes mesmo que ele abrisse a porta, mas meu olfato é muito bom, provavelmente melhor que o de vocês. A chave arranhou a fechadura, finalmente encontrou o buraco. A porta se abriu, e, com um pequeno tropeção, entrou Bernie Little, fundador e coproprietário (sua ex-mulher, Leda, foi embora com o resto) da agência de detetives Little. Eu já o vira pior, mas não com muita frequência.

Ele conseguiu dar um sorriso fraco.

— Oi, Chet.

Levantei meu rabo e o deixei bater no tapete, só o suficiente para mandar um sinal.

— Estou um pouco atrasado, me desculpe. Precisa sair?

Por que precisaria? Só porque estava louco para fazer xixi? Mas aí eu pensei "Que diabos, coitado", fui até ele e pressionei minha cabeça contra sua perna. Ele coçou entre as minhas orelhas, afundando bem os dedos, do jeito que eu gosto. Êxtase. Que tal um pouco mais, atrás do pescoço? Encurvei um pouco os ombros, dando a ideia. Ah, que gostoso. Muito gostoso.

Saímos, eu e Bernie. Havia três árvores na frente; a minha preferida era a que dava uma sombra grande, perfeita para um cochilo. Levantei a pata perto dela. Uau. Não tinha percebido que estava tão perto do desespero. A noite se encheu com sons de esguichos, e eu me distraí um pouco, ouvindo. Consegui parar o fluxo — não é fácil — e guardar um pouco para molhar a pedra no fim do caminho e a cerca de madeira que separava a nossa propriedade da do vizinho, o velho Heydrich, além de mais um esguicho ou dois entre as ripas. Só fazendo o meu trabalho, nem me falem no velho Heydrich.

Bernie olhava para o céu. Uma noite linda — brisa suave, muitas estrelas, luzes brilhando no vale, e o que é isso? Uma bola de tênis nova no gramado. Fui até ela e a cheirei. Não era minha, nem de ninguém que eu conhecesse.

— Quer brincar de pegar?

Mexi nela com a pata. Como isso chegou aqui? Eu tinha ficado preso o dia inteiro, mas mantivera minhas orelhas em pé; a não ser durante o cochilo, é claro.

— Traga-a aqui, Chet.

Eu não queria obedecer, não depois de sentir o cheiro de um estranho nela.

— Vamos.

Mas eu nunca dizia não para Bernie. Dei uma ou duas lambidas na bola, tomando posse dela, então a levei até Bernie e a larguei aos seus pés. Ele deu uns passos para trás e a jogou na estrada que dá para o cânion.

— Uh-oh, onde ela foi parar?

Onde ela foi parar? Ele não conseguia mesmo ver? Isso nunca deixava de me surpreender, como ele enxergava mal depois que o sol se punha. Saí correndo atrás da bola, quicando no meio da estrada, bem à vista, joguei as patas traseiras para a frente e saltei, abocanhando-a em um pulo curto, do jeito que eu gosto; então rodopiei e corri à toda velocidade, cabeça abaixada, as orelhas agitadas pelo vento que eu mesmo criava, e a coloquei aos pés de Bernie, freando no último segundo. Se sabem de alguma coisa mais divertida que isso, me contem.

— Pegou com o pulinho? Não consegui ver daqui.

Balancei o rabo, aquela sacudida rápida de um-dois que significa sim, não a exagerada e involuntária que pode significar várias coisas, algumas das quais não são muito claras nem para mim.

— Legal. — Ele pegou a bola e estava dando alguns passos para trás de novo quando um carro desceu lentamente a rua e parou na nossa frente.

O vidro da janela desceu e uma mulher se inclinou para fora.

— Aqui é o número 13.309?

Bernie assentiu.

— Estou procurando Bernie Little, o detetive.

— Você o achou.

Ela abriu a porta, começou a sair e, então, me viu.

— Tudo bem com o cachorro?

Bernie se enrijeceu. Eu senti; ele estava de pé bem ao meu lado.

— Depende do que você quer dizer.

— Você sabe, ele é tranquilo, ele morde? Não fico muito à vontade com cachorros.

— Ele não vai mordê-la.

É claro que eu não ia mordê-la. Mas a ideia ficou na minha cabeça, isso sim. Eu soube disso por conta da saliva que subitamente ficou se acumulando na minha boca.

— Obrigada. Com cachorros, nunca se sabe.

Bernie falou alguma coisa baixinho, baixo demais até para mim; mas eu sabia que tinha sido algo bom, o que quer que fosse.

Ela saiu do carro, uma mulher alta de cabelos longos e claros e cheirando a flores e limão, além de um vestígio de outro odor que me lembrou algo que acontece apenas de vez em quando com as fêmeas do meu mundo. Como seria ter esse cheiro o tempo inteiro? Provavelmente deixaria todos loucos. Olhei para Bernie, que a observava e ajeitava os cabelos com a mão. Ah, Bernie.

— Não sei bem por onde começar. Nunca aconteceu algo assim comigo.

— Algo como o quê?

Ela torceu as mãos. As mãos são a coisa mais esquisita nos humanos, e a melhor: você pode descobrir praticamente tudo o que precisa saber observando-as.

— Eu moro em El Presidente. — Ela fez um gesto vago.

El Presidente: será que era aquele lugar onde os canos de esgoto ainda estavam sendo instalados? Eu era ruim com nomes de ruas — a não ser a nossa, Mesquite Road —, mas por que seria diferente? Eu não precisava deles para encontrar o meu caminho.

— Meu nome é Cynthia Chambliss. Trabalho com uma mulher a quem você ajudou.

— Quem?

— Angela DiPesto.

Misericórdia. Eu me lembrei de noites intermináveis, nós estacionados em frente a hotéis baratos por todo o Estado. Odiávamos trabalhar com divórcios, eu e Bernie, nunca aceitávamos nenhum. Mas agora estávamos com problemas de fluxo de caixa, como dizia Bernie. A verdade era que eu não sabia realmente o que eram "problemas de fluxo de caixa", mas o que quer que fossem, eles acordavam Bernie no meio da noite, o faziam levantar, andar de um lado para o outro e às vezes acender um cigarro, apesar de ele ter se esforçado tanto para parar de fumar.

Bernie não entregou nada a respeito de Angela DiPesto, só deu um daqueles seus pequenos acenos de cabeça. Ele era ótimo nisso. Eu podia pensar sem esforço em vários tipos diferentes que ele fazia, todos muito óbvios se você soubesse procurar o significado deles. Esse em especial dizia: 1 a 0.

— A verdade é que Angie falou muito bem de você... de como você acabou com aquele marido safado. — Ela tremeu. Eu sou muito, muito melhor nisso. — Aí, isso aconteceu e você praticamente na vizinhança e tudo... bem, aqui estou. — Ela se balançava para a frente e para trás ligeiramente, como os humanos fazem quando estão muito nervosos.

— Quando e o que aconteceu?

— Essa história da Madison. Ela desapareceu.

— Madison é a sua filha?

— Eu não disse isso? Me desculpe. É que estou tão nervosa que nem sei o que estou...

Os olhos dela umedeceram. Era sempre interessante, o choro; não o som — eu entendia isso —, mas as lágrimas, como Bernie chamava, principalmente quando vinham de Leda. Eles ficam chateados, os humanos, e sai água dos olhos deles, especialmente das mulheres. O que isso quer dizer? Bernie olhou para o chão, mexeu os pés; ele também não sabia lidar com isso, apesar de uma vez eu ter visto água saindo dos olhos dele, mais precisamente no dia em que Leda empacotou todas as coisas de Charlie. Charlie era o filho deles — do Bernie e da Leda —, e agora morava com ela, e só vinha para visitá-lo. Sentíamos falta dele, eu e Bernie.

Essa mulher — Cynthia? Chambliss? Qualquer que fosse o seu nome, a verdade é que eu não consigo guardar nomes de imediato, às vezes também perco outras coisas, a não ser que tenha uma boa visão do rosto de quem fala. Ela pegou um lenço de papel da bolsinha que carregava e limpou os olhos delicadamente.

— Me desculpe.

— Não há pelo que pedir desculpas. Há quanto tempo Madison está desaparecida?

A mulher começou a responder, mas naquele momento ouvi algo nas folhas dos arbustos do outro lado da entrada. Quando me dei conta, eu mesmo estava lá, cheirando por todo canto, talvez até cavando, mas só um pouquinho. Algum cheiro estava no ar, sapo ou rã ou... opa: cobra. Eu não gostava de cobras, não gostava nem um...

— Chet? Você não está cavando aí, está?

Saí dos arbustos e trotei até Bernie. Oops, meu rabo estava baixo, enfiado entre as pernas, de um jeito culpado. Eu o levantei na hora, alto e inocente.

— Bom garoto. — Ele deu uns tapinhas na minha cabeça. Tum tum. Ah.

A mulher batia um pé no chão.

— Então está dizendo que não vai me ajudar?

Bernie respirou fundo. Seus olhos pareciam cansados. O efeito da bebida estava passando. Ele logo estaria com sono. Eu também me sentia meio sonolento. Além disso, um lanchinho seria bom. Será que ainda tinha sobrado algum daqueles ossinhos de couro curtido na gaveta da pia da cozinha, os temperados...

— Não foi bem isso que eu disse. A sua filha não voltou da escola hoje. Isso quer dizer que ela desapareceu há o quê, menos de oito horas? A polícia nem abre uma investigação antes que tenha se passado um dia inteiro.

Oitos horas eu não entendia direito, mas um dia inteiro eu conhecia muito bem, da hora em que o sol nascia por trás das colinas, atrás da garagem, até quando sumia por trás das colinas, do outro lado.

— Mas você não é a polícia.

— Verdade, e nem sempre concordamos, mas com isso eu concordo. Você disse que Madison está no segundo ano do ensino médio? Então ela tem o quê, 16 anos?

— Quinze. Está na turma especial, para os mais inteligentes.

— Na minha experiência, os adolescentes de 15 anos às vezes esquecem de ligar para casa, principalmente quando estão fazendo algo impulsivo, tipo indo ao cinema, passando o tempo juntos ou até dando uma festa de vez em quando.

— Estamos no meio da semana.

— Mesmo assim.

— Eu falei, ela é inteligente.

— Billie Holiday também era.

— Como? — A mulher parecia confusa; a expressão confusa dos humanos é quase tão feia quanto a zangada. Também não entendi a história da Billie Holiday, mas pelo menos eu sabia quem ela era: a cantora que Bernie ouvia, principalmente quando estava em um dos seus momentos depressivos.

Mas mesmo que ninguém soubesse do que ele estava falando, Bernie parecia satisfeito consigo mesmo, como se tivesse marcado um ponto. Eu percebia isso pelo sorriso que cruzou seu rosto, discreto, e que sumiu rapidamente.

— Vamos fazer assim: se não tiver notícias dela pela manhã, me telefone. — E lhe entregou seu cartão.

Ela lançou um olhar hostil para o cartão, e não encostou nele.

— Pela manhã? Setenta e seis por cento dos desaparecimentos são resolvidos nas primeiras 12 horas, ou não são... — os olhos dela ficaram molhados novamente e sua voz soava como se houvesse algo preso em sua garganta — ...não são resolvidos nunca.

— Onde você ouviu isso?

— Eu não *ouvi*. Procurei na internet antes de vir aqui. O que você não parece entender é que Madison nunca fez nada assim e nunca faria. Pelo menos, se não vai ajudar, pode recomendar alguém que ajude.

Recomendar outra agência? Isso já havia acontecido antes? Eu não entendia a expressão de Bernie de jeito nenhum.

— Se é o dinheiro que o preocupa, estou disposta a pagar o que você cobrar, além de um grande bônus assim que a encontrar. — Ela enfiou a mão na bolsa, puxou um rolo, separou algumas notas. — Que tal 500 dólares de adiantamento?

Os olhos de Bernie se viraram para o dinheiro e ficaram lá, seu rosto agora claro para qualquer um, a qualquer distância, sua mente no fluxo de caixa.

— Eu gostaria de ver o quarto dela primeiro. — Quando Bernie entregava os pontos, era rápido e de uma vez. Eu vira acontecer com Leda milhares de vezes.

Cynthia entregou o dinheiro.

— Siga-me.

Bernie enfiou as notas no fundo do bolso. Corri para o nosso carro — um velho Porsche conversível, a carroceria lixada, esperando havia muito tempo por uma nova mão de tinta — e pulei por cima da porta do lado do carona para o meu lugar.

— Ei. Você viu o que o seu cachorro acabou de fazer?

Bernie concordou com a cabeça, o aceno orgulhoso, confiante, o meu favorito.

— Eles o chamam de Chet, o Jato.

Quer dizer, Bernie chama, apesar de não ser frequente.

Um coiote uivou no cânion, não longe dos fundos da casa. Eu teria de lidar com isso mais tarde. Não me sentia mais nem um pouco cansado. E Bernie, girando a chave na ignição, parecia igual: louco para começar. Nós vivemos para trabalhar, eu e Bernie.

DOIS

Uma coisa sobre os humanos: eles gostam de ficar chapados. Topamos com isso direto no nosso trabalho. Eles bebem, fumam isso e aquilo, tomam comprimidos, até enfiam agulhas neles mesmos — já vimos de tudo. Mas a parte do ficar chapado eu nunca entendi, e pensei sobre isso por muito tempo. Para que seria? Um dia me toquei. Qual era a minha coisa favorita no mundo? Andar no banco da frente do Porsche, para bem longe. Sentar ereto, o vento deformando o meu rosto, as visões e os cheiros — principalmente os cheiros — passando tão rápido que eu não conseguia assimilar tudo. Velocidade, onda, sensação: eu sabia o que era ficar chapado, já fiquei chapado várias vezes.

Como agora, por exemplo, enquanto seguíamos Cynthia Chambliss, mãe da possivelmente desaparecida Madison, pela nossa rua. Eu via coisas passando por nós muito rápido: um homem levando o lixo para fora — amanhã era o dia do lixeiro? Oba! Adoro o dia do lixeiro —, meu amigo Iggy bebendo de sua tigela bem perto da porta, do lado de dentro, e virando-se, um pouco tarde demais, na direção do Porsche; por pouco ele não me viu, típico do Iggy, e então...

— Chet, por que você está latindo?

Eu lati? Oops. Deve ter sido para Iggy. E então: um coelho de rabo branco, bem imóvel no gramado de alguém, aquele rabo muito branco ao luar. O pelo das minhas costas se arrepiou.

— Chet. Sentado.

Eu sentei. Mas cacei coelhos no meu tempo, posso dizer. E uma vez... ah, sim; isso pode ser feito.

— O que há com você?

Nada, não havia nada; muito chapado, só isso. Coloquei a língua de volta para dentro; estava toda seca por causa do vento, parecia mais uma daquelas toalhas que eu às vezes encontrava no chão da lavanderia. Eu gostava de enterrá-las no jardim perto da pedra maior, mas enterrar toalhas nunca era fácil. Os ossinhos de couro... eles eram diferentes, fáceis de enterrar e... Opa! Naquele momento, tive uma lembrança muito remota de ter enterrado um que eu ainda não havia desencavado, perto da laranjeira, ao lado da cerca do velho Heydrich. Talvez ainda estivesse lá! Eu olhava para a lua e fazia planos quando viramos e paramos atrás do carro de Cynthia Chambliss em uma entrada de garagem.

Pulei para fora. O chão ainda estava quente com o calor do dia. Senti cheiro de água de piscina por perto. Seguimos Cynthia até a porta da frente de uma casa que parecia muito com a nossa, com a maioria das casas do alto do vale, porém maior.

Cynthia virou-se para Bernie.

— O cachorro vai entrar?

— Por que não?

A pele da testa dela, entre os olhos, enrugou. Isso não era bom sinal.

— Nenhum cachorro nunca entrou aqui.

Bernie olhou para a casa.

— Ainda dá tempo.

As rugas se aprofundaram.

— Como?

Bernie sorriu. Ele tinha muitos sorrisos diferentes. Este em particular eu considerava apenas como "mostrar os dentes". Fiz o mesmo. Bernie tem dentes bonitos para um humano, mas só estou sendo realista ao dizer que não são nada comparados aos meus.

— Há uma boa chance de precisarmos dele, Sra. Chambliss. Crianças desaparecidas, essa é a especialidade do Chet.

Ela olhou para mim.

— Ele parece agressivo demais para ficar perto de crianças.

Fechar a boca agora era a atitude correta. Eu sabia disso, é claro, mas por algum motivo ela não se fechou, talvez até tenha ficado ainda mais aberta, e, além disso, comecei a ofegar um pouco, um tanto entusiasmado.

— Ele nunca é agressivo, não sem motivo. — Bernie afagou a minha cabeça. Tum, tum. Eu me acalmei — Chet é um cão policial adestrado, afinal de contas.

— É?

— Formou-se em primeiro lugar da classe na escola para cães policiais.

Isso foi forçar um pouco a barra, já que eu não havia exatamente me formado. Foi assim que Bernie e eu acabamos juntos, uma longa história que conto mais tarde se tiver tempo.

— Neste caso... — Cynthia abriu a porta.

Nós entramos.

Cocô de passarinho. Senti o cheiro imediatamente, azedo e desagradável, assim como os próprios pássaros. Se eu pudesse deslizar pelo grande céu azul, eu seria desagradável? De jeito nenhum.

Seguimos Cynthia por um aposento grande, com um chão de ladrilhos frio e gostoso, e depois por um corredor, até uma porta fechada. No caminho, eu vi uma batata frita de saquinho, bem à vista perto da parede, e a engoli rapidamente; estilo Ruffles, a minha favorita.

Uma placa com um raio estava pendurada na porta. Bernie a leu.

— Alta voltagem. Mantenha distância.

— Esse é o senso de humor da Madison — disse Cynthia. Ela abriu a porta, nós entramos, e lá estava o pássaro, empoleirado em uma gaiola pendurada no teto.

— Che-et. — Bernie falou o meu nome com tom alongado que usava quando ficava preocupado com o que aconteceria em seguida. E, claro, por causa do meu talento para o salto (eu fora o melhor na minha turma de adestramento, o que causava todo o problema, de um jeito que eu não conseguia lembrar direito, apesar de haver sangue na história), como eu poderia não considerar certas possibilidades? Mas eu não ia descobrir agora, ia? Estávamos trabalhando. Tum tum. — Bom garoto.

O pássaro — verde, com pés e pernas escamosas e amarelas e um arrepiado esquisito na cabeça — grasnou de uma forma horrível.

— Ouviu isso? — falou Cynthia.

— O quê?

— Ele disse "Madison manda bem". Ela o ensinou. Ele também sabe dizer outras coisas.

Opa. Cynthia estava alegando que ele — esse prisioneiro de olhos redondos — podia falar? Eu não acreditei.

— O nome dele é Capitão Crunch.

Capitão Crunch balançou a cabeça para a frente e para trás, um movimento feio parecido com o de um lagarto, e fez o barulho horrível de novo. O som terminou em um chiado alto que machucou meus ouvidos. Uma olhada para Bernie e percebi que ele não ouvia o barulho. Bernie não reparava em algumas coisas, verdade, mas merecia admiração: nunca deixava que suas deficiências o abatessem.

— O que mais ele sabe dizer?

Ah, Bernie, por favor.

Cynthia se aproximou da gaiola.

— Vamos lá, *come on baby.*

Grasnido grasnido.

— Ouviu isso?

— O quê?

— "Light my fire"[1]. Ele disse "light my fire" quando eu falei "come on baby".

Tá bom.

Mas Bernie estava com uma daquelas caras, muito quieto, os olhos escuros, sinal de que ficara interessado em alguma coisa.

— O que mais?

Cynthia deu um tapinha na gaiola. Suas unhas eram longas e brilhantes.

— Capitão Crunch? Quer uma bebida?

Grasnido grasnido.

— Pode fazer um duplo? — perguntou Bernie.

— Isso mesmo — disse Cynthia.

— Bem impressionante. — Sério? Um pássaro que supostamente diz "Madison manda bem", "light my fire" e "pode fazer um duplo"? Impressionante em que sentido? O que eu não estava entendendo? Bernie se virou para mim. — Chet! Por que está rosnando?

Eu não estava rosnando. Mas me afastei, me sentei ao lado da TV. Ela ficava em cima de uma mesinha. Naquele momento, senti um cheiro familiar dos meus dias na escola de adestramento, e vinha dali, debaixo da mesa: um saquinho plástico com maconha.

Bernie me deu uma olhada rápida.

— Pelo amor de Deus, Chet. Pare de latir. — Ele se virou para Cynthia. — Madison fala muito com o pássaro?

— O tempo todo. Ela está com ele por, sei lá, a vida toda, chega a achar que ele é humano.

---

[1] Referência aos versos "Come on baby, light my fire", de "Light My Fire", do The Doors.

Bernie deu um tapinha na gaiola. Suas unhas eram curtas, roídas ao ponto de praticamente não existirem.

— Onde está Madison? — disse.

O pássaro ficou em silêncio. O quarto inteiro ficou silencioso. Bernie e Cynthia olhavam para o pássaro. Eu olhei para Bernie. Às vezes ele me preocupava. Se estava contando com o testemunho ocular do Capitão Crunch, o caso não tinha solução.

— Que ideia brilhante — disse Cynthia. Ela olhou para o Capitão Crunch. — Onde está Madison? — falou. Quando o pássaro permaneceu calado, ela acrescentou em tom de apelo: — Vamos lá, *come on baby*.

— "Light my fire" — disse Capitão Crunch. Dessa vez eu mesmo ouvi.

— Vamos voltar um pouco — falou Bernie. — Gostaria de estabelecer uma cronologia.

— O que é isso?

Eu também estava curioso. Bernie usava palavras grandes às vezes. Se tivesse escolha, ele provavelmente passaria todos os dias com o nariz enfiado em um livro; mas com a pensão alimentícia para o filho e o investimento fracassado em uma firma que fazia calças com estampas de camisas havaianas — ele adorava camisas havaianas —, Bernie não podia escolher.

— Uma linha do tempo — disse ele. — Quando foi a última vez em que viu Madison?

Cynthia olhou para o seu relógio. Era grande e dourado. Ela tinha mais ouro em volta dos pulsos e do pescoço, e nas orelhas. Eu havia lambido ouro algumas vezes. Não gostei, apesar de prata ser pior.

— Às 8h15 — falou Cynthia. — Quando a deixei na escola.

— Que escola?

— Heavenly Valley High.

— Não conheço.

— É bem nova, logo ao norte de Puma Wells. Meu ex é empreiteiro por lá.

— O seu ex é o pai da Madison?

— Isso mesmo. Estamos divorciados há cinco anos.

— Telefonou para ele?

— É claro. Ele não a viu.

— Você tem a custódia?

Cynthia assentiu.

— Ela passa alguns fins de semana com Damon, um Natal sim, outro não, esse tipo de coisa.

Bernie pegou seu caderno e caneta.

— Damon Chambliss?

— Keefer. Eu voltei a usar o meu nome de solteira.

Nome de solteira? O que era isso mesmo? Essas pessoas ficavam mudando de nome. Eu não entendia. Eu era Chet, pura e simplesmente.

— Madison usa o nome Chambliss?

— Usa.

— E tinha mais ou menos dez anos na época do divórcio?

— É.

— Como ela reagiu?

Cynthia ergueu os ombros e os abaixou logo em seguida: o "dar de ombros". Às vezes queria dizer que eles não se importavam — o que é difícil para mim —, mas será que esta era uma dessas vezes?

— Você sabe o que dizem.

— O que dizem?

— O divórcio é melhor para as crianças do que um casamento ruim — falou Cynthia.

Bernie piscou. Só um movimento minúsculo, quase imperceptível, mas eu sabia no que ele pensava: em Charlie e em seu próprio divórcio. Quanto a casamento e divórcio, não olhem para mim. São completamente desconhecidos, de onde eu venho.

— Mas — disse Cynthia — não vejo o que isso tem a ver com o desaparecimento de Madison.

Nem eu, exatamente.

— Só estou preenchendo as lacunas — justificou Bernie. Uma de suas frases preferidas, funcionava perfeitamente na maioria das situações.

— Me desculpe — disse Cynthia. — Não quis lhe ensinar o seu trabalho. É só que... — Os olhos dela ficaram molhados de novo. Certa vez uma das lágrimas gordas da Leda havia caído no chão e eu provei. Salgada; uma grande surpresa. — É só que... Ah, Deus, onde ela está?

Bernie olhou em volta, viu uma caixa de lenços de papel na mesa, passou um a ela.

— Quando se deu conta de que ela podia ter desaparecido?

— Quando ela não voltou para casa. Ela vem de ônibus. Eu fico aqui, mas as tardes são movimentadas, trabalho em casa gerenciando um pequeno negócio.

— Fazendo o quê?

— Design de e-cards.

— E-cards?

— Posso colocá-lo em minha lista, se estiver interessado — falou Cynthia. Ela pegou outro lencinho, assoou o nariz. O nariz dela era pequenininho, inútil, muito diferente do meu, mas eu não conseguia parar de imaginar: como seria, assoar? De repente, meu próprio nariz começou a se contorcer. Cynthia e Bernie continuaram falando por algum tempo sobre o ônibus, sobre Madison não sair, sobre vários telefonemas que ela, Cynthia, dera para a escola, para as amigas de Madison, para o ex, mas eu não estava realmente ouvindo, absorto em todas aquelas sensações estranhas no meu nariz.

E então:

— Por que ele está rosnando deste jeito?

— Acho que ele não está rosnando — disse Bernie. — Parece que está contorcendo o nariz. Chet? Você está bem?

Humilhação. Eu me dei uma boa sacudida, sempre uma boa maneira de começar do zero, e me aproximei de Bernie, alerta, rabo alto.

— Ele está bem — disse Bernie.

Cynthia olhava para mim de um jeito esquisito.

— Nunca vi um cachorro como este antes.

— Como o quê?

— As orelhas dele. Uma é preta e a outra é branca.

Falta de educação comentar a aparência de alguém desse jeito. Tudo mundo já não sabia disso? Decidi naquele instante que não gostava de Cynthia. Uma olhada para Bernie e pude ver que ele também não.

— Vou precisar de algumas coisas — recomeçou ele, a voz tranquila se aproximando da frieza. — Contatos do seu ex, das amigas de Madison, qualquer pessoa especial na vida dela: treinadores, professores et cetera. Além de uma boa foto.

— É para já — falou ela, e saiu do quarto.

Bernie se virou para mim e, em voz baixa, foi direto ao assunto.

— Encontrou alguma coisa?

Fui até a mesa da TV, me inclinei para a frente, indicando o caminho. Bernie se ajoelhou e pegou o saco de maconha. Ele avaliou o peso na mão e deslizou a embalagem de volta para debaixo da mesa.

— Bom garoto. — Afago e uma coçada rápida entre as orelhas. Ah.

Cynthia voltou, com uma folha de papel e a foto de uma garota de rabo de cavalo para Bernie. Posso passar sem cavalos, mas gosto de rabos de cavalo.

— Madison tem namorado? — perguntou Bernie.

— Não.

Bernie olhou em volta.

— Então isso deve bastar — disse ele. — Além de algo com o cheiro de Madison.

— Sua fronha?

Bernie foi até a cama, tirou uma fronha que me parecia cor-de-rosa, apesar de eu não ser nenhum especialista em cores, segundo ele. Eu a cheirei algumas vezes, detectei o cheiro de Madison: jovem fêmea humana, com traços de mel, cereja e um tipo de flor da cor do sol que eu às vezes via margeando as estradas. Bernie dobrou a fronha e a lacrou em um saco plástico.

— Entraremos em contato — disse ele. — Mas se souber de alguma coisa, ligue imediatamente, dia ou noite.

— Obrigada. Fico muito grata. — Cynthia nos guiou pelo corredor até a porta da frente. — Angela DiPesto falou maravilhas sobre você.

Bernie parou, virou-se para ela.

— Você disse que trabalhava com ela.

— Isso mesmo.

— O que ela tem a ver com e-cards?

— Ela fez o meu software.

— Angela DiPesto?

Cynthia confirmou e abriu a porta. Uma garota vinha pelo caminho, uma menina de rabo de cavalo e mochila. Seu rosto ainda estava oculto pelas sombras da noite, mas eu soube na hora quem era, pelo cheiro.

— Madison? — disse Cynthia. Ela cobriu a boca, uma daquelas coisas que as fêmeas humanas fazem às vezes, e os machos humanos nunca. — Ah, meu Deus, onde você estava?

Bem baixinho, para ninguém em particular, Bernie disse:

— Eu preciso beber.

Dos fundos da casa veio a voz áspera do Capitão Crunch:

— Pode fazer um duplo.

TRÊS

Madison tinha o mesmo cheiro de sua fronha, mas com suor misturado; suor e também um pouco de maconha. O suor humano, é um assunto amplo. O que é produzido por exercícios físicos tem um cheiro fresco e picante. Aquele que é resultado da falta de banho é menos fresco, com vagos elementos não humanos. O tipo que vem com o medo — o que eu cheirava agora — fica entre os dois.

Cynthia saiu da casa, agarrou o pulso de Madison.

— Onde você se meteu? Eu estava ficando maluca.

— Eu... — Madison começou, mas parou ao ver Bernie.

— Este é o Sr. Little. Ele é detetive.

— Detetive?

— Eu estava louca de preocupação.

— Pelo amor de Deus, mãe. Você chamou um detetive?

— Onde você estava? Responda!

Madison mordeu o lábio. Eles faziam isso às vezes. O que significava? É difícil dizer, exatamente, mas eu sempre reparo.

— Não é minha culpa. O Sr. Rentner recomendou.

— Sr. Rentner? Do que você está falando?

— Qual é, mãe. Meu professor de História. O que gostou do meu trabalho sobre...

— Sei, sei, o que tem ele?

— Ele disse que devíamos ver um tal filme sobre a Rússia.

— Você estava no cinema?

— Fizeram uma sessão especial no shopping North Canyon. Só hoje e amanhã. Assisti ao filme e depois fiquei por lá até conseguir uma carona para casa.

— Com quem?

— Um cara do último ano... Você não conhece.

— Como ele se chama?

— Tim Alguma Coisa. Eu também não o conheço bem.

Cynthia olhou para Madison, a cabeça voltada um pouco para cima, já que a filha era mais alta.

— Por que não ligou?

— Me desculpe, esqueci.

— Eu liguei para você um milhão de vezes.

— Eu desliguei o telefone, mãe. Tipo, cinema, celular, sabe?

— Não fale assim comigo.

Madison olhou para baixo.

Houve um silêncio. Então, Cynthia disse:

— Vamos entrar. — Ela se virou para Bernie. — Obrigada por vir.

— Sem problema — disse ele. — Fico feliz que tenha dado tudo certo. — Ele olhou para Madison. — Também sou um grande fã do cinema russo. Qual você viu?

— *Dr. Jivago* — respondeu Madison. — Estamos estudando as revoluções russas.

— Adoro *Dr. Jivago* — disse Bernie. Nós víamos muitos filmes, eu e ele, apesar de eu não lembrar desse. A verdade é que eu não prestava muita atenção, a não ser que o meu pessoal estivesse envolvido, mesmo em papéis pequenos, como em *Melhor é impossível*, por exemplo, ou *Os Caça-Fantasmas II*. Bernie acrescentou um comentário:

— Minha parte favorita é a cena da quadra de tênis.

— É — falou Madison. — Essa foi legal. — Então fez algo que me pegou de surpresa: chegou mais perto e me fez um carinho, muito suave e de levinho. — Adorei o seu cachorro.

Elas entraram na casa. Nós fomos embora.

Era tarde. Bernie achou um resto de filé na geladeira, passou molho para churrasco, cortou em dois e fizemos um lanchinho. Ele abriu uma cerveja, sentou-se à mesa.

— Eu me sinto culpado, nem me ofereci para devolver os 500 dólares.

Mastiguei meu bife. Amava bife, podia comer todo dia.

— A não ser por um detalhe, Chet. Sabe o que é?

Desviei o olhar da tigela, um pedaço de carne possivelmente saindo pelo canto da minha boca.

— Não há uma cena com quadra de tênis em *Dr. Jivago*.

Bernie abriu seu laptop, eu me virei para a tigela de água.

— Deixe-me trocar a água.

Ele encheu a tigela de água da pia, até jogou alguns cubos de gelo. Ah. Adoro cubos de gelo. Ele voltou para o laptop.

— É, *Dr. Jivago* está passando no shopping North Canyon, naquela salinha de cinema nos fundos. E o Sr. Ted Rentner dá aula de História na Heavenly Valley High. — Ele suspirou. É, o suspiro, também interessante. Quanto mais jovem o humano, na minha experiência, menos eles suspiram. — Dois tipos de mentira, Chet. A mentira grande, totalmente falsa, e a pequenininha enfiada em uma teia de verdades. A garota é muito boa. — Ele sacudiu a garrafa de molho, jogou um pouco mais no seu filé. — Cynthia disse que ela estava na turma dos mais inteligentes?

Eu não fazia ideia. Estraçalhei um cubo de gelo. Deu uma sensação ótima nos dentes, e as lasquinhas frias rodopiavam em minha boca, me refrescando todo. A hora do jantar — mesmo um lanche rápido como aquele — era algo que nós sempre aguardávamos com ansiedade, eu e Bernie.

Ele fechou o laptop.

— Por outro lado, ela está em casa, e bem. É o que importa. Mas entende por que eu não me sinto tão mal por aceitar o dinheiro?

Claro. Nós precisávamos desesperadamente de dinheiro. Nossas finanças estavam um caos — pensão, calças havaianas e quase nenhuma renda, a não ser por casos de divórcio. Bernie falava nisso direto, quase toda noite. Uma formiga, uma daquelas pretas suculentas, saiu de debaixo do fogão e tentou passar bem na minha frente. Que ideia foi essa? Mal tive que mover a língua. Bernie sempre salientava a importância de proteína na dieta.

O quarto de Bernie — muito bagunçado, com roupas, livros e jornais largados pelo aposento inteiro — ficava nos fundos da casa, com vista para o cânion. Ele dormia na mesma cama grande que havia dividido com Leda. Naquela época eu dormia na cozinha. Agora ficava no chão aos pés da cama. Havia um belo tapete macio em algum lugar debaixo de todo o entulho.

— Boa noite, Chet.

Fechei os olhos. A noite esfriava e Bernie estava com o ar desligado, as janelas abertas. Muitas coisas aconteciam no cânion — uivos de coiotes, ruídos, um grito agudo subitamente interrompido. A respiração de Bernie ficou lenta e regular. Ele gemeu uma ou duas vezes enquanto dormia. Uma vez resmungou algo que soou como "quem sabe?". Um carro desceu a rua e, pelo som, pareceu diminuir a velocidade ao se aproximar da casa. Levantei a cabeça. O carro seguiu adiante, o barulho do motor diminuindo até sumir. Eu me levantei, andei em um círculo pequeno e me deitei de novo, esticando bem as patas. Uma orelha branca e uma preta? E daí? Em pouco tempo eu estava correndo pelo cânion, caçando coiotes, lagartos e javalis americanos sob o luar — nos meus sonhos, é claro. Na vida real, o cânion estava fora dos meus limites, a não ser que eu estivesse com Bernie. Mas ele confiava em mim. Pelo menos eu não tinha que lidar com uma cerca elétrica, como o velho e pobre Iggy.

Acordei com o som de Bernie roncando. O quarto estava escuro, a não ser por uma leve fresta prateada entre as cortinas. Eu me levantei — me sentia bem, o apetite afiado, um pouco de sede — e fui para o lado da cama. Bernie estava deitado de costas, só o rosto aparecendo, do queixo para cima. Sua testa estava toda enrugada, do jeito que ficava quando ele pensava em algum problema sério. Havia círculos escuros sob seus olhos; ele parecia mais cansado do que quando deitou. Pus minha cabeça no cobertor.

Um carro desceu a rua. Esse não foi em frente, mas parou com um leve canto de pneus. Uma porta bateu. Só pelo barulho da batida, tive certeza de quem era. Corri para fora do quarto, pela cozinha e para a sala de TV. A janela dava para a rua, e sim, lá estava Leda, andando a passos largos. Charlie estava dentro do carro, olhando para fora.

Corri para o quarto.

— Chet, pelo amor de Deus. — Bernie agarrou o cobertor, tentando me impedir de puxá-lo. — Pare com isso. Eu estou dormindo.

Blim-blom. A porta da frente.

Bernie se sentou.

— Chegou alguém?

Blim-blom.

— Chet! Que diabos? Saia da cama.

Eu estava na cama? E meio que dando patadas no Bernie? Oops. Pulei para fora. Ele levantou e vestiu o roupão, o esburacado cujo cinto ele perdeu. Saiu correndo do quarto, os cabelos desarrumados, o hálito bem forte. Fui atrás.

Ele abriu a porta e piscou com a claridade. Leda tinha olhos claros, como o céu no inverno. Ela olhou para Bernie, para os cabelos despenteados e o roupão; depois para mim, e novamente para ele. Bernie só ficou parado ali, a boca aberta.

— Você se sente bem me humilhando assim? — disse ela.

— Hein? — perguntou ele.

Também não entendi. Sempre tive problemas para entender Leda, mesmo a uma distância curta como essa, em que eu podia ver cada movimento dos seus lábios, cada expressão em seu rosto.

Ela sacou um papel, jogou-o para ele.

— O que é isso?

— Uma carta da escola, obviamente.

Bernie olhou para a carta, os olhos indo de um lado para o outro.

— O cheque da mensalidade? Mas eu tenho certeza de que havia dinheiro suficiente na conta. Eu até…

Leda arrancou a carta dele.

— Não se preocupe. Malcolm pagou.

Malcolm era o namorado. Eu só o vira uma vez. Usava chinelos e tinha pés compridos e magros com dedos compridos e magros.

— Então agora você deve a ele.

— Mas não vejo como…

Corri até o carro. Charlie abriu a porta. Pulei, dando uma bela lambida em seu rosto.

— Chet, o Jato! Como você está, garoto?

Ótimo, nunca estive melhor. Charlie acariciou as minhas costas.

— Ei, o que é isso? — Ele catou alguma coisa no meu pelo. — Você está com um carrapato. — Um carrapato? Eu nem tinha percebido, mas agora o sentia saindo. Um beliscão e o som de algo estourando, ótimo. Charlie segurou o carrapato no alto, uma coisa horrível e inchada.

— Nojento — disse, e o jogou na sarjeta.

Havia uma corrente forte de ar no carro, bem agradável. De início não me dei conta de que vinha do meu próprio rabo, que sacudia com muita força. Charlie riu: o melhor som feito pelos humanos, e o riso de criança é o melhor de todos. Charlie tinha um rosto redondo e uma mistura engraçada de dentes, alguns grandes, outros pequenininhos.

— Acabei de passar aspirador no carro. — Do nada, Leda apareceu bem atrás de mim.

— Chet não solta pelo — falou Charlie.

— Todos os cachorros soltam pelo.

Saí de ré. Leda me lançou um olhar zangado. As coisas aconteciam rápido, era sempre assim quando ela estava por perto. Soltar pelo é um grande problema, tenho consciência disso, mas os humanos também soltam: cabelos e outras coisas caem o tempo inteiro, eu garanto.

Bernie se aproximou, fechando o roupão com as mãos.

— Oi, Charlie.

— Oi, pai.

— Ele vai chegar atrasado na escola — disse Leda.

— Te vejo no fim de semana.

— Podemos ir acampar?

— Não vejo por que não.

— Porque vai fazer 35 graus — comentou Leda. Ela entrou no carro.

— Tchau.

— Tchau.

E eles foram embora, a luz do sol brilhando contra a traseira do carro. Bernie acenou.

Com toda a comoção, não percebi que outro carro havia encostado. Uma mulher tinha descido, olhava para nós. Bernie virou-se para ela.

— Bernie Little?

— Sim?

— Oi, eu sou Suzie Sanchez. — Ela se aproximou, esticou a mão. Bernie a apertou, fechando a frente do roupão com a outra mão, as sobrancelhas levantadas. Ele tinha sobrancelhas escuras e proeminentes, que se expressavam de uma forma muito particular.
— Do *Valley Tribune*. Espero não ter vindo no dia errado.
— Dia?
— Para a matéria que discutimos: um dia na vida de um detetive particular do Valley. O tenente Stine, da Polícia Metropolitana, o recomendou.
— Ah — disse Bernie — Certo, certo. — Eu tinha ouvido falar disso? Talvez sim, talvez não. Bernie olhou para os pés descalços.
— Estou um pouco atrasado, sinto muito. Devido a... circunstâncias. Volto já.
Os olhos de Suzie Sanchez desviaram-se para a rua, na direção em que Leda havia ido.
— Sem pressa, eu reservei o dia todo.
Ela olhou para mim. Seus olhos eram luminosos, escuros e brilhantes como as bancadas da cozinha.
— Que cachorro fofo! É seu?
— Este é o Chet.
— Posso fazer carinho nele?
— Não sabe no que está se metendo.
Suzie Sanchez riu; a risada não era tão bonita quanto a do Charlie, mas chegava bem perto. Ela se aproximou, me mostrou sua mão — tinha cheiro de sopa e limões — e me coçou entre as orelhas, onde, descobri naquele momento, eu estava com coceira. Ah.
— Ele gosta de petiscos?
Se eu gosto de petiscos? Era essa a pergunta? Ela pôs a mão na bolsa, tirou um biscoito no formato de osso, tamanho grande.
— Leva biscoitos de cachorro por aí com você?
— Repórteres encontram cachorros o tempo todo — disse ela —, nem todos tão bonzinhos quanto o Chet.

Ela abaixou o biscoito, deixando-o ao meu alcance. Não seria bom abocanhá-lo de forma gananciosa, não combinaria com a minha pose de fofo. Eu estava me dizendo isso quando... abocanhei!

Suzie Sanchez riu de novo. Engoli o biscoito em duas mordidas, talvez uma. Alguma marca nova para mim, e a melhor que eu já havia provado. Que mundo!

— Ele pode comer outro? Tenho uma caixa cheia no carro.

Fortes correntes de ar sopraram ao meu redor.

QUATRO

Tocaias: já participei de um milhão delas. Está bem, provavelmente não um milhão. A verdade é que eu não sei o que é um milhão, exatamente — nem qualquer outro número, por falar nisso —, mas entendo o que Bernie quer dizer. Um milhão significa muito, como "aos montes", outra expressão preferida de Bernie, talvez até mais.

— Isso é emocionante — disse Suzie.

Ficamos sentados ali, eu, Bernie, Suzie Sanchez. Tínhamos uma caminhonete que usávamos para tocaias, velha, preta, imperceptível. O banco da frente era inteiriço, então eu estava no meio; não era bom, o espelho interferia na minha visão, mas eu não sou de reclamar.

— Emocionante como?

— Só de pensar que algo dramático pode acontecer a qualquer momento... — Suzie fez um gesto com o copo de café na direção do estacionamento no outro lado da rua. Estávamos no Valley, mas não me pergunte onde. O Valley se estendia em todas as direções e, apesar de eu ter quase certeza de que poderia encontrar o caminho para casa estando em qualquer uma delas, isso não aconteceria através de um método que vocês entendessem.

Bernie abriu um saquinho, jogou o conteúdo em seu café, mexeu com um lápis.

— Eu não diria dramático. Não necessariamente.

— Mas o divórcio é um divisor de águas, não é? Eu chamaria isso de dramático.

Bernie assentiu, um movimento lento com os olhos voltados para o outro lado, o que significava que ela havia atraído sua atenção. Seu olhar desviou-se novamente, passou por mim, por ela, e depois se dirigiu para longe.

— Já se divorciou?

— Ah, não — disse ela. — Mas meus pais sim, então eu sei sobre a divisão de águas.

Bernie tomou um gole de café. Eu provara café uma ou duas vezes, não entendi por que tanta comoção. Água era a minha bebida: deliciosa todas as vezes, nunca falhava.

— Então você é, hum, casada?

Pessoas começaram a sair dos prédios comerciais. Eu sabia o que isso queria dizer: hora do almoço. Eu estava ficando com um pouco de fome, apesar de só comer café da manhã e jantar, não me perguntem por quê — se entendam com Bernie.

Agora era a hora de observar com atenção dobrada, no caso de o nosso cara se perder na multidão. Mas Bernie não estava prestando atenção, não estava observando nada. Na verdade, ele olhava para as mãos — Bernie tinha mãos grandes e fortes, um ou dois dedos deformados —, fazendo o quê, eu não sabia. Esperando que Suzie respondesse a pergunta? Talvez? Suzie disse alguma coisa, mas o que quer que ela tenha dito, eu não ouvi, porque lá estava o nosso cara, atrás de duas mulheres do outro lado da rua. Bernie guardava rostos muito melhor que eu, principalmente de longe, mas estávamos atrás desse cara há dias e ele tinha um bigode, um grande bigode preto que dividia seu rosto em duas partes, o que o tornava fácil de reconhecer.

— Por que o Chet está rosnando deste jeito?

— Eu não... — Bernie finalmente ergueu a cabeça e olhou pela janela — É ele. Justin Anthony III.

— Ele parece mesmo suspeito — falou Suzie.

Bernie riu. Onde estava a graça?

Justin Anthony III entrou em um carro enorme, talvez um daqueles Hummers que Bernie odiava tanto, ou não — identificar carros era outra das minhas fraquezas. Todos tinham o mesmo cheiro. Ele entrou no trânsito. Nós o seguimos.

Bernie dirigia, sempre mantendo um ou dois carros entre nós e o alvo, a palavra que usávamos para qualquer um que seguíssemos. Sentei-me ereto e fiquei de pé para pôr meu rosto bem perto do para-brisa.

— Chet. Sente-se, pelo amor de Deus. Olha só o que você fez com o retrovisor.

Mas... eu sentei.

— E pare de ofegar.

Eu não podia fazer nada quanto a isso.

Suzie puxou um caderno.

— Então a situação aqui é que a sua cliente, a Sra. Justin Anthony III...

— Não planeja usar os nomes verdadeiros?

— Só o seu.

— E o do Chet. Pode usar o nome verdadeiro dele.

— É diminutivo de alguma coisa? Chester?

Chester? Isso era nome? Não me diga que meu nome verdadeiro é Chester.

— Só Chet — falou Bernie.

Ufa.

Suzie anotou em seu caderno.

— Então sua cliente suspeita de que o marido a está traindo?

— Mas não pode provar. O divórcio vai ser muito melhor para ela se puder.

— Eles são ricos?

— Não diria ricos. Ele é corretor de valores e ela é avaliadora de imóveis.

— Típico casal do Valley.

Bernie riu de novo. Por quê? Eu não fazia ideia, mas era bom de ouvir.

— E o seu instinto diz o quê? Está traindo ou não?

— Está traindo sim.

— Mas você o segue há uma semana, sem resultados. O que te dá tanta certeza?

— Noventa e nove por cento do tempo, se uma mulher suspeita de traição do marido, ela está certa.

— Por que isso?

— Elas intuem alguma coisa.

A caneta de Suzie estava se movendo rápido.

— E o contrário? Maridos suspeitando das mulheres?

— Estão certos metade das vezes, se tanto.

— É? Por quê?

— Talvez os homens tenham uma imaginação mais fértil.

— Você está brincando comigo.

Bernie nem estava rindo, e não havia brinquedos ao redor. Não foi dada nenhuma explicação — não que eu me importasse com esse assunto em particular, ou com nenhuma parte da conversa enquanto estávamos trabalhando — porque naquele instante o carrão entrou em uma rua estreita e estacionou em frente a um prédio baixo e comprido com muitas portas e uma placa grande com um cacto.

— O Saguaro Motor Inn? — falou Suzie. — Minha irmã e umas amigas ficaram aqui no ano passado.

— Um lugar respeitável em uma área segura — observou Bernie, dando ré para entrar em uma vaga no lado oposto do estacionamento. — Ele é corretor de valores, afinal de contas.

Justin Anthony III saiu de seu carro, entrou por uma porta no final do prédio e voltou com uma chave na mão. Andou até uma porta do outro lado e entrou.

Bernie pegou seu gravador, falou baixo.

— 12h22, o alvo Justin Anthony III entra no quarto 37 do Saguaro Motor Inn, na East Pico Road, 6371.

Nós esperamos.

— Incomoda-se se eu fumar? — perguntou Bernie.

— Você fuma?

— Não. Na verdade, não. — Ele não acendeu o cigarro. Por um lado, eu sabia o quanto ele se esforçara para parar; por outro, eu gostava do cheiro.

— Há quanto tempo conhece o tenente Stine? — perguntou Suzie.

— Alguns anos.

— Ele falou muito bem de você.

Bernie fez um movimento minúsculo de cabeça. Aquele era o meu favorito: significava que ele gostou do que ouviu.

— Mencionou que você estudou em West Point.

— Aham.

— Ser aceito já é um grande feito.

Bernie estava em silêncio. Ficamos observando a porta — eu podia ver o número, duas pecinhas de metal, mas teria que acreditar na palavra do Bernie de que era o 37.

— E onde entra o beisebol? O tenente Stine falou alguma coisa sobre isso.

— Joguei algum tempo. Estavam com poucos lançadores naquele ano, ou nunca teriam me escalado.

— Você jogou como lançador para o Exército?

Outro movimento de cabeça, este não tão feliz.

— Eu adoro beisebol. Você era lançador de força ou de precisão?

— De força, se quiser chamar assim, até eu arrebentar o braço. Foi quando descobri que precisão não era o meu... — Ele parou de falar. Um carrinho encostou rapidamente no estacionamento e parou ao lado do maior. Uma mulher cheia de curvas saiu, foi até o número 37, um pouco desequilibrada nos saltos pontudos do sapato, e bateu. A porta se abriu por dentro. Vi de relance Justin Anthony III, sem roupa. No mesmo momento ouvi um clique da câmera do Bernie. A porta fechou.

Bernie falou no gravador, descreveu a mulher, marcou a hora da chegada, o modelo e a placa do carro. Tirou mais algumas fotos. Aí abriu o laptop, bateu nas teclas.

— O carro está registrado em nome de uma Srta. Cara Thorpe.

— Bate bate bate. — Ela tem um apartamento de luxo em Copper City, trabalha para uma seguradora, nunca se casou, sem filhos, boa avaliação de crédito.

— Nós vamos sair do carro?

— Para quê?

— Não quer tentar tirar fotos pela janela, sei lá?

Bernie não respondeu. Desviei os olhos da porta do motel para ele. A cor de seu rosto estava mudando, ficando mais escura. Isso, eu sabia, era chamado de enrubescer. Era algo que Bernie sempre tentava detectar quando interrogava alguém, muito importante, apesar de eu não ter certeza do por quê. Eu nunca o vira assim.

— As provas que temos já devem ser suficientes.

Eu que o diga. Nudez frontal completa era o tipo de prova irrefutável na nossa profissão. Os humanos ficavam com uma cara muito culpada quando estavam sem roupa, caso encerrado; tão diferentes de mim, por exemplo, ou de qualquer um dos meus amigos, até do Iggy. Nós simplesmente não precisamos delas, ponto final. Sapatos, por exemplo — o que eu faria com sapatos? Paletó e gravata? Por favor.

Suzie virou uma página do caderno.

— O tenente Stine disse que você saiu do Departamento de Polícia Metropolitana há uns seis anos.

— Verdade.

— Por quê?

Às vezes Bernie respirava fundo pelo nariz, produzindo um sibilo baixo, e então deixava o ar sair pela boca, lenta e silenciosamente. Ele fez isso agora.

— Era hora de mudar.

— E qual foi o caminho que o trouxe de West Point até aqui?

— Isso faz mesmo parte da matéria?

— Aqui entre nós, então.

— Eu gosto do deserto. O deserto americano.

— Esteve em outros desertos?

— Estive.

— Em combate?

— É.

— O que pode me dizer sobre isso?

Eu me empertiguei. Esse era um assunto sobre o qual Bernie nunca falava, com ninguém. Ele esticou a mão, ajustou a minha coleira; a placa de metal havia se enrolado para dentro. Ah. Assim era melhor.

— Não há mesmo muito o que dizer.

Então veio um longo silêncio, a não ser pelos sons quase inaudíveis de Suzie escrevendo. O tempo passou. Minha mente vagou para uma espécie de linguiça portuguesa que eu havia comido uma vez; não me lembrava onde ou quando, mas podia sentir o gosto, bem ali na tocaia.

— E quanto a... — Suzie começou, no momento em que a porta do motel se abriu. Justin Anthony III apareceu, completamente vestido. Ele alisou seu bigode, entrou no carrão, foi embora.

Bernie gravou a hora.

— É isso, então? — disse Suzie.

— Vamos esperar ela sair.

— Por quê?

— Na verdade, não há motivo. O quarto estava vazio quando chegamos aqui.

— É só para fechar o círculo?

Bernie sorriu.

— Exatamente.

Ele e Suzie trocaram um olhar rápido; se tinha algum significado, eu não peguei.

Ficamos sentados ali, esperando que a Srta. Cara Thorpe aparecesse. Um carro entrou no estacionamento, diminuiu a velocidade, estacionou ao lado do dela. Um homem de chapéu de caubói saltou. Ele andou até o número 37 e bateu. A porta abriu. O homem entrou, mas antes que a porta se fechasse, tive um vislumbre da Srta. Cara Thorpe sem roupa.

Os olhos de Suzie se arregalaram.

— Ela está traindo o traidor?

— Botando na conta do traidor — disse Bernie. — Eu me pergunto se estão usando o frigobar.

Suzie riu.

— Vai contar essa parte para a cliente?

Bernie negou com a cabeça.

— Não levaria a nada produtivo. — Ele virou a chave. Achei ter ouvido um gritinho parecido com um guincho vindo de trás da porta do número 37. Os humanos guincham, às vezes os porcos, como os javalis americanos, por exemplo: eu os ouvira guinchar bem de perto, mais de uma vez. Alguém mais? Não que eu lembrasse.

Eu gostava de dormir aos pés da cama de Bernie, mas meu lugar preferido para cochilar era o cantinho do café da manhã, debaixo da mesa, com as costas contra a parede. Fresco e escurinho, e frequentemente havia boas coisas para comer perto da cadeira de Bernie. Eu tirava um cochilo todos os dias, às vezes dois, e já havia me acomodado para isso quando Bernie entrou. Abri um olho. A metade de cima dele estava fora do meu campo de visão. Usava tênis e shorts; a grande cicatriz curva em uma de suas pernas parecia muito branca na pele.

— Está dormindo?

Bati o meu rabo.

— A matéria está no jornal. A da tocaia. — Aí vieram os sons de jornal, farfalhos e amarfanhados. Bernie limpou a garganta. Eu só fazia isso em emergências, como na vez em que um osso entalou.

— "Aqui está! Em campo com um detetive particular no Valley, por Suzie Sanchez. Alguma vez já viram Robert Mitchum como o grande detetive Philip Marlowe, de Raymond Chandler? Apesar dos rostos serem muito diferentes, foi quem o detetive particular do Valley Bernie Little, da Agência de Detetives Little, me fez lembrar: um homem grande e claudicante, um daqueles caras atléticos uma década ou duas depois do auge." — Bernie parou de ler. Um de seus pés bateu no chão algumas vezes. — Claudicante? Que diabo é isso? — Sua cadeira rangeu. Ele se levantou e saiu. Um avião passou, muito alto, fazendo um ruído muito baixo e reconfortante. Fechei o olho.

Estava adormecendo quando Bernie voltou.

— "Claudicante". A definição do dicionário: "Mexe-se desajeitadamente, arrastando os pés." De onde ela tirou isso? Eu não arrasto os pés. — Bernie andou pela cozinha de uma forma meio experimental. Abri o olho de novo. De onde eu estava, ele não parecia arrastar os pés. Às vezes mancava um pouco, principalmente quando estava cansado, mas era por causa do ferimento.

Ele sentou. O jornal farfalhou.

— "Little, acompanhado por esta repórter em uma recente tocaia, bem como por seu esperto cachorro vira-lata, Chet, alega não gostar de casos de divórcio, mas nessa ocasião provou..."

Eu virei as costas. Vira-lata? Que tipo de jornal publicava uma palavra dessas? Fechei os olhos, estiquei as patas bem para trás, fiquei confortável.

— Chet? Vamos, acorda. É hora de entrar em forma.

Hein? Entrar em forma? Falando só por mim, eu era quase cem por cento músculo, como sempre. Saí de debaixo da mesa, me estiquei para a frente, alongando as costas, dei uma bela sacudida, do tipo que enruga a pele toda. Ele estava de pé, de short e uma camiseta justa sem mangas.

— Vamos correr.

Nós dois? Havia muitos passeios nos quais Bernie andava e eu corria, mas Bernie correr seria novidade. Saímos pelos fundos, atravessamos o jardim até o portão e entramos no cânion. Bernie começou a correr, subindo a trilha que levava à colina com a grande pedra achatada no topo. Estava agradável lá fora, o sol escondido pelas montanhas ao longe, mas o céu ainda claro, o ar não muito quente. Corri ao lado do Bernie, depois em círculos em volta dele e, quando isso ficou chato, zarpei para o topo da colina.

Imediatamente vi um lagarto, daqueles verdes com os olhinhos pequenos! Ele também me viu e disparou mais para cima. Corri atrás dele, diminuindo rapidamente a distância, e pulei, minhas patas da frente esticadas, caindo bem em cima dele. Ou não exatamente. O que tinha acontecido? Ele fugira por um buraco, um buraquinho redondo na terra. Comecei a cavar na mesma hora, bem rápido, alcancei um bom ritmo, todas as quatro patas trabalhando. Logo estava fazendo um buracão. Mas de repente senti um odor, um cheiro ruim com um pouco de bacon misturado, que só podia significar alguma coisa: javali americano.

Ergui a cabeça, farejei o ar. Não havia dúvida, e vinha do pé da colina, mais perto da trilha. Olhei em volta, vi que tinha cavado um buraco, mas não sabia por quê. Abaixei o focinho e fui atrás do cheiro.

Ele ficava cada vez mais forte. Ia ser moleza! Nada melhor do que caçar, era a melhor coisa do mundo. Quando eu pegasse o safado, ele ia...

— Chet! Chet!

Olhei para baixo. Bernie não corria mais, não se mexia mais; estava de pé na trilha, as mãos nos quadris, o peito subindo e descendo.

— Venha. Vamos para casa.

Era só isso? A corrida para entrar em forma havia acabado? Naquele momento, justo quando a diversão estava terminando, eu vi o javali. Grande e gordo, tão perto. Então eu ataquei, à toda, o vento me açoitando. O javali mostrou as presas — como se aquilo fosse me impedir! — e fez um pequeno movimento lateral. Eu também me abaixei para o lado, o pelo se levantando pelas minhas costas todas, sentindo calor e frio ao mesmo tempo e...

Ai.

Eu bati bem em um daqueles cactos fininhos, do tipo espinhoso.

De volta à cozinha, Bernie removeu os espinhos com uma pinça, um a um, começando pelo focinho.

— Vou correr três ou quatro vezes por semana agora, então você vai ter que ter mais bom-senso se quiser ir junto.

Correr sem mim? Ah, não. É claro que eu teria mais bom-senso, o que quer que isso significasse.

Ele tirou mais um espinho. Ah. Melhor assim. A dor estava passando rápido; eu mal me lembrava dela.

— Claudicante? Vou mostrar a ela o que é...

O telefone tocou. Bernie não se mexeu, deixou a secretária atender a ligação. A luz começou a piscar, e uma mulher falou.

— Sr. Little? É Cynthia Chambliss. Madison desapareceu de novo. Ela sumiu há mais de um dia. Eu não fiz nada, por causa de como as coisas acabaram da última vez, mas agora estou muito preocupada.

Bernie pegou o telefone. Ele ouviu. Suas mãos remexeram em volta, encontraram cigarros. Acendeu um.

CINCO

Bernie abriu o fecho de um saco plástico.
— Lembra-se disso? — falou, retirando uma fronha dobrada e segurando-a.

Dei uma cheiradinha rápida: jovem fêmea humana, traços de mel, cereja e aquela flor da cor do sol que fica na beira da estrada. É claro que eu me lembrava; na verdade, a pergunta me ofendeu um pouco.

— Que cara é essa? — perguntou Bernie.

Cara? Que cara? Andei até o pátio dos fundos com meu rabo alto e empinado e tomei um gole refrescante da pequena fonte que Leda havia instalado. A água saía da boca de um cisne de pedra. Eu nunca vira um cisne de verdade, e estava imaginando se seriam fáceis de pegar quando ouvi o latido do Iggy. Ele tinha um latido agudo, um yip-yip-yip que soava irritado. Lati de volta. Houve um breve silêncio até ele latir de novo. Lati de volta. Ele latiu. Eu lati. Ele latiu. Eu lati. Ele latiu. Conseguimos um ritmo bom, cada vez mais rápido. Eu lati. Ele latiu. Eu...

Uma mulher gritou.

— Iggy, pelo amor de Deus, qual é o seu problema?

Uma porta bateu. Iggy ficou quieto. Eu lati assim mesmo. E o que era aquilo? De algum lugar muito ao longe veio um latido de resposta, um latido que eu nunca ouvira antes. Parecia feminino, apesar de eu não poder ter certeza. Silêncio. E então... sim: ela latiu. Um latido que mandava um recado, um recado feminino do tipo mais estimulante. Eu lati de volta. Ela latiu. Eu lati. Ela latiu. E aí: yip-yip-yip. Iggy tinha voltado. Ele latiu. Ela latiu. Eu lati. Ele latiu. Ela...

— Chet. Que barulho é esse? Vamos logo.

Bernie estava com o portão aberto. Eu passei zunindo por ele e pulei para dentro do Porsche, sentando no banco da frente.

Capitão Crunch ficou em seu poleiro e nos observou, mas não disse nada. Estávamos de volta ao quarto de Madison. Bernie fez perguntas. Cynthia as respondeu, mas não ajudou. Eu percebia pela cara dele, pela forma como suas sobrancelhas estavam espremidas para perto uma da outra. Farejei. O quarto não tinha exatamente o mesmo cheiro de antes. Olhei debaixo da mesa da TV. O saco de maconha havia sumido.

— Você chamou a polícia?

— Ainda não. Estava esperando para falar com você.

— Chame-os — falou Bernie. Ele escreveu alguma coisa em seu cartão. — Peça para falar com esse cara.

— Isso quer dizer que você não vai me ajudar?

— Posso falar sinceramente?

— É claro. — As mãos de Cynthia tremiam, só um pouquinho, mas por um instante ou dois só consegui olhar para elas.

— Por que não nos sentamos? — disse Bernie.

Cynthia sentou-se na cama. Bernie sentou-se à mesa. Eu me sentei onde estava, em um tapete macio com uma estampa floral.

— Sua filha parece muito inteligente, e tenho certeza de que é uma boa garota, no fundo. Mas em algum momento todos eles começam a levar vidas independentes, vidas que não necessariamente compartilham com os pais.

— O que quer dizer?

— Na outra noite, quando Madison chegou tarde em casa com a história do *Dr. Jivago*? Era só isso, uma história.

O rosto de Cynthia ficou branco. Isso era o oposto de enrubescer, o sangue fugia. É possível descobrir muita coisa através do fluxo de sangue no rosto humano.

— Como você sabe?

Bernie explicou, algo sobre quadras de tênis que talvez eu tivesse escutado antes, mas havia esquecido. Inclinei a cabeça um pouco para o lado e cocei atrás da orelha. Ah. Isso era gostoso. Dei uma ou duas lambidas no pelo, sem nenhum motivo.

— Resumindo — disse Bernie —, acho que ela vai aparecer logo, logo, com outra história.

Cynthia balançou a cabeça.

— Mas ela nunca ficaria fora a noite toda, não importa o que acontecesse. E, se ficasse, seria com um amigo, e nenhum deles a viu. Eu liguei para todos.

— Incluindo o Tim?

— Quem é Tim?

— O aluno do último ano que supostamente a trouxe do shopping North Canyon para casa.

Cynthia abriu a boca, fechou. Uma expressão que eu sempre gostava de ver, não sei por quê.

— E quanto a Damon? — disse Bernie. — O seu ex.

— O desgraçado não a viu.

Bernie coçou atrás de sua própria orelha.

— Você, hum, parece meio chateada com ele.

— Ele denegriu minha capacidade como mãe — disse Cynthia. — Que direito ele tem de fazer isso?

Bernie afastou as mãos, depois as juntou de novo. Era uma de suas maneiras de não dizer nada. Cynthia ficou olhando para ele, e caiu aos prantos. As sobrancelhas de Bernie se ergueram. Eu me levantei e dei umas patadas em uma bola de poeira.

— Pelo amor de Deus — Cynthia soluçou —, só diga que vai encontrá-la para mim. Dinheiro não é problema.

— Mas estou tentando dizer que ela não está realmente desaparecida — falou Bernie. — Ela pode entrar a qualquer momento, como da última vez. E, quando entrar, meu conselho seria que vocês três, você, Damon e Madison, sentassem juntos e...

Cynthia só fez chorar mais alto.

— Tenho que ficar de joelhos e implorar?

— Ah, não. Não, não, não — disse Bernie. — Deus, não. — Eu podia ver que ele queria ir embora dali. Eu também. — Vou precisar das mesmas coisas das quais falamos antes: nomes e telefones de todos os amigos dela, qualquer outra pessoa importante na vida dela. Ela faz algum esporte?

— Arco e flecha. — Cynthia enxugou os olhos. — Ficou em terceiro no campeonato do Upper Valley.

— Onde está o arco?

As sobrancelhas de Cynthia — dois arcos finos mais escuros que os cabelos em sua cabeça — ergueram-se de surpresa. Eu já vira as perguntas de Bernie provocarem essa reação antes. Ela abriu o armário. O arco, comprido e negro, estava pendurado em um gancho, flechas trêmulas com plumas brancas ao lado.

— Inclua o treinador e qualquer colega de equipe de quem ela seja próxima — pediu Bernie.

Cynthia andou até a mesa, escreveu uma lista.

Bernie a examinou.

— Não vejo Damon aqui.

Ela agarrou a caneta, escreveu rápido, pressionando bem.

— Aí está.

Bernie dobrou o papel, enfiou-o no bolso, levantou-se para ir embora.

— Você não quer dinheiro? — A maquiagem estava borrada em filetes pretos e verdes pelo rosto de Cynthia, como uma máscara assustadora de Halloween, o pior de todos os feriados humanos. Por algum motivo, eu comecei a gostar dela.

— Ainda estamos em 500 dólares — disse Bernie. — Eu aviso se precisar de mais.

Ah, Bernie.

Dirigimos até o shopping North Canyon. Bernie circulou várias vezes pelo estacionamento enorme, até arrumar uma vaga. Ele resmungava sozinho. Bernie odiava shoppings, odiava fazer compras. Nós saímos do carro, fomos até a entrada. Bernie parou diante de uma placa. Eu não sabia ler as palavras, mas também havia um desenho de alguém do meu pessoal, cortado por uma linha grossa.

— Ops.

Voltamos para o carro. Bernie deu mais voltas até encontrarmos o que devia ser a única vaga no estacionamento à sombra de uma árvore.

— Fique aqui — falou ele, me fazendo um carinho. — Volto o mais rápido que puder.

Fiquei furioso, mas fazer o quê? Não era culpa dele. Rosnei um pouco, me inclinei para baixo e mordi a minha pata um tempo, até me sentir um pouco melhor. Do lado de fora, as pessoas iam e vinham.

— Ei, mãe. Olha que cachorro bonitinho.

— Não chegue muito perto.

— Mas posso fazer carinho nele?

— Não seja ridículo. Eu sou alérgica.

Uma palavra que eu odiava.

— E você viu como ele bocejou? Quer dizer que é agressivo. Ande logo.

Para começo de conversa, eu não estava bocejando, só esticando a boca, o que é sempre bom e relaxante. Em segundo lugar, eu não me sentia agressivo: ela devia estar me confundindo com hipopótamos, os brutos feios que eu via no Discovery Channel e com os quais não tinha nada a ver. Observei as portas distantes do shopping. Bernie não saiu. Deitei. Um cochilo? Por que não? Fechei os olhos.

Tive um sonho bom que de repente ficou ruim. Me assustou. Abri os olhos e ali, bem ao lado do carro, estava um cara grande, mais alto e corpulento que Bernie. Ele tinha cabelos claros, talvez até brancos, mas não era velho, não tinha rugas. Não gostei nem um pouco da cara dele, tinha um problema com suas enormes maçãs do rosto e as orelhas minúsculas. Logo fiquei de pé em cima do banco e soltei meu latido mais alto, provavelmente motivado pelo susto.

Isso o fez pular e dar um passo para trás, o que não foi nenhuma surpresa. Mas, se a maioria teria continuado a se afastar, ele não o fez. Em vez disso, seu rosto ficou distorcido e zangado, seus dentes à mostra, e ele disse algo que eu não entendi — talvez em uma língua que eu não conhecesse —, mas eu sabia que era odioso. Ele puxou uma faca, comprida e de lâmina faiscante. Muito rapidamente, ele se curvou e furou um dos nossos pneus e, antes que eu pudesse me mexer, foi até a frente e furou outro.

Aí eu voei, meus próprios dentes à mostra, podem acreditar. Uma das minhas patas o atingiu no ombro, empurrando-o um pouco para trás. Ele girou e partiu para cima de mim com a faca. Senti a lâmina roçar meu pelo, mas não me importei e enterrei os dentes na perna dele. O cara gemeu e largou a faca. Ela bateu com estrondo no chão, quicou e caiu por uma grade de bueiro. Eu me virei, tentei derrubá-lo. Ele enfiou a mão no bolso e, quando tirou, trouxe algo metálico. O metal cintilou na minha cara. Depois tudo perdeu o foco.

Quando me dei conta, ele corria para o outro lado do estacionamento. Pulou dentro de um carro. Eu corri atrás dele. O carro saiu, eu disparei ao lado, latindo e latindo, em fúria. Ele olhou pela janela, virou o volante todo. Senti um forte impacto e voei.

— Chet? Chet?

— Está chamando seu cachorro, senhor? Acho que é ele aqui.

Eu estava deitado no chão, não me sentindo nada bem. Um garoto olhava para mim. Bernie entrou correndo no meu campo de visão. Comecei a me levantar — não queria que ele me visse assim de jeito nenhum. Foi preciso um certo esforço. Uma das minhas patas da frente não ajudava. Manquei até Bernie.

— Ah, meu Deus. — Ele se ajoelhou, segurou minha cabeça entre as mãos. — O que aconteceu com você?

O garoto se aproximou.

— Acho que ele foi atropelado.

— Atropelado? — Bernie parecia chocado. Ele olhou em volta — Por qual carro?

— Um carro azul — disse o garoto. — O seu cachorro estava meio que o perseguindo.

— Perseguindo o carro?

— É. Aí eles se chocaram. Talvez o cara não tenha visto. Eu acho que era um cara.

— Como ele era?

— Não tenho certeza.

— Alguma ideia do modelo do carro?

— Só sei que era azul.

Bernie acariciou o meu pelo, bem de leve.

— Meu Deus, ele está sangrando. — Eu podia ver nos olhos dele o quanto ele estava desnorteado.

Lambi o sangue do meu ombro. Não era muito, nada de mais. Tirou o gosto metálico do sangue do canalha da minha boca.

— Viu o que aconteceu com o meu carro? — indagou Bernie.

— Seu carro? — disse o garoto.

— Ali. — Bernie se levantou, começou a me pegar no colo. Ser carregado? Fora de questão. Eu recuei. — Vamos, então — falou ele.

Andamos até o Porsche, eu, Bernie e o garoto. Eu quase não mancava.

— Uau — disse o menino. — Alguém cortou os seus pneus. — Ele olhou de volta para o lugar onde eu havia sido atropelado. — Acha que foi o mesmo cara?

Bernie concordou. Ele lhe entregou um cartão.

— Se você se lembrar de mais alguma coisa, me ligue.

— Ei! — exclamou o garoto. — Você é detetive particular de verdade?

O garoto foi embora. Bernie deu alguns telefonemas — reboque, seguradora, veterinária. Veterinária? Ops. Fui até o bueiro e comecei a latir.

— Qual é, Chet.

Eu lati de novo.

— Deixa disso. Você vai ao veterinário e ponto final.

Bernie! Olhe dentro do bueiro!

Mas ele não olhou. Quando o reboque chegou, Bernie segurou a porta do táxi para mim. Eu subi, talvez não com a facilidade de sempre.

— Você está bem, garoto?

— Ei — disse o cara do reboque. — Belo cachorro.

— Pode apostar — concordou Bernie.

Conseguimos pneus novos — incluídos na franquia, o que quer que isso fosse, mas aquilo não pareceu deixar Bernie feliz — e fomos para a veterinária. O nome dela era Amy, uma mulher grande e redonda, de voz bonita e mãos cuidadosas, mas eu sempre tremo quando chego à sala de espera, e dessa vez não foi diferente.

— O que houve com você, coitadinho?

Eles me deitaram em uma mesa. Senti uma picadinha, depois mais nada. Amy fez seu trabalho.

— Corte estranho para um acidente de carro — disse ela.

— É? — falou Bernie.

— Parece mais um ferimento de lâmina. Talvez algum dos cromos o tenha atingido.

Cromo? Eu conhecia essa palavra? Acho que não. Na verdade, eu estava perdendo o fio da meada. Fiquei só deitado na cama, quieto. As bocas dos dois se moviam, e o som fluía de um para o outro, longe de mim. Logo a tremedeira passou. Eu não me senti tão mal.

SEIS

Ficamos na sala da TV, Bernie no sofá com seu laptop, eu na poltrona, minha pata machucada descansando em uma almofada. *O cão dos Baskervilles* estava passando. Eu já tinha visto o filme mais vezes do que podia contar — o que no meu caso era até dois: eu e Bernie, por exemplo —, mas o uivo daquele cachorro deixando todas aquelas pessoas apavoradas nunca cansava. Ah, se eu pudesse uivar assim... Ei! Talvez eu pudesse.

— Chet. Por favor. Você faz isso toda vez, exatamente na mesma cena.

Faço?

Ele digitou no teclado.

— Estou tentando me concentrar. Acontece que existem três Tims ou Timothys na última série do Heavenly Valley High. — Tlec tlec. — E um deles está no clube de arco e flecha. Tim Fletcher. — Ele olhou para mim por cima do laptop. — Então, percebe aonde quero chegar?

Eu não fazia ideia.

Bernie pegou o telefone.

— Pessoas desaparecidas, por favor.

Ele olhou para mim de novo e disse num sussurro:

— Como você está?

Eu? Nunca estive melhor. O cão dos Baskerville uivou de novo e Sherlock Holmes fez uma cara pensativa. Aquele uivo!

— Chet, por favor, pelo amor de Deus! Ah, oi, Rick, não, não, só estou falando com o meu... Eu liguei para falar sobre uma mulher, Cynthia Chambliss. Ela entrou em contato com você a respeito da filha? — Ele ouviu. — Rick? Acho que é Madison, não Meredith. — Ele ouviu um pouco mais. — É o que eu acho também... ela vai aparecer. Só tem uma coisinha me incomodando. Sabe o primeiro desaparecimento, o que acabou não sendo nada? — Ele ouviu mais. Então começou a explicar a história. Na tela, Sherlock Holmes fumava um cachimbo. Como seria a fumaça de cachimbo? De repente, queria que Bernie acendesse um cigarro. Claro, era maldade minha, mas o cheiro era tão bom! — A questão, Rick, é que Madison foi vista no shopping naquela noite, mas não foi ao cinema, apesar de ter entrado na fila da bilheteria. De acordo com a minha testemunha, uma atendente que a identificou por uma foto, um rapaz apareceu e, depois de uma conversa rápida, eles foram embora juntos. Essa história de sair da fila é que me intriga. Acho que devíamos descobrir quem ele é. — Eu podia ouvir a voz do outro lado do telefone, uma voz baixinha, pouco cooperativa. — Vou investigar essa parte sozinho, então — falou Bernie. — Enquanto isso, recomendo grampear o telefone. É, sei que isso contradiz o que eu... mas...

Bernie desligou. Ele se levantou, abriu a porta da varanda, saiu. Debaixo de uma das cadeiras, encontrou um maço amassado de cigarros. Enfiou o dedo, puxou um e me lançou um olhar culpado. Pobre Bernie. Fumar fazia mal, apesar de eu não saber por quê; mas mesmo assim, ele gostava. Por quê? Ele apalpou os bolsos. Eu sabia o que ele queria: fósforos. Vi uma caixa no sofá, pulei da poltrona e...

Ai. Minha pata. Esqueci completamente dela. Mas... não era tão ruim. Fui até o sofá, catei os fósforos, levei-os para fora.

— Chet! Você não devia... Ei. O que trouxe? — Ele pegou os fósforos. — Bom garoto.

Bernie me fez um carinho. Ficamos sentados lá fora, Bernie fumando, eu contra o vento, com a fumaça azulada vindo até o meu focinho e a noite caindo. Ele tragou profundamente.

— Quer saber o que eu acho?

Eu queria.

— Devíamos fazer uma reconstituição daquela primeira noite, o não desaparecimento, descobrir tudo que aconteceu, aonde ela foi, com quem, por que, a "bola de neve" toda. — A conversa era difícil de acompanhar e eu meio que desisti, mas o final atraiu a minha atenção. Eu sabia o que era uma bola, é claro, uma das minhas coisas favoritas, e neve eu também conhecia, mas misturar as duas coisas? Uma bola de neve; quase dava para sentir o gosto. Estava salivando um pouco quando percebi que Bernie ainda falava.

— Então, o que temos, em evidências concretas?

Uma bola de neve provavelmente seria meio macia, diferente, por exemplo, da nossa bola de lacrosse, que causava uma sensação ótima nos meus dentes toda vez que eu a mordia com força. Tirando isso, eu não tinha nada a oferecer.

Bernie deu um trago profundo, deixou a fumaça sair pelas narinas. Ah. Era bem relaxante, ficar aqui fora na varanda. O que era aquilo, debaixo da churrasqueira, com uma pontinha para fora? Será? Um possível bônus para essa bela noite? Sim, uma salsicha de cachorro-quente esquecida, queimada até ficar quase preta, do jeito que eu gosto, apesar do nome "cachorro-quente" nunca ter feito sentido para mim. Quando fora nosso último churrasco? Eu não lembrava. Já havia uma ou duas moscas cercando aquilo? Talvez, mas não por muito tempo. Eu a engoli inteira. Mmmmm. Estávamos vivendo um sonho, eu e Bernie.

— Posso ver dois fatos concretos — continuou Bernie. — A primeira: um rapaz aparece na fila do cinema e Madison vai embora com ele. A segunda: ela diz à mãe que pegou uma carona para casa com Tim, um aluno do último ano da escola. Repare, Chet, que eu não afirmei que foi assim que ela chegou em casa.

Reparei. Mas, eu estava com uma pequena vontade de vomitar.

Bernie deu mais um trago, bateu algumas cinzas do cigarro. Elas rodaram um pouco na brisa. E que brisa, vinda do cânion. Tantos cheiros, eu jamais conseguiria identificar todos. Mas uma coisa era certa: o javali gordo estava por perto. Isso me fez pensar em bacon e, quando dei por mim eu estava no canto da varanda, vomitando a salsicha.

Bernie veio correndo.

— Chet. Você está bem, garoto? — Ele passou a mão de leve pelos meus pontos. — Não está doendo por dentro, está? Talvez devêssemos ir à veterinária.

À veterinária? Nem vem. Só olhe para baixo, Bernie, verá a salsicha, some uma mais uma. Mas quando eu mesmo olhei, percebi que não havia nada sequer parecido com uma salsicha à mostra, então balancei o rabo com mais força, na falta de outras ideias.

Bernie entendeu, mais ou menos.

— Bom garoto.

Ele abriu a torneira da mangueira, lavou o canto da varanda. A mangueira sempre me animava; Bernie também me molhou um pouco, tão refrescante. Eu me sacudi. Ele me secou com a toalha.

— O que eu estou tentando dizer é: vamos presumir que foi Tim, o arqueiro, quem abordou Madison na fila do cinema.

Por mim, tudo bem. Nós entramos. Bernie fez chá. Eu ganhei um ossinho. Ele encontrou o número da casa de Tim, o arqueiro, e ligou. Ninguém atendeu. Ouvi um carro passar devagar.

* * *

Nada de escola, Bernie disse — era sábado. Tudo bem. Os dias eram todos iguais para mim. A primeira coisa que fizemos de manhã foi dirigir até a estrada, passando pelo shopping North Canyon, pegando uma saída que levava a um condomínio muito parecido com o nosso, só que sem um cânion nos fundos, só casas. Paramos na frente de uma delas. Havia uma cesta de basquete ao lado da entrada da garagem e um gramado. Bernie franziu a testa por um instante: ele era contra gramados no deserto. Não tínhamos nem um pouco de grama em nosso jardim. Era tudo marrom e espinhoso, a não ser na primavera.

Bernie abriu a porta para mim. Eu saltei e senti só uma pontada de leve no ombro, quase nada. Estava curado! Andamos até a porta, eu correndo um pouco. Bernie bateu.

A porta se abriu. Uma garotinha de pijama pôs a cabeça para fora.

— Estou acordada — disse. Segurava um bicho de pelúcia qualquer; talvez pudesse até ser um…? Sim. Isso era algo que eu nunca havia entendido. Eu não tinha a menor vontade de andar por aí com um humano de pelúcia.

— Tim está? — perguntou Bernie.

— Timmy dorme até tarde — disse a garota. — Seu au-au é grande. — Ela enfiou o dedão na boca. Se eu tivesse um, faria a mesma coisa sempre que pudesse.

— O nome dele é Chet. Ele gosta de crianças.

— Posso fazer carinho nele?

— Claro.

Ela esticou a mão, tocou o meu focinho, tão de leve que eu mal podia sentir.

— O nariz dele é frio.

De dentro da casa veio uma voz de mulher.

— Kayleigh? O que você está…

A mulher apareceu. Usava um roupão, tinha rolos nos cabelos e alguma coisa verde espalhada no rosto todo.

— Chet!

Oops. Eu me peguei rosnando. Muito feio, mas ela dava medo. A mulher agarrou Kayleigh, puxou-a para trás.

— O que está acontecendo? — perguntou.

— Eu me chamo Bernie Little. — Ele entregou um cartão a ela. — Sou detetive particular credenciado e gostaria de falar com Tim.

— Um detetive particuiar credenciado? Meu filho, Tim?

— Sim, senhora. Tim Fletcher, se estou com o endereço certo. Houve um pequeno problema no Heavenly Valley High e o seu filho pode ter informações úteis.

— Problema? Tim não mencionou nenhum problema.

— Ele dorme até tarde — disse Kayleigh.

— Kayleigh — falou a mãe —, por favor, vá para o seu quarto por alguns minutos.

— Não quero.

— Não estou sugerindo que esse problema tenha qualquer conexão direta com Tim — prosseguiu Bernie. — É relacionado ao clube de arco e flecha.

— Alguém foi atingido? Com uma flecha?

Os olhos de Kayleigh se arregalaram.

— Não que eu saiba — disse Bernie. — Ainda não. Mas não gostaríamos que nada assim acontecesse, não é? Pense nas consequências legais.

A mulher mordeu o lábio. Bernie era muito bom em levar as pessoas a isso, principalmente as mulheres. Sempre significava que estávamos prestes a conseguir alguma coisa.

— Vou acordá-lo — cedeu ela. — Pode esperar... — Ela olhou em volta, talvez prestes a nos dizer para esperarmos do lado de fora, mas naquele momento o caminhão de um paisagista estacionou do outro lado da rua... — ...Na cozinha. — Nós começamos a entrar.

— Espere um minuto. O cachorro vai entrar?

— Ele é um cão policial adestrado.

— Chet — falou Kayleigh. — O nariz dele é frio.

Esperamos na cozinha, Bernie à mesa, eu perto da janela. Ouvi vozes no andar de cima. Bernie se levantou, abriu a geladeira, deu uma espiada rápida no interior. Esse era Bernie, passando o tempo. Ele estava de volta ao seu lugar quando a mulher retornou, seguida por um garoto alto que vestia samba-canção e uma camiseta; seus cabelos estavam despenteados e seus olhos, inchados.

— Meu filho, Tim — falou a mulher.

— Oi, Tim — disse Bernie. — Sente-se.

Tim sentou. Tínhamos passado por uma fase, eu e Bernie, em que víamos muitos filmes de zumbis. Tim se movia do mesmo jeito que eles. Ele me viu e pareceu confuso.

— Sra. Fletcher? — falou Bernie. — Ajudaria se pudéssemos falar a sós com Tim. Serão só alguns minutos.

— A sós? Por quê?

— Procedimento padrão. — Quando disse isso, ele encolheu os ombros, como quem diz: é algo idiota, eu sei, mas o que posso fazer? Estamos juntos nessa. Bernie poderia ter sido um grande ator; pelo menos a mãe dele achava isso. Eu volto a falar dela mais tarde, se tiver tempo.

A mulher piscou, começou a sair.

— Me chame se precisar, Tim.

O rapaz resmungou alguma coisa. Ele emanava cheiros fortes. Eu me mantive longe.

Bernie sorriu para Tim, o tipo de sorriso que parecia amigável se você não o conhecesse.

— Vejo que sua mãe fez café. Quer um pouco?

Tim sacudiu a cabeça.

— Aquele é o seu Mustang na entrada da garagem?

Tim resmungou.

— Carro bacana. Tive um desses quando tinha mais ou menos a sua idade. Em que ano você está… no último?

Tim assentiu.

— No Heavenly Valley High?

Outro aceno de cabeça.

— Tem planos para o ano que vem?

Tim deu de ombros.

— Deve estar cheio de ouvir essa pergunta.

Tim encarou Bernie, então falou suas primeiras palavras:

— Fui aceito antecipadamente pela U of A.

— Parabéns. É uma boa escola. Vão ser quatro dos melhores anos da sua vida, eu garanto. Desde que não vá parar na cadeia.

Os olhos de Tim, subitamente menos sonolentos, se arregalaram como os da irmãzinha, e outra palavra saiu.

— Hein?

— A única maneira de entrar nessa encrenca é omitir alguma coisa agora.

— Omitir, tipo...?

— Vamos começar pela quarta-feira passada, quando você levou Madison Chambliss para casa.

A boca de Tim se abriu, ficou assim por um momento.

— Foi no Mustang, eu presumo.

Tim negou com a cabeça. Ele tinha remelas nos cantos dos olhos. Eu tenho isso também.

— Algum outro carro?

— Não — disse Tim. — Nenhum carro.

— Você está me confundindo.

— Tipo, eu não a levei para casa.

Bernie suspirou. Ele suspirava muito bem, tinha suspiros diferentes para ocasiões diferentes.

— O problema é que ela disse que você levou.

— Não levei. O que está acontecendo? Achei que era sobre o clube de arco e flecha.

Bernie se recostou na cadeira. Ela rangeu debaixo dele.

— Ser aceito antecipadamente é o melhor jeito de ir para a faculdade hoje, sem dúvida — disse ele. — O único problema é que é condicional, como você deve saber. Precisa manter as suas notas. E tem outras coisas também, como bom comportamento. Uma carta para o departamento de admissões mencionando a falta de cooperação em uma investigação de desaparecimento pode fazer com que eles reconsiderem.

— Desaparecimento?

— Foi o que eu disse.

— Quem está desaparecido?

— Me diga você.

— Eu não sei.

— Tente descobrir.

Os olhos de Tim se moveram para o lado. Pensar fazia com que os olhos humanos se movessem assim. Bernie esperou. Eu também.

— Maddy? — perguntou Tim.

— Acertou de primeira. Ela não aparece em casa há quase dois dias. Sabe de alguma coisa sobre isso?

— Não. Eu juro.

— Fale-me sobre o seu relacionamento com ela.

— Não temos um relacionamento. Somos amigos.

— Amigos? E a diferença de idade?

— Ela é uma garota legal.

— Legal como?

— Você sabe, diferente.

— Diferente como?

— Inteligente. Engraçada.

A mãe enfiou a cabeça pelo vão da porta. Nada de rolos, nada verde no rosto, mas ainda havia algo assustador nela.

— Está tudo bem, Timmy?

Ela não o assustava.

— Vá embora, mãe.

Ela se encolheu, sumiu de vista.

— E feche a porta.

A porta fechou.

Tim olhou para Bernie, que inclinou a cabeça para cima e ergueu uma sobrancelha. Era sua cara de encorajamento. Queria dizer: Vai! Tim baixou a voz.

— Maddy me disse para não falar nada, mas se ela realmente sumiu...

— Não falar nada sobre o quê?

— Levá-la para casa.

— Então você a levou?

Tim assentiu.

— Do cinema?

Tim balançou a cabeça.

— Ela não foi ao cinema. Era por isso, sabe, que a mãe dela não podia descobrir.

— Aonde ela foi?

Tim esfregou o rosto, parecia menos um zumbi.

— Ela encontrou alguém, acho que no shopping. Talvez estivesse planejando ir ao cinema, sei lá.

— Quem ela encontrou?

Tim olhou para o chão. Eu olhei também e percebi alguns biscoitos debaixo da mesa.

— Tim? — disse Bernie. — Olhe para mim.

Tim olhou.

— Quando as pessoas desaparecem, elas normalmente ou são encontradas rápido ou nunca mais.

Tim mordeu o lábio, quer dizer, quase o mastigou.

— Já estamos passando da fase do rápido.

Tim respirou fundo.

— Ruben Ramirez — falou.

— Quem é esse?

— Um garoto.
— Aluno do Heavenly Valley?
— Sim. Ele largou os estudos. Mora sozinho.
— O que ele faz?
— Não tenho certeza.
— Mas se você tivesse que adivinhar.
Tim não respondeu.
— Que tal se eu der um chute? — perguntou Bernie. — Ele vende maconha.
Tim ergueu os olhos, a surpresa estampada no rosto.
— Ele a levou para a casa dele?
— É.
— Onde fica?
— Não tenho certeza. Em Modena, depois do autódromo.
— Não tem certeza? Você não a apanhou lá?
— Não. Ela me ligou, pediu que eu a encontrasse numa loja de conveniência em Almonte.
— Perto do posto da Getty?
— Essa mesma.
— Ela estava sozinha?
— Estava.
— O que ela disse?
— Não muito.
— Explicou por que saiu da casa do Ruben?
Tim respirou fundo mais uma vez.
— Ele deu em cima dela.
— E depois?
Tim deu de ombros.
— Ela saiu. Foi para a loja de conveniência.
— A pé?
— Deve ter sido.
— Aquela é uma área perigosa.

— É.
— Como estava o humor dela?
— Difícil dizer.
— O que mais ela disse?
— Só pediu para eu não contar nada.
— Estava muito chateada?
— Não muito.
— Estava doidona?
— Talvez um pouco.

Bernie se levantou. Eu também. Chega dessa conversa. Estava na hora de resolver esse caso da forma usual: eu encontraria o culpado pelo cheiro. Bernie entregou seu cartão para Tim.

— Se souber de mais alguma coisa, qualquer coisa que tenha esquecido, ligue-me imediatamente.

Tim concordou.

— Você acha que Ruben, tipo, hum…
— Vamos descobrir.

Saímos. No caminho, fiz um rápido desvio por baixo da mesa da cozinha, engoli os biscoitos. Os de mel são os meus preferidos.

SETE

— Chegamos em Modena — disse Bernie, buzinando para um carro rebaixado que nos deu uma fechada. — O que temos aqui é uma terra de ninguém, pura e simplesmente.

A terra de ninguém cheirava bem para mim: óleo e nada mais, em grande variedade — óleo de pizza, de carro, de batata frita, de cabelo humano. Eu ia sentado o mais aprumado possível no banco da frente, absorvendo tudo, meu focinho tremendo. Estávamos de ótimo humor, eu e Bernie, trabalhando não em um caso horrível de divórcio, mas em nossa especialidade: pessoas desaparecidas. Bernie usava uma de suas melhores camisas havaianas, a estampada com copos de martíni. Eu usava a coleira de couro marrom com as placas prateadas; também tenho uma preta, para ocasiões formais.

— Sabe o que isso costumava ser, Chet? Não faz muito tempo? Uma série de ranchos a perder de vista.

Já tínhamos ido a um rancho uma vez, eu, Bernie, Charlie e Leda. Nem me falem em cavalos — prima-donas, todos eles, burros e perigosos ao mesmo tempo. Eu preferia Modena assim, oleosa e sem cavalos.

Entramos em uma rua lateral, o asfalto todo rachado e cheio de bueiros, as casas pequenas e em mau estado nos dois lados. Bernie parou em frente a uma delas. Destrancou o porta-luvas, tirou a arma, um .38 especial, pôs no bolso. Isso não acontecia com frequência.

— Só uma precaução — justificou Bernie. — Vamos.

Eu pulei para fora.

— Está bem melhor, hein?

Bem melhor? Bem melhor do quê? Do que ele estava... Ah, é. Eu me sacudi. Bernie abriu o portão. Atravessamos um quintal sujo, com um sofá empoeirado largado no meio, molas enferrujadas aparecendo aqui e ali. Bernie bateu na porta da casa.

Uma voz veio de dentro.

— É você, Decko?

— Sou — disse Bernie.

A porta se abriu. Um cara olhou para fora, um jovem enorme. Seus olhos, já estreitos para começo de conversa, se estreitaram mais um pouco. Um cara grande à beça, de olhos rasgados: eu não gostava dele, nem um pouquinho.

— Você não é o Decko — falou ele.

— Muito esperto — ironizou Bernie. Não entendi. Ele chamou o cara de esbelto? Bernie não fazia isso. — Sou detetive particular — continuou. Ele entregou seu cartão. O cara nem olhou. — Estou procurando um ex-aluno do Heavenly Valley High chamado Ruben Ramirez.

— Nunca ouvi falar. — O cara começou a fechar a porta. Bernie a parou com o pé. Eu já vira essa antes, uma das melhores dele.

— Não? — indagou Bernie. — O que o significa RR?

— Hein?

— Na corrente de ouro em volta do seu pescoço. Esse RR.

O cara passou os dedos na corrente, grossa e pesada. Seus lábios se mexeram, mas ele não conseguiu pensar em nada.

— Não é Roy Rogers? — falou Bernie. — Há Roy Rogers bem na esquina.

— Hein? — disse o cara de novo. Eu também estava meio confuso.

— Vamos fazer o seguinte, Ruben — propôs Bernie. — Agora que já nos apresentamos, que tal entrarmos, sentarmos e resolvermos tudo isso?

— Resolver o quê?

— O caso que estamos investigando.

— Não sei nada sobre caso nenhum.

— Um caso de pessoa desaparecida — insistiu Bernie. Ele tinha um jeito de forçar a barra, algo de que Leda jamais gostou. Mas eu gostava. — Acontece que a pessoa desaparecida é uma amiga sua, uma aluna do segundo ano do Heavenly Valley High chamada Madison Chambliss.

— Nunca ouvi falar.

Bernie mexeu a cabeça, o aceno que não tinha nada a ver com concordar.

— Estou com uma sensação muito estranha, Ruben, a de que ela está dentro da sua casa agora mesmo.

Para minha surpresa — e estou bem certo de que para a surpresa também de Bernie —, Ruben era um desses caras enormes que também sabem correr. Eu mal vi o que aconteceu e duvido que Bernie tenha sequer visto de relance. O punho de Ruben, maior que uma bola de beisebol — o tipo de bola que não me servia de nada —, veio de baixo com uma rajada de vento e acertou Bernie bem na ponta do queixo. Ele não caiu — não era fácil derrubá-lo —, mas cambaleou para trás. Naquele momento fiquei cego de fúria e, quando dei por mim, Ruben e eu estávamos dentro da casa, rolando pelo chão grudento.

Mordi a perna de suas calças com toda força. Ruben usava calças muito largas — eu estava com a boca cheia. Ele pegou uma coisa do chão, uma luminária, talvez, e começou a bater na minha cabeça.

— Eu vou te matar — ameaçou ele, e me xingou de vários nomes. Rosnei e aguentei firme. Então veio Bernie, que rolou no chão conosco. Ele agarrou o pescoço grosso de Ruben com o braço, um dos golpes que conhecia, e o oponente amoleceu.

Bernie se levantou.

— Muito bem, Chet, pode soltar. Vamos lá, garoto, você foi ótimo, agora largue. Chet?

Eu larguei, talvez não de imediato. Pedaços de jeans ficaram em minha boca, presos em meus dentes. Bernie os retirou.

— Bom garoto. Você está bem?

Nunca estive melhor. Eu não sentia nada. Bernie se virou, deu um geral rápida na casa. Fiquei em cima de Ruben. Seus olhos se abriram tremendo e eu lati na cara dele. Ele se encolheu. Você não é o primeiro, amiguinho.

Bernie voltou.

— Ela não está aqui — concluiu ele. — Mas você tem umas armas interessantes, Ruben. — Bernie tinha uma AK em uma das mãos e um rifle na outra. — E aquele bagulho todo... O que você acha? Uns quatro, quatro quilos e meio?

Ruben sentou, esfregando o pescoço.

— Pode ficar sendo o nosso segredinho — disse Bernie, puxando uma cadeira e se sentando ao lado de Ruben, o rifle apontado casualmente para a cabeça dele —, o bagulho, as armas. Mas vou precisar de sua cooperação em relação a Madison.

— Tire a porra do seu cachorro de perto de mim.

— Olha os modos — disse Bernie.

— Hein?

— Não pode falar assim com Chet.

Ruben piscou.

— Tire o seu cachorro de perto de mim.

— Já serve. Somos bastante razoáveis, Chet e eu.

Ruben me olhou com uma cara engraçada. O quê? Como se eu não fosse razoável.

Mas me afastei, como Bernie queria. E, ao me afastar, percebi um hambúrguer meio comido na bancada, um hambúrguer caprichado. Não encostei nele. Não fazia sentido, mas não senti vontade.

Bernie deu um tapinha com o rifle no ombro de Ruben, de leve.

— Madison Chambliss — disse ele. — Comece a falar.

— Tipo, o que você quer saber, cara?

— Vamos começar da fila do cinema no shopping North Canyon.

Ruben deu de ombros.

— Eu estava de bobeira lá, dando uma volta, e ela mandou um "ei, Ruben".

— Então você já a conhecia.

— É.

— De onde?

— Hein?

— Do colégio? Faziam alguma aula juntos?

— Aulas, cara? Não.

— Ela era cliente?

Ruben olhou para Bernie, depois para mim. Tive um impulso súbito de dar uma mordida na perna dele.

— Era — falou Ruben. — Uma cliente. Ela mandou um "ei, Ruben" e conversamos um pouco, ela estava a fim de fazer negócio. Então viemos para cá.

— E?

— Eu vendi uma mutuca pra ela.

— E aí você a levou para casa?

— É.

— Onde ela mora?

Ruben não respondeu. Eu me aproximei de mansinho da perna dele, ainda sentado, mas arrastando meu traseiro pelo chão.

— Ou você a deixou no shopping?

— É, no shopping.

— Quer ouvir uma previsão? Seu futuro não é muito brilhante.

— Hein?

— Vamos em frente. Quando foi a última vez que a viu?

— Como assim? Aquela foi a última vez.

— Que tal há dois dias?

— Há dois dias?

— Quinta-feira. Quando Madison desapareceu.

— Ela desapareceu?

— Quer um conselho? Só pessoas inteligentes conseguem se fazer de burras.

— Não estou entendendo, cara.

Eu estava a um bote curto de distância agora. Meus lábios se abriram, mostrando meus dentes.

— Me diga por onde andou — disse Bernie. — Começando pela manhã de quinta.

— A manhã de quinta? — falou Ruben. — Eu ainda estava na municipal.

— Do que você está falando?

— Eu estava preso, cara. Eles me prenderam por excesso de velocidade. Na quarta-feira à noite, encontraram uns mandados. Só consegui a fiança há algumas horas.

Bernie olhou longamente para ele. Aí largou a AK de lado e pegou seu celular.

— Droga, sem sinal.

— Quer usar o meu? — perguntou Ruben.

Bernie usou o celular de Ruben. Digitou um número.

— Gina? Aqui é Bernie Little. Estou tentando confirmar os horários de uma possível prisão recente na cadeia municipal, o nome é Ruben Ramirez.

Esperamos. Ruben ficou olhando para os meus dentes. O desejo de morder — eu quase nunca o tenho, mas quando tenho, sai de baixo — ficou mais forte.

— Obrigado, Gina. — Bernie desligou, entregou o telefone para Ruben. — A sua história confere.

— Vai pedir desculpas?

Bernie riu. Eu adorava aquela risada. Eu faço uma corrida maluca no jardim, zunindo de um lado para o outro, que sempre o faz rir.

— Qual é a graça? — perguntou Ruben.

Bernie parou de rir. Ele bateu com o rifle no ombro de Ruben, dessa vez com muito mais força. Ruben se encolheu.

— Está prestando atenção?

— Eu estava preso, cara. Por que diabos...

— Esqueça essa parte — falou Bernie. — Como Madison voltou para casa?

— Já disse. Eu a levei.

Ou algo assim. Eu não ouvi direito porque naquele momento a minha mandíbula se cravou de repente em volta da perna de Ruben. Não com força, nada de sangue ou drama, mas o bebezão soltou um grito como se estivesse sendo rasgado ao meio.

— Está bem, está bem, eu não a levei. Pare a merda do seu cachorro.

— Olha os modos!

— Ah, Deus, qual é, cara. — Ruben se retorceu no chão.

— Chet?

Eu soltei. Tive que usar todas as minhas forças.

— Talvez seja bom dar um tempinho, Chet.

Bernie tinha razão. Dei uma volta, peguei o hambúrguer e comecei a comê-lo distraidamente.

— Se você não a levou, como ela chegou em casa?

— Ela saiu a pé, é só o que eu sei.

— Nessa área perigosa? Por que ela faria isso?

— Não saberia dizer.

— Pense — falou Bernie. — Nós realmente queremos saber, Chet e eu.

Ruben olhou para mim, o medo claramente estampado em seus olhos. Eu lambia os restos do hambúrguer dos meus lábios.

— Não aconteceu nada — disse ele. — Eu estava me sentindo meio romântico. Ela não estava a fim.

— Você não faz o tipo romântico.

Ruben franziu o cenho de maneira pensativa, como se aprendesse algo sobre si mesmo.

— Eu não encostei nela — falou. — Quase nada. Ela simplesmente foi embora.

— Em que direção?

— Indo para Almonte.

— Você prestou atenção?

— Eu não estava olhando para ela — disse Ruben. — Havia um carro estranho aí na frente.

— O que tinha de estranho nele?

Ruben ergueu e baixou seus ombros pesados.

— Não era daqui. — Ele olhou na direção da janela; havia fita adesiva em uma das vidraças — Talvez o cara tenha oferecido uma carona a ela.

— Que cara?

— O cara louro no carro. Ele abriu a porta quando ela passou, meio que esticou a mão.

— Esticou a mão?

— Você sabe — disse Ruben. — Para fazê-la parar. Mas ela não parou. Talvez tenha até começado a correr, pensando bem. Para Almonte, acho.

— E o cara louro?

— Ele voltou para o carro, foi embora.

— Atrás dela?

— Não me lembro.

— Pense.

Ruben estreitou os olhos, concentrado. O tempo passou. Bernie suspirou.

— Qual era a marca do carro?

— Uma BMW. Foi por isso que eu reparei no carro.

— Modelo?

— Não conheço os modelos.

— Cor?

— Azul.

Quando alguma coisa preocupava Bernie, suas sobrancelhas se aproximavam e seus olhos pareciam voltar-se para dentro. Isso estava acontecendo agora. No caminho para o carro, marquei território no portão e talvez em mais um ou dois lugares.

Tentamos a loja de conveniência em Almonte. Ninguém lá se lembrava de Madison. Também comecei a me preocupar, com o quê eu não sabia.

OITO

— Eis uma possibilidade — começou Bernie, me deixando perdido logo de cara. — Faz sentido, mas eu queria que não fizesse — continuou, terminando o trabalho. Estávamos dirigindo pela nossa rua, a Mesquite Road. Eu vi o Iggy, olhando da janela da frente de sua casa. Ele também me viu e latiu. Um latido que eu não consegui ouvir. Iggy correu de um lado para o outro atrás do vidro. Eu me sentei mais ereto no banco da frente e me virei para ele, orelhas em pé. Mas ele sumiu de vista.

— Suponha — disse Bernie — que alguém já tenha tentado raptá-la duas vezes. Madison pode nem ter percebido o que estava acontecendo na primeira vez, do lado de fora da casa do Ruben, talvez tenha pensado que era um dos assédios de sempre feitos por algum idiota. Mas mesmo que isso a tenha assustado, e eu acho que não assustou, Tim Fletcher não disse que ela não parecia chateada?

Bernie fez uma pausa, olhou para mim. Tim Fletcher? Quem era aquele mesmo?

— A questão é que, assustada ou não, ela não ia contar nada à sua mãe, isso revelaria a mentira sobre *Dr. Jivago*. Percebe onde quero chegar?

Não. Como Ruben Ramirez podia não ser o culpado? Ele tinha a aparência e o cheiro de muitos dos culpados que havíamos pego.

— Quero dizer que isso não foi casual, mas um sequestro premeditado. Quem quer que tenha planejado isso, fracassou da primeira vez e a pegou na segunda. E, se o que o Ruben disse for verdade, estamos procurando um cara louro em uma BMW. Uma BMW azul, de acordo com Ruben, que talvez não seja uma das testemunhas mais confiáveis. — Ele fez uma pausa. Identificação de carros, cores: nenhum dos dois estava entre os meus talentos, apesar de eu saber o que era azul, a cor do céu e também dos olhos de Charlie. Bernie fez uma curva para a entrada da garagem. — E o cara no shopping não era...

Ele se interrompeu. Todo esse papo sobre carros e agora lá estava mais um, bloqueando nossa garagem, grande e preto, desconhecido para mim.

Bernie estacionou na rua. Um homem saiu do carro grande e preto, veio até nós. Nós também saltamos. O homem era mais ou menos da altura de Bernie, mas não tão largo; tinha um cavanhaque, o que sempre chamava a minha atenção, e era para o cavanhaque que eu olhava quando senti seu cheiro, o pior no mundo inteiro: gato. O homem na entrada da nossa garagem tinha cheiro de gato. Estava impregnado.

— Procuro por Bernie Little — falou o homem. Algumas pessoas, Suzie Sanchez, por exemplo, ou Charlie, é claro, tinham vozes simpáticas. Este homem não.

— Presente — disse Bernie.

Um olhar carregado cruzou o rosto do homem.

— Meu nome é Damon Keefer — falou ele. — Soube que minha ex-mulher, sem me consultar, o contratou para procurar minha filha, Madison.

— Ela nos contratou, é.
— E? — falou Damon Keefer.
— E o quê?

Perguntas, perguntas. Eu também tinha uma pergunta. Haveria um gato, ou talvez mais de um, naquele carro preto? Provavelmente não. Gatos, diferentes do meu pessoal, não gostavam muito de andar de carro, mais uma das esquisitices deles. O que era melhor que andar de carro? Talvez algumas coisas — pensei naquele latido feminino ao longe há pouco tempo —, mas não muitas. Será que os gatos não sabiam se divertir? Sei lá. Só sei que as chances de haver um gato naquele carro preto eram poucas, mas não nulas. E um gato naquele carro preto era um gato na nossa propriedade. Um gato na nossa propriedade? Ouvi um estrondo forte, tive a vaga impressão de que vinha da minha própria garganta. Quando me toquei, eu estava correndo.

— E o quê? — questionou Damon Keefer. — Eu gostaria de um relatório da sua investigação até agora, é isso. Presumo que não a tenha encontrado ou estaria... Ei! O que diabos esse cachorro está fazendo?

O que eu estava fazendo? O meu trabalho, colega. E naquele momento o meu trabalho era checar esse carro preto — estacionado na entrada da nossa garagem, por falar nisso, enquanto nós tínhamos que parar na rua — para verificar a presença de gatos. Como é que se faz isso sem ficar de pé nas patas traseiras e plantar as patas da frente na porta para aproximar o rosto da janela? Isso é básico.

— Ele está arranhando a porcaria da pintura.
— Chet!

Boas notícias: nada de gatos. Dei um pulo para trás, ao mesmo tempo ouvindo um som que eu não chamaria de arranhão, parecia mais giz no quadro negro. Esse som sempre me arrepiava, começando pela nuca. Eu tremia. Meus lábios estalaram vagamente. Eu me sentia muito bem, tão bem que corri um pouco pelo jardim, saindo à toda, nacos de gramado voando para todos os cantos.

— Chet, pelo amor de Deus!

Estiquei as pernas numa parada brusca, uma das coisas que eu faço melhor, e não é fácil — tentem fazer um dia. Por acaso havia um graveto ao alcance. Eu me joguei no chão, patas da frente e de trás totalmente esticadas, e comecei a mastigar o graveto. Ah, eucalipto, provavelmente soprado da árvore do velho Heydrich. Uma delícia.

Bernie e Keefer estavam de pé perto do carro preto, olhando para a porta.

— Mande-me a conta — disse Bernie.

Eu mastiguei o graveto. Podia sentir o cheiro do meu próprio hálito. Era bom.

— Que bem faria isso? Você ia aumentar sua própria conta, sei como essas coisas funcionam.

Bernie o lançou um olhar que eu vira pouquíssimas vezes.

— Eu não aumento minhas contas — disse.

Keefer sustentou o olhar, mas não por muito tempo.

— Como quiser — falou ele. — Vou ouvir seu relatório e ir embora.

— Já lidou com um detetive particular antes?

— Não, graças a Deus.

— Então provavelmente não sabe que eu não apresento relatórios a você. Só ao cliente, a não ser por certas informações que sou obrigado por lei a comunicar à polícia.

— O cliente? Do que diabos você está falando?

— Fui contratado por Cynthia. Isso faz dela a cliente.

O rosto de Keefer inchou. O inchaço era um sinal da raiva humana. No meu mundo, raiva e som andavam juntos, mas quando Keefer falou, sua voz não estava mais alta; na verdade, ele baixou o volume. Os humanos — não todos, mas alguns — têm um jeito confuso.

— O que isso me diz — observou Keefer — é que você é ligeiramente lento no quesito investigação. Qualquer detetive minimamente decente teria descoberto que cada centavo de Cynthia vem de mim.

Bernie? Ligeiramente lento? Parei de mastigar o graveto, pus as patas traseiras de volta no chão, preparado.

Bernie manteve a calma.

— Isso não muda nada. Mas sei que é um momento difícil para você e, se Cynthia der permissão, eu conto tudo.

— Não preciso da permissão dela para...

— Talvez nós três possamos nos encontrar na sua casa.

— Na minha casa? Por que na minha casa?

— Madison tem um quarto lá?

— Tem, mas...

— Eu gostaria de vê-lo.

— Por quê?

— Procedimento padrão. Estou tentando trazer sua filha de volta.

— Ela deve ter ido para Vegas.

— Vegas?

— Ela é impulsiva, igual à mãe.

— Madison é viciada em jogo?

— Eu não quis dizer Vegas *per se* — disse Keefer.

— Ela já fugiu antes?

— Como eu vou saber? Acha que estou por dentro?

— De acordo com Cynthia, não há histórico de fugas.

— O que espera que ela diga?

— Como assim?

— Ela é uma péssima mãe. Isso não é óbvio?

— Você tentou obter a custódia?

— Não — disse Keefer. — Uma menina precisa da mãe. Pelo menos era o que eu achava na época. Mas agora... — Ele ergueu as mãos, palmas para cima. Os humanos faziam isso quando não sabiam mais o que fazer. Eu entendia. Quando eu chegava a esse ponto, tirava um cochilo, se estava dentro de casa; do lado de fora, eu marcava território, sempre uma alternativa.

Bernie olhava para Keefer do seu jeito pensativo, a cabeça inclinada para o lado. Queria dizer que estava mudando de opinião a respeito de alguma coisa, fazendo novos planos.

— Vamos fazer o seguinte — falou ele. — Por que eu não ligo para Cynthia agora? Podemos nos reunir aqui mesmo.

Nós nos reunimos no escritório, Cynthia e Keefer nas cadeiras reservadas aos clientes, Bernie à mesa, eu debaixo dela. Dali, eu podia ver Cynthia e Keefer da cintura para baixo. Ele usava calças escuras e sapatos escuros com borlas; ela estava de sandálias e pernas nuas. Seus pés apontavam em direções contrárias. Meus olhos ficaram pesados imediatamente.

— Em primeiro lugar — iniciou Bernie —, quero fazer uma pergunta muito importante. — Pés começaram a se mexer, primeiro um de sandália, depois um com borlas. — Algum de vocês recebeu um pedido de resgate?

— Pedido de resgate? — Os dois falaram exatamente ao mesmo tempo; as vozes juntas soavam desagradáveis.

— Se receberam, quem ligou deve ter advertido para não contarem a ninguém. Eu garanto que não nos contar seria um grande erro.

— "Nos"?

Bernie bateu de levinho com o pé no meu rabo.

— A agência, é claro. Mas não responderam a pergunta.

— Não aconteceu nada disso — afirmou Cynthia. — O que você está dizendo?

— Está dizendo que trata-se definitivamente de um sequestro? — falou Keefer.

Cynthia apertou as mãos com força.

— Ah, meu Deus — disse ela.

— Não há nada definitivo no momento — falou Bernie. — Vocês têm algum inimigo?

— Eu? — questionou Cynthia.

— Ou concorrentes nos negócios?

Agora ela retorcia as mãos.

— Não penso neles como concorrentes, mas...

— Pelo amor de Deus — falou Keefer. — Você desenha e-cards. Ele está falando sobre negócios de verdade.

As mãos de Cynthia se separaram, fechadas em punhos. Houve um silêncio. Bernie prosseguiu.

— E o senhor é empreiteiro, Sr. Keefer?

— Sou dono da Pinnacle Peak Homes, em Puma Wells — ele respondeu. — Concorrentes são parte do negócio. Mas não sequestramos os filhos uns dos outros. E se só o que tem são especulações, não tem o direito de nos preocupar desse jeito.

— Isso é só especulação? — disse Cynthia.

— Pode chamar assim — falou Bernie. — Mas é baseada em informações que conseguimos, a maioria relativas à movimentação de Madison na última quarta-feira, a noite em que ela supostamente foi ao cinema.

Ele começou a contar toda a história. O som de sua voz ficou distante. Fiquei todo mole e quentinho, quase adormecendo. Ouvi Keefer dizer, como se a uma grande distância:

— Levou essa teoria à polícia?

Bernie respondeu de mais longe ainda.

— Ainda não. Ela já está nos boletins de qualquer maneira e, além disso...

Aí eu transpus a barreira, afundando na terra dos sonhos.

Quando acordei, Bernie e eu estávamos sozinhos. Ele estava à mesa, segurando um cheque. Eu me espremi para fora, estiquei minhas patas dianteiras bem para a frente, levando minha mandíbula quase até o chão, traseiro bem para o alto. Foi ótimo.

Bernie olhou para mim.

— Aquilo não foi muito bom — disse. Ele acenou com o cheque. — Dois mil.

O que havia de errado com isso? Mil era sempre bom e 2 mil era melhor.

— O problema é que Keefer assinou. Agora os dois são coclientes. Eu preferia ter ficado só com ela. Ele é tão...

Eu queria saber o que Bernie ia dizer sobre Keefer, mas naquele momento a campainha tocou. Nós atendemos. Lá estava Charlie, com sua mochila.

— Oi, pai. Ei, Chet.

O vidro da janela de um carro estacionado na rua foi abaixado e Leda olhou para fora.

— Traga-o de volta às duas, amanhã — falou ela. — Não passe disso. — Olhando além dela, eu via Malcolm, o namorado, atrás do volante, falando ao celular. Eu lati. Por que não? Foi bom ver o namorado olhando na minha direção. Ele tinha medo de mim e do meu pessoal, eu via de cara.

Charlie entrou. Dei uma bela lambida em seu rosto. Ele disse "Ooooo" e deu um sorriso torto engraçado.

— Estou pronto para acampar — disse ele.

— Acampar? — Bernie perguntou.

— Você prometeu.

— Então vamos arrumar as coisas.

Arrumamos a tenda, os sacos de dormir, os colchões de ar, a bomba de ar, os pinos, a marreta de madeira, um cooler cheio de comidas e bebidas.

— Estamos esquecendo de alguma coisa? — falou Bernie.

— Fósforos — disse Charlie.

Bernie riu. Meu rabo derrubou alguma coisa na mesinha de centro. Eu tentei diminuir a velocidade com que ele batia.

Estava escurecendo quando finalmente saímos. Bernie abriu a porta de correr e carregamos todo o equipamento — a marreta era minha responsabilidade — para o quintal. Lá nós montamos a barraca, martelamos os pinos, enchemos os colchões, desenrolamos os sacos de dormir. Tínhamos duas formas de acampar: ou entrávamos no carro e íamos para o deserto, ou fazíamos assim.

Charlie gostava mais desta forma, principalmente quando sentia falta de uma cama de verdade no meio da noite.

Bernie empilhou pedras em um círculo, jogou um pouco de madeira, fez uma fogueira. Charlie assou salsichas na ponta de um graveto, o rosto brilhando com as chamas. Bernie comeu duas, Charlie uma, eu duas, depois a terceira, direto do pacote, quando ninguém estava olhando, só porque ela estava lá. Aí vieram os marshmallows assados, nos quais nem encostei. Adoro a casquinha, mas há uma manha para engolir a parte cremosa de dentro que eu nunca aprendi.

O fogo estava baixo. Bernie cantou uma música chamada "Rawhide". Charlie o acompanhou. Eu também, com o woo-woo agudo que consigo dar se apontar o meu focinho direto para o céu.

— É hora de dormir, parceiros — falou Bernie.

Ele e Charlie entraram na tenda. Eu me enrosquei perto do fogo que morria, olhando os carvões. Houve um pouco de conversa na tenda, depois silêncio. Ah, acampar. Fechei os olhos.

Estava quase dormindo quando ouvi latidos ao longe. Eu já ouvira esse latido antes, o latido feminino da outra noite. Dessa vez ele não parou. De repente, eu não estava mais com tanto sono, e sim completamente acordado. De pé, na verdade, perto do portão dos fundos, a entrada para o cânion. Estava trancado, é claro, e era alto, talvez da altura de Bernie ou maior. Mas eu já falei como sou bom em saltos? Um instante depois, ou menos, eu estava do outro lado do portão.

Latido latido. Segui o som. Estava em alerta máximo, nunca me sentira tão forte na vida. Ia ser ótimo! O latido me levou não para o cânion aberto, mas para dar a volta ao redor da casa, para a nossa rua colina abaixo, para longe da casa do Iggy.

Só havia passado por algumas casas quando reparei em um carro estacionado, com dois homens no banco da frente. Estava escuro, o poste mais próximo, na esquina, mas eu posso enxergar à noite sem problema. O que eu vi? O homem no banco do carona tinha cabelos claros, maçãs do rosto gigantescas, orelhas minúsculas. Eu conhecia esse homem, ah, se conhecia. O que mais? Sua janela estava aberta e seu braço descansava apoiado na porta. Eu não conseguia me lembrar de tudo que Bernie tinha dito, mas sabia de uma coisa: do bandido.

Eu ataquei, pulei, mordi o cotovelo dele.

O bandido gritou. O homem atrás do volante disse:

— Boris? Que diabo...

Então me viu, esticou a mão para baixo e ergueu-a com uma arma, uma arma gorda que eu já vira antes, na escola de adestramento: Taser. Então ouvi um leve estalo e algo leve atingiu o meu pescoço. No instante em que aconteceu, uma dor incandescente passou por todo o meu corpo.

Caí no chão, me contorcendo. Eu queria latir, chamar Bernie, que acampava tão perto, mas não consegui. As portas do carro se abriram. A tampa do porta-malas também. Boris e o motorista — um cara baixinho e escuro, com sobrancelhas que se juntavam no meio — pularam para fora, me pegaram e me jogaram no porta-malas.

Tum. A tampa se fechou. Eu não conseguia ver nada. O carro andou. Fiquei louco naquele lugar apertado, esbarrando em tudo. Eu nem podia ficar em pé! Bernie! Bernie!

O carro ia rápido agora. Ouvi um choramingo, percebi que era eu. Péssimo. Eu nem sentia mais dor.

Deitei e tentei ficar quieto. Depois de algum tempo, detectei um cheiro que conhecia, muito de leve, quase no limite do que eu podia sentir: o cheiro de uma jovem fêmea humana, com traços de mel, cereja e uma espécie de flor da cor do sol que eu às vezes via margeando as estradas. Madison estivera aqui antes de mim.

NOVE

Minha visão noturna é boa, tão boa que não faz muita diferença se é dia ou noite, mas ali, pela primeira vez na vida, eu não conseguia enxergar nada. Não gostei nem um pouco disso. Havia muitos cheiros além do de Madison: cheiros de óleo, de borracha, de lixo apodrecendo. E sons também, agudos e chorosos. Depois de algum tempo, percebi que eram meus. De novo? Parei. Aí veio a tremedeira e parei com isso também. Fiquei deitado ali, na escuridão total. Mas que bem isso faria? Só ficar deitado ali, esperando?

Estiquei uma das patas da frente, toquei a lateral do porta-malas. Arranhar seria uma boa ideia? Arranhar as coisas era quase sempre uma boa ideia, ao meu ver. Arranhei, senti algo que parecia um tipo de carpete. Arranhei um pouco mais, logo estava com as quatro patas trabalhando, rasgando várias coisas — duras, moles, talvez até alguns fios. Uma pequena faísca voou; aí tudo ficou escuro novamente. Não sei por quê, mas a pequena faísca me pareceu um bom sinal. Arranhei com mais força.

Os freios rangeram. O carro parou, tão subitamente que fui lançado contra a parede dianteira do porta-malas. Uma porta bateu, e outra. Ouvi passos se aproximando. O carro fez alguns cliques metálicos. Acima deles, eu ouvia também o vento, um lamento alto.

Um homem falou.

— Que diabo é isso?

— Bem, Boris, parece que os faróis traseiros foram para o espaço — disse outro homem. Eu reconheci a voz dele: o motoristazinho cujas sobrancelhas se encontravam no meio.

— Foram para o espaço? — disse Boris.

— Você sabe. Estão ferrados.

— Isso eu estou vendo — falou Boris. — Estou questionando o por quê. A manutenção do carro é sua responsabilidade. — Ou algo assim. O Boris era difícil de entender.

— Estava funcionando hoje de manhã — disse o motorista. Ouvi um tap-tap, talvez a mão do motorista em cima do vidro do farol traseiro. — O cachorro deve ter feito isso.

— O cachorro quebrou o farol, é nisso que quer que eu acredite?

— Você o ouviu chutando aí dentro.

— Cachorros quebrando faróis, Harold? — disse Boris. — Não é lógico.

— Hein?

Eu também não entendi.

— Quer que eu abra o porta-malas? — perguntou Harold.

Isso eu entendi. Eu me contorci, pressionei minhas patas debaixo de mim, me agachei, completamente pronto. Essa era a minha chance! O porta-malas ia se abrir e...

— Não — falou Boris. — Agora não. No rancho nós abrimos.

— Você é quem sabe — disse Harold. — Mas o que vamos fazer com o maldito cachorro?

— Eu não sei. Esse cachorro é um problema.

— Então por que não o matamos agora e largamos na beira da estrada?

— Humm — murmurou Boris. Houve uma pausa. Aí ele continuou: — O Sr. Gulagov é mestre em lógica. Ele vai tomar uma decisão.

Os passos se afastaram, crunch crunch. As portas abriram e fecharam. Estávamos em movimento novamente. Eu arranhei mais durante algum tempo, porém nada aconteceu. Deitei. O carro começou a sacolejar.

O tempo passou, me pareceu um longo tempo, um tempo turbulento de escuridão total sem nenhum som ou cheiro novo. Mantive os olhos abertos, apesar de não haver nada para ver. Era importante ficar alerta, estar pronto a qualquer momento. Bernie tinha um ditado: alguma coisa — não me lembro o quê — depende da preparação. Minha mente vagou até Bernie. Eu mencionei o cheiro dele? O melhor entre qualquer humano que eu já tenha encontrado — na verdade, meio parecido com o de um cachorro, de alguma forma. É, bom assim. Nada como o meu, é claro. O meu é o máximo. Difícil descrevê-lo: uma mistura de couro velho, sal e pimenta, casacos de pele de marta — eu conheço casacos de pele porque Bernie tinha um, de sua avó, que ele deu para Leda — e um *soupçon* — uma das palavras favoritas de Bernie, que significa, eu acho, uma quantidade bem pequena: no meu caso, de creme de tomate. Eu me lembro da primeira vez que cheirei Bernie, ainda na escola de adestramento. Isso foi logo antes de o infeliz...

O carro parou. As portas abriram e fecharam. Eu me agachei, pronto para pular. Mas nada aconteceu. Sim, havia passos, mas eles se afastaram. Depois disso, silêncio, a não ser pelo vento, muito baixo.

O que estava acontecendo? Eu estava pronto, todo preparado para pular, para atacar, para lutar, mas nada disso ia acontecer antes de o porta-malas ser aberto. O que eu podia fazer? Nada me veio à mente. A não ser Bernie.

Eu esperei mais. Precisava estar preparado, tinha que permanecer alerta. Bernie teria ficado orgulhoso de mim se soubesse quanto tempo eu fiquei preparado e alerta antes de minhas pálpebras tornarem-se pesadas demais.

Crec. Tum. Onde eu estava? O que estava...

O porta-malas estava aberto, o capô ainda vibrava. Eles o haviam aberto! Eu podia ouvi-lo fazendo poing-poing, mas não conseguia ver — toda aquela luz do dia era ofuscante. Mas podia cheirar, e cheirar muita coisa: cara, tudo horrível. Agora! Eu pulei na direção da luz.

Aí veio a confusão: brilhos metálicos, rostos humanos, uma aterrissagem dura. Eu me lancei para a frente e bati direto em algo sólido. O que era aquilo? Eu havia pulado para dentro de uma...

Clang.

Uma jaula? Uma jaula. Ah, não.

Eu me virei, meus olhos se ajustando, tarde demais. Boris colocou o ferrolho no lugar, trancando a porta. Eu me joguei contra as barras, latindo furiosamente, sacudindo a jaula, sem resultado. Depois de algum tempo eu só fiquei parado ali, rosnando, olhando para fora.

Três homens olhavam para dentro: Boris, Harold — o motorista — e um cara baixo, mas muito forte, com um pescoço grosso, braços e pernas grossos e a cabeça raspada.

O terceiro homem falou:

— Um belo animal — disse. Seu jeito de falar me lembrava um pouco o Boris, mas menos estranho.

— O senhor acha, chefe? — perguntou Harold.

— Ele me deu muito trabalho, Sr. Gulagov — disse Boris. — Ele até mordeu o meu braço. — Ele ergueu o braço. — Olhe... curativos.

O Sr. Gulagov não olhou para o braço de Boris. Ele olhava para mim. Seus olhos eram pequenos e incolores, sob a sombra de sua sobrancelha pesada.

— Talvez possamos treiná-lo.

— Para fazer o quê? — disse Harold.

— Lutar contra outros cachorros, o que mais? — respondeu o Sr. Gulagov. — Há boas brigas de cães no México, creio. Andei pensando em investir.

— Há dinheiro envolvido nisso? — questionou Boris.

— Onde há aposta, há dinheiro — disse o Sr. Gulagov. — Lembre-se dessa lição, Boris.

— Sim, senhor.

— Vou me lembrar também — falou Harold.

O Sr. Gulagov não deu atenção a ele. Olhava para mim.

— É, é um belo animal. Dê alguns ossos para ele.

— Ossos? — disse Harold.

— Como recompensa.

— Recompensa? — disse Boris. — Ele é inimigo.

O Sr. Gulagov sorriu. Ele tinha dentes enormes para um humano, os mais brilhantes que eu já vira.

— Preste atenção, Boris. Eu vou fazer dele amigo.

— Com ossos?

— Claro, ossos, mas não só isso. Temos recompensas, castigos. Isso é matemática, Boris. Recompensa mais castigo é igual à lealdade.

— O cachorro vai ser leal ao senhor?

— Cem por cento — disse o Sr. Gulagov. — Ele vai viver e morrer por mim. Mas primeiro temos que lhe dar um nome.

— Acho que ele já tem um — disse Harold —, ali, impresso na colei...

O Sr. Gulagov olhou de relance para o motorista; ele ficou em silêncio.

— Vamos chamá-lo de Stalin.

— Stalin? Como o cara que...

— Esse nome manda um recado — disse o Sr. Gulagov. Ele acendeu um charuto grosso e mudou de assunto: — Tragam Stalin para o celeiro.

Tudo isso aconteceu rápido, foi difícil de entender. Mas ser leal àquele cara? Nunca. E meu nome era Chet, simples.

Todos se afastaram na direção de alguns prédios. Tínhamos ido a um rancho uma vez, eu, Bernie, Charlie, Leda — já mencionei isso? Este lugar me lembrava um pouco o rancho, só que malconservado, e não havia cavalos por ali; eu soube imediatamente, pelo cheiro. Para além dos prédios havia uma colina íngreme e rochosa, muito alta, com cactos aqui e ali. Além da colina, nada: só deserto para todos os lados e o vento, fazendo um som agudo como se soprasse forte, apesar de eu não sentir nenhuma brisa no meu pelo.

Um motor foi ligado, e por trás de um dos prédios veio Harold, sentado ao volante de uma empilhadeira amarela. Eu conhecia empilhadeiras graças a um caso de roubo de armazém que eu e Bernie tínhamos resolvido há algum tempo. A empilhadeira chegou bem perto e parou. Aí, com um pequeno gemido, as forquilhas escorregaram para baixo. O caminhão chegou ainda mais perto, colocando as forquilhas bem debaixo da jaula. O rosto de Harold estava muito próximo. Eu não gostava daquele rosto, com sua única sobrancelha pesada, nem um pouco.

— Calma aí, Stalin — disse Harold.

Eu não pensei, só parti para cima dele. Esqueci da jaula até bater contra ela e cair. Depois fiquei um pouco tonto, mal percebendo a risada de Harold.

Fomos lentamente na direção das construções — uma casa comprida e baixa, um celeiro, alguns barracões, as laterais de madeira rachadas, a tinta descascando, uma ou duas janelas quebradas. Harold contornou o celeiro, baixou a jaula, deu ré, foi embora.

Estava tudo silencioso. O sol subiu mais. O calor também. Não conseguia sentir cheiro de água, nem na jaula nem em lugar nenhum. Eu tinha bastante sede. Fiquei andando de um lado para o outro. Saliva começou a escorrer da minha boca, fazendo até um pouco de espuma. Deitei. Foi quando percebi um grande buraco preto na base da colina rochosa do lado oposto. Um par de trilhos de trem enferrujados entravam por ele. Eu sabia o que era aquilo: uma mina. Bernie tinha uma queda por velhas minas abandonadas no deserto. Já havíamos explorado muitas, e uma coisa eu sabia — elas eram frescas por dentro. Aquilo ficou na minha cabeça conforme o dia esquentava cada vez mais.

O sol mergulhou atrás da colina. O ar esfriou, mas isso não ajudou a minha sede. Minha língua estava grossa e seca, algo estranho, como se não fizesse parte de mim. Sombras compridas surgiram. O dia escureceu.

De repente, senti cheiro de água, um cheiro limpo e incrível com traços de pedra e metal. Aí ouvi passos. Me levantei.

O Sr. Gulagov apareceu, dobrando a esquina do celeiro. Carregava uma tigela grande. Água transbordava pelos lados. Ele parou na frente da jaula, botou a tigela no chão. Eu quase podia esticar a língua pelas barras e beber; a tigela estava um milímetro longe demais.

Ele olhou para mim.

— Olá, Stalin. Como a vida o tem tratado?

Eu não fiz nada, não movi um músculo, não fiz um som. Meu nome não era Stalin.

— Você e eu vamos ser bons amigos, Stalin. Está um pouco quente aqui fora. Está com sede?

Eu continuei imóvel.

— Aqui tem água. Temos água de poço na velha mina, gostosa e gelada. — Ele empurrou a tigela com o pé; uma ondinha desapareceu na lateral da vasilha. — Quer uma água gostosa e gelada? Posso botá-la mais perto, sem problema. Você só precisa fazer uma coisa simples: sentar. — Ele fez uma pausa. — Pronto? Stalin, sentado.

Eu permaneci de pé.

— Sentado.

Eu me aprumei um pouco mais.

— Não me decepcione, Stalin. Você deve ter sido adestrado. Deve conhecer "sentado".

O que eu sabia era entre mim e Bernie.

— Há algo que você vai aprender logo: eu não tolero desobediência. E sempre ganho. — A voz dele ficou mais alta e seu rosto mais corado. — Sentado! Sentado! Sentado, seu vira-lata burro.

Sem chance.

O Sr. Gulagov chutou a tigela de água e se afastou batendo os pés. Quando ele não estava mais à vista, enfiei a língua por entre as barras e lambi um pouco da terra úmida.

DEZ

Eu estava deitado, a língua pendurada para fora. Comecei a ofegar, não conseguia parar. Minha lembrança voltou à única vez em que eu vira neve. Foi em uma caminhada que Bernie e eu fizemos em alguma montanha, não sei bem onde. Primeiro, uma longa viagem de carro. Aí andamos, cada vez mais para cima, e de repente uma coisa branca cobria o chão. Que surpresa! Coisa branca em todo lugar. Eu fiquei andando em zigue-zague.

— Neve, Chet — falou Bernie. — Isso é neve.

Eu nunca nem tinha ouvido falar em neve. Eu a cheirei, provei, rolei nela. Uuuuuuh — me dava arrepios. Bernie jogou bolas. Eu as pegava no ar. Elas se desfaziam contra o meu focinho. Escorreguei para todo lado, de trás para a frente, em todas as direções. Nos divertimos demais, e depois, na descida, chegamos a um lugar onde a neve havia derretido entre algumas pedras e corria — jorrava, nas palavras de Bernie — em um riacho. Abaixei a cara bem na corrente. Foi a melhor água que já bebi na vida. Pensei nela agora — não conseguia pensar em mais nada, na verdade —, na jaula atrás do celeiro do Sr. Gulagov, e parei de ofegar.

Ainda havia luz lá fora, mas só um pouco, quando os ouvi voltando. Eu me levantei, me sentindo um pouco estranho, não muito bem. Dessa vez, eram só Boris e o Sr. Gulagov, nenhum dos dois trazendo água.

— Uau — disse Boris. — A língua dele parece uma tora de madeira.

— Um problema menor — comentou o Sr. Gulagov, acenando com a mão. Os grandes anéis em seus dedos refletiam o que restava da luz. — Cães podem passar vários dias sem água.

— Pensei que eram os camelos.

O Sr. Gulagov ficou muito quieto.

— Isso é uma piada?

— Ah, não, senhor. Não é piada.

— Excelente — disse o Sr. Gulagov. — Humor é complicado.

— Vou me lembrar disso.

— Complicado, e não é para todo mundo.

— Não se repetirá — disse Boris.

— Eu cuido das piadas — falou o Sr. Gulagov. — Vamos começar.

Eles andaram até a jaula. Boris esticou a mão.

— Agora?

— Agora.

Boris escorregou o ferrolho, abriu a porta da jaula. Grande erro, meu amigo. Em um segundo eu estava de pé e atacando, passando direto pela porta...

Mas não. Ouvi um tilintar; vi um clarão metálico, senti algo apertando o meu pescoço. Perdi o equilíbrio e me estatelei na terra, minha garganta cada vez mais apertada. Olhando para cima, vi o Sr. Gulagov plantado bem na minha frente, inclinado para trás, puxando com força a ponta de um enforcador, rangendo aqueles seus dentes enormes. Eu conhecia enforcadores, vira-os sendo usados uma ou duas vezes em filhotes da vizinhança, mas nenhum como esse, e ninguém jamais usara um em mim, nem mesmo antes de

Bernie. Lutei contra os elos de metal, me contorcendo e fazendo força, mas isso só piorou tudo.

— Isso só vai piorar as coisas — avisou o Sr. Gulagov, apertando mais, me forçando a ficar de pé. Eu não conseguia respirar. Me esforcei ao máximo para inspirar, mas não conseguia. — Tenho sua atenção agora, Stalin? — Ele fez uma pausa. Tudo começou a ficar branco. — Sentado.

Ele mexeu as mãos. A corrente afrouxou. Eu inspirei. A corrente estava mais frouxa agora, mas não o suficiente. Minha respiração chiava.

— Sentado.

Fiquei de pé. Não me sentia bem, mas fiquei de pé.

— Talvez ele não escute bem — argumentou Boris.

— Não — disse o Sr. Gulagov. — Essa não é a parte ruim. — Ele sorriu diretamente para mim, com aqueles dentes grandes e brilhantes. Isso me confundiu, porque o sorriso humano acompanha coisas boas, pelo que eu saiba. E, naquele momento de confusão, o Sr. Gulagov sacudiu a corrente para baixo com uma força enorme. Eu me afundei de novo no chão, a corrente se enterrando no meu pescoço.

— Agora tentamos de novo, sim? — disse o Sr. Gulagov, ainda sorrindo. Ele soltou a corrente o bastante para que eu desse mais algumas respiradas barulhentas. — De pé — falou. Eu fiquei deitado ali. O Sr. Gulagov suspirou.

— Boris — disse ele. — O chicote.

— Chicote comum ou açoite? — perguntou Boris.

— Açoite, eu acho.

— Onde está?

— Tenho que fazer tudo sozinho? Você vai ter que procurar.

Boris se afastou. Fiquei deitado no chão, a língua na poeira, sem saber direito o que era açoite. O Sr. Gulagov olhou para mim. Havia algo em seus olhos que me fez desviar a vista.

— Você tem determinação — falou ele. — Vai dar um bom cão de briga depois que eu o domar.

Boris voltou. Eu vi o que era um açoite.

— Estale-o para fins de demonstração — disse o Sr. Gulagov.

Boris torceu a mão. O chicote estalou como um raio, não muito acima da minha cabeça. O Sr. Gulagov agarrou a corrente, puxando-a para cima.

— Stalin. Sentado.

Eu fiquei parado. Estava escuro agora. As luzes se acenderam em uma das janelas do celeiro, lá no alto. Vi alguém na janela — uma garota, e não apenas isso, mas uma que eu reconhecia: Madison Chambliss. Ei! Eu a havia encontrado.

— Boris? — disse o Sr. Gulagov. — Agora mostre a ele como é na pele.

— O chicote?

— Do que mais eu estaria falando?

Madison abriu a janela e enfiou a cabeça para fora.

— Não machuquem esse cachorro — disse ela.

O Sr. Gulagov e Boris olharam para cima.

— Onde está Olga? — O rosto do Sr. Gulagov inchou, ficando corado de novo. — O que está acontecendo?

Uma mulher grande, com os cabelos presos em um coque, se ergueu por trás de Madison, os braços levantados como uma bruxa num dos velhos filmes de terror de Bernie. Ela começou a puxar a garota para longe da janela. Os olhos da menina se arregalaram.

— Ei. É aquele cachorro que...

Ela foi arrancada para fora do meu campo de visão. Naquele momento, percebi que quase não havia pressão em volta do meu pescoço. Olhei de soslaio para o Sr. Gulagov. Não preciso virar a cabeça para olhar de lado; uma de minhas vantagens é não ter os olhos tão próximos um do outro, como os humanos. O olhar do Sr. Gulagov ainda estava na janela, sua mão na corrente do enforcador relaxada, semiaberta.

Eu disparei.

— Que diabos? — disse o Sr. Gulagov.

A corrente do enforcador se apertou, mas só por um instante, e aí foi arrancada da mão dele. Livre! Corri, virando para o outro lado do celeiro, a corrente se arrastando atrás de mim. A porta do celeiro se abriu e Harold saiu. Senti um cheiro novo nele, um cheiro com o qual eu e Bernie havíamos trabalhado muito: o cheiro de uma arma recentemente disparada. A mão de Harold se moveu para o bolso. Eu já tinha visto muitas vezes o que armas podiam fazer muitas vezes. Corri para o outro lado, mas Boris já vinha atrás de mim, o açoite erguido. Virei-me de novo, disparando na única direção segura, para a colina rochosa. Se conseguisse chegar lá, talvez...

— Matem-no! — gritou o Sr. Gulagov.

Um tiro explodiu, e então outro; uma bala ricocheteou numa pedra bem ao meu lado. Alcancei a base da colina e me lancei para dentro da mina sem pensar duas vezes, nem mesmo uma. Armas atiraram e atiraram de novo. Continuei em frente; eu sabia o que armas podiam fazer.

A fraca luz lá de fora penetrava pouco dentro da mina antes de ser engolida pela escuridão. Senti dormentes de ferrovia debaixo das minhas patas, terra fria e socada entre eles. Depois de algum tempo, olhei para trás. A entrada da mina era um círculo negro e indistinto na escuridão. Além dela, eu via luzes brilhando no celeiro. Ouvi com uma das minhas patas dianteiras levantada, do jeito que fico quando faço o máximo de esforço para escutar. Silêncio, a não ser pelo vento forte do deserto. Eu me arrastei de volta para a abertura.

Devagar, muito devagar. Posso ser muito silencioso quando quero: como uma sombra, Bernie dizia. Eu me movi como uma agora, estava a apenas alguns passos da abertura. Depois? Zum. Eu voaria para fora dali, me fundindo com todas as outras sombras noturnas, a caminho de casa. Mas conforme dava meu último passo lento, a ponta da corrente do enforcador — havia me esquecido completamente dela — bateu contra um dos dormentes.

Luzes espocaram, claras como o sol.

— Lá está ele.

Eu me virei e disparei de volta pelo túnel, a corrente do enforcador batendo e tinindo atrás de mim. Uma arma foi disparada, e veio o ricochete agudo em um dos dormentes, tão perto que eu pulei no ar, todas as quatro patas fora do chão. O Sr. Gulagov, não muito longe, gritou:

— Atrás dele, mas usem o cérebro: só há uma saída. Vocês sabem disso. O animal não.

Esse era eu? O animal? Havia algo que eu não sabia? Mas o quê? Eu não entendia. Só corri, cada vez mais para o fundo na escuridão da mina. Olhando para trás, vi um brilho forte no trilho, vindo atrás de mim. Minha sede, meu cansaço — me esqueci completamente deles, parti à toda. Haveria algum homem na Terra de quem eu não pudesse ganhar em uma corrida? Não.

Ouvi vozes, mais distantes agora:

— Sigam o som.

Som? Que som? Eu era uma sombra. Aí me lembrei da corrente do enforcador, lembrei dela de novo. Por que eu vivia esquecendo? Diminuí a velocidade, virei a cabeça, mordi o metal frio, mordi com toda a força que tinha. Nada. Cortar a corrente estava além da minha capacidade. Continuei tentando mesmo assim. Então, de repente, o brilho me alcançou, passou voando por mim. Não pode diminuir a velocidade, Chet. Vislumbrei o túnel mais à frente, fazendo uma curva. Bum, mais um tiro ecoando pela mina. Algo passou bem próximo do pelo do meu rabo, e madeira se despedaçou por perto. Eu corri, disparei pela curva, de volta à escuridão.

Corri o mais rápido que pude, sem parar, mas o som da corrente me seguiu pelo caminho inteiro e, olhando para trás, vi a luz me seguindo também. Isso era ruim. Eu precisava de alguma coisa, mas de quê? Eu precisava, precisava... Então caiu a ficha: um buraco, um lugar onde parar quieto. Mas não havia nenhum, então eu só corri, talvez não tão rápido. Outra olhada para trás: o brilho chegava cada vez mais perto, ia me alcançar de novo com certeza. Tentei correr mais rápido, e talvez tenha conseguido, porém depois de alguns poucos passos senti outro cheiro: água.

Água.

Segui aquele cheiro, o melhor que havia — o segundo melhor, talvez — pelo túnel acima, mas o perdi quase imediatamente. Parei, farejei em volta. Não pare, Chet. Corra. Mas eu parei. Eu precisava de água, só um pouquinho. Vozes soaram de novo e o brilho das luzes vinha rápido pelos trilhos. Dei alguns passos para trás, na direção das vozes e da luz, e lá estava ele, o cheiro de água de novo. Parecia vir da parede. Andei até ela e o cheiro ficou mais forte. Eu o segui, o que era aquilo? Eu o estava seguindo para dentro da parede? É: o cheiro vinha de uma abertura que eu quase podia ver, talvez um outro túnel, mas muito estreito. Quando o brilho estava para me pegar, me iluminar ao olhar de todos, eu me espremi para dentro da abertura, me arranhando em uma pedra afiada ou talvez um pedaço quebrado de madeira. Entrei um pouco, agora em silêncio, nenhum trilho contra o qual a corrente pudesse bater. Então eu ouvi Harold, muito perto.

— Por que não esperamos lá na frente? O senhor mesmo disse que só há uma saída.

Eu me deitei, fiquei imóvel.

— Quem é que pensa, Harold?

— O senhor, chefe. Mas é perigoso aqui. Essas escoras estão todas podres.

Naquele momento, ouvi um estalido, baixo e muito longe.

— Talvez você tenha razão — disse o Sr. Gulagov.

Os passos se afastaram, sumiram lentamente. Fiquei deitado ali, o cheiro de água cada vez mais forte. Depois de algum tempo, me arrastei na direção dele. Eu podia ouvir agora, um pingo muito baixo. Estiquei a língua e lambi a parede. E sim, água, ah, escorrendo pela parede de pedra. Lambi a parede, lambi e lambi, me enchi de água gelada, mais salgada do que eu gosto, mas incrível mesmo assim. Bebi até a minha língua voltar ao tamanho normal, bebi até não poder mais, e comecei a me sentir bem de novo. Fiquei ali deitado no meu buraco, descansando. Silêncio, o único som era o batimento no meu peito, diminuindo de velocidade. Minhas pálpebras ficaram pesadas.

ONZE

A água escorria, um som calmante. Isso significava que a pia da cozinha estava vazando novamente. Essas coisas aconteciam: Bernie tinha uma caixa de ferramentas, fazia todos os consertos domésticos, alguns várias vezes. Ele já ficou com a mão presa no triturador de lixo, a caixa de fusíveis começou a soltar fumaça e os bombeiros...

Abri os olhos. Em casa na cozinha? Não. Tudo voltou. Eu estava na mina, escuridão à toda volta. Mas havia algo diferente. Escuridão, sim, mas não completa. A distância, vi um raio estreito de luz dourada. Eu me levantei, percebendo que não tinha me lembrado de tudo: havia esquecido da corrente. Rolei e me contorci de um lado para o outro, tentando me livrar do negócio. Mas ela ficou onde estava, enrolada no meu pescoço, a ponta solta se arrastando pelo chão.

Sentei, imóvel e em silêncio — eu sabia me sentar muito bem, obrigado, Sr. Gulagov —, e escutei. Não havia nada para ouvir a não ser água escorrendo. Lambi um pouco da parede e andei até a luz.

Ela estava mais longe do que parecia. Quanto mais perto eu chegava, mais enxergava. Eu estava em um túnel que ficava ainda mais apertado, as paredes e o teto se fechando. Tive que me agachar bem enquanto me aproximava da fonte de luz, uma rachadura fina na parede. Eu farejei, senti o cheiro de coisas externas: mimosas, flores e algum outro odor que me lembrava gatos. Arranhei a rachadura com a pata. Um pouco da parede desmoronou e a abertura ficou maior. Arranhei um pouco mais. A rachadura virou um buraco. Através dele, vi pedras grandes, uma bola de mato seco rolando e, ao longe, uma montanha alta que terminava em um platô.

Quando dei por mim, estava cavando com mais força do que jamais cavei. Terra e pedras voavam por todo lado. Logo o buraco ficou grande o bastante para enfiar minha cabeça. Fiz isso, pisquei para tirar um pouco da poeira, e vi que estava no alto, em um despenhadeiro íngreme, bem acima do chão do deserto. Tentei me espremer pela abertura, não consegui nada. Isso me deixou um pouco em pânico. Minhas patas da frente estavam presas, mas não as de trás; elas começaram a cavar loucamente. Veio um estrondo estranho, e a montanha inteira pareceu tremer. Com toda a força, eu me contorci e cavei, tentando me libertar. A montanha fez um bum e me jogou direto para fora do buraco — na verdade, ele nem estava mais lá. Rolei montanha abaixo, pedras e torrões de terra quicando por toda a minha volta.

Parei no topo de um beiral estreito, a ponta da corrente do enforcador batendo em mim, a poeira soprando para todos os lados. Eu sentia dor? Não. Não estava com sede, não estava nem cansado, só com um pouquinho de fome. Eu me lembrei daquele bife frio que Bernie e eu havíamos dividido, com molho para churrasco espalhado em cima. Está bem: eu estava com muita fome.

Eu me levantei e dei uma boa sacudida, levantando nuvens de poeira, como uma pequena tempestade. Quando a poeira baixou, eu podia enxergar até o deserto. Ele continuava até o infinito, com algumas montanhas ao longe. Nenhum sinal do Sr. Gulagov ou de seu rancho, nenhum prédio à vista, nenhuma pessoa. Eu estava livre! Pensei na minha casa e em Bernie.

Mas minha casa — em qual direção? Farejei. Eu já voltara para casa de muito longe, sempre seguindo meu próprio cheiro, que é muito agradável, já disse isso? Dessa vez, meu único rastro levava de volta à montanha, dentro da mina. A direção errada, com certeza. Andei pelo beiral, procurando uma descida. Aquele cheiro estranho de gato estava no ar de novo, não exatamente gato, porém, havia algo mais. Encontrei uma ravina estreita e a segui por um lado do beiral, em torno de uma pedra grande, do tamanho de um carro. Ar fresco, não quente demais, muito sol: não era de todo ruim. Meu rabo estava levantado, alerta, sacudindo um pouco. Levando-se tudo em conta, eu me sentia bem e, se tinha alguma preocupação, não sabia qual.

Então, sem nenhum aviso a não ser uma ligeira corrente de ar atrás de mim, fui atingido por algo grande e forte com tanta violência que voei do chão, caindo com força bem lá embaixo. Rolei, olhei para cima e vi um animal que parecia um gato enorme vindo na minha direção, um animal que eu conhecia do Discovery Channel: um puma. Dentes enormes, garras enormes, olhos amarelos enormes — um gato aumentado para tamanho de pesadelo. O que Bernie tinha dito uma vez vendo TV? "Se um dia você encontrar um desses idiotas, independentemente do que fizer, não corra. Corra e está frito." Ele havia até — isso depois de uma ou duas doses de bourbon, nem sempre uma boa ideia para Bernie — imitado um puma e me atacado, fazendo os dedos de garras, dizendo: "Fique, Chet, fique."

Eu confiava em Bernie, acreditava em tudo que ele já havia me dito. Me virei e corri.

Minha corrida mais rápida de todas, as patas mal tocando o chão, as orelhas esticadas para trás e, ainda assim, ele caiu em cima de mim quase imediatamente, as garras afundando em minhas costas. Rolamos juntos, montanha abaixo, nossos rostos colados um no outro. Aqueles olhos: os olhos de um assassino.

Caímos aos pés de um cacto, paramos. Eu me pus de pé imediatamente e ele também. Ele se agachou, pronto para pular. Eu o encarei e rosnei, não sabia por quê, só rosnei. Ele fez uma pausa, como se estivesse em dúvida — Bernie estava certo! —, e então, em vez de saltar, me atacou com uma pata, tão rápido que nem tive tempo de me encolher. Senti dor na lateral do corpo, mas havia outra coisa. Ele tinha prendido uma garra em um dos elos da corrente do enforcador. Isso provocou outra pausa, que eu aproveitei, virando a cabeça e mordendo o seu ombro. Ele rugiu, um rugido horrível que soava como uma tempestade de raios. Me arrepiei. Ele tentou soltar a pata, puxando-a de volta, e eu senti sua força tremenda na pele. A corrente se quebrou de primeira e ele rugiu de novo, agachando-se para o bote. Mas, logo em seguida, o rugido dele virou uma tosse de quem está engasgado, que me é familiar por causa dos incidentes com ossos de galinha. Por que isso? Por trás daqueles dentes enormes, no fundo da garganta dele, vi um elo de corrente; deve ter voado para dentro de sua boca. Ele andou para trás, inclinando-se para a frente, tentando expeli-lo. Saí correndo e não olhei para trás até alcançar o deserto. Nem sinal dele.

Segui o sol: parecia a coisa certa a fazer. Ele me levou até as montanhas distantes. Comecei a correr. Era tão bom estar livre da corrente! Uma vez que eu começasse, podia correr para sempre.

Mas, quando o sol se pôs atrás das montanhas, imediatamente esfriando o ar, eu só andava, e não muito rápido. Com fome, cansado, com sede, tudo ao mesmo tempo. Minha língua estava seca novamente, grande demais para a minha boca. A respiração ofegante ia e vinha, e eu sentia cheiro de sangue de tempos em tempos, só podia ser meu. Vi uma placa em um poste no meio do nada. Fiquei olhando para ela por algum tempo, depois para as montanhas. Elas não pareciam nem um pouco mais próximas, mas suas sombras sim, e vinham na minha direção o tempo inteiro.

A noite caiu. Estrelas apareceram, enchendo o céu. Eu sabia que meu senso de direção estava certo, continuei andando. Ao longe, vi uma luz, uma luz instável, amarela e tremeluzente. Logo depois, senti cheiro de fumaça, e não só fumaça, mas de carne, carne na grelha. Acelerei o ritmo, até corri um pouco. Lentamente, a luz amarela tremeluzente virou uma fogueira, com formas humanas ao redor. Eu me aproximei, permanecendo fora do alcance da luz.

Humanos, é, motoqueiros; nós não gostávamos de motoqueiros, eu e Bernie. Estavam sentados em volta de uma grande fogueira, homens e mulheres, bebendo, fumando, assando hambúrgueres; suas motos estavam perto de um velho barracão caindo aos pedaços. Quantos? Esse era o tipo de coisa que eu não poderia dizer.

— Ei, o que é aquilo?

Minhas orelhas levantaram.

— Coiote?

Cheguei para trás, sem vontade de ouvir insultos.

— Não, parece um cachorro.

— Aqui?

— Deve estar com fome.

— Ei, totó! Quer um hambúrguer?

Não muito tempo depois, eu estava perto do fogo, atacando um hambúrguer, que não era o primeiro, e socializando com os motoqueiros. Mudei de opinião a respeito deles, ou pelo menos desses em particular. Eram grandes, até as mulheres, com muitas tatuagens e piercings — piercings sempre me deram uma sensação desagradável —, mas simpáticos.

— Ele parece bem cansado.

— De onde será que veio?

— Olhe a plaquinha.

— Não tem plaquinha — falou uma motoqueira, chegando mais perto, me fazendo um afago gostoso.

Não tem plaquinha? Ops. Não conseguia sentir minha coleira. Eu a havia perdido? Como?

— Tem algo nas costas dele — observou ela. — Talvez sangue seco.

O motoqueiro maior, um cara enorme com uma barba branca imensa, se inclinou e deu uma olhada.

— Isso não é nada — disse ele. — Deviam ver o outro cara.

Todo mundo riu.

— Está com sede, totó?

Eu estava.

— Gosta de cerveja?

Eu não gostava mesmo. Gostava de água, mas não parecia haver nenhuma por perto. Alguém encheu uma calota velha de cerveja. Dei um gole. Nada mal, nem um pouco. Bebi mais.

— Cara! — disse um motoqueiro. Ele me fez um afago. A motoqueira me fez um afago. Aí o motoqueiro grandão empurrou os dois para longe e assumiu os afagos, bebendo uma cerveja ao mesmo tempo. Logo as chamas estavam dançando em várias formas interessantes. Outra motoqueira puxou uma gaita. A lua surgiu. Eu uivei um pouco. Assim como um ou dois motoqueiros. Eles uivavam muito bem, estavam quase na minha categoria. Alguém encheu a calota de novo.

De manhã, fui o primeiro a acordar, me sentindo não muito bem. Os motoqueiros dormiam espalhados por todo o canto, alguns deles vestindo quase nada. Como outros humanos, quase todos eram mais bonitos vestidos. Fui para trás do barracão caindo aos pedaços e fiz minhas necessidades. Quando voltei, os motoqueiros se mexiam. Senti vários cheiros humanos, alguns novos para mim.

— De ressaca novamente — disse um deles. — Acordei de ressaca em todas as manhãs da minha vida adulta.

— Não é o recorde — comentou outro.

O motoqueiro enorme de barba branca se coçou por algum tempo — boa ideia: eu também me cocei — e então disse:

— Vamos nessa.

— E o totó?

O motoqueiro enorme olhou para mim.

— Não podemos simplesmente deixá-lo aqui.

O motoqueiro enorme tinha uma moto enorme, prateada e brilhante. Acabei sentado atrás dele, preso com uma corda de bungee-jump. Primeira vez numa moto! Eu me senti melhor imediatamente, alerta e descansado, até querendo um pouco mais de cerveja. Rugimos pelo deserto, meus olhos lacrimejando por causa do vento, minhas orelhas sopradas bem para trás, uma estranha formação rochosa passando por nós. O motoqueiro virou a cabeça, gritou alguma coisa que eu não entendi. Lati no ouvido dele.

— Nascido para ser selvagem — gritou ele ao vento. — Como um verdadeiro filho da natureza.

Eu concordava totalmente: lati até não poder mais. Demos algumas empinadas com a moto.

DOZE

Dirigimos pelo deserto. Ah, o barulho que fizemos! Às vezes, o motoqueiro enorme e eu liderávamos, às vezes ficávamos para trás para passar uma garrafa de tequila, por exemplo. As montanhas chegavam cada vez mais perto e logo andávamos em estradas pavimentadas, estreitas a princípio, depois com várias pistas e um pouco de trânsito, mas diminuímos a velocidade? Nem um pouco! Pelo contrário! Como verdadeiros filhos da natureza, tínhamos nascido para ser selvagens!

Um pouco depois, entramos no pé da serra e chegamos a uma cidade. A turma toda parou do lado de fora de um bar — eu sabia que era um bar por causa do copo de martíni em néon na janela, mas também pelo cheiro de vômito humano no ar — e todo mundo entrou, todo mundo menos eu e o cara enorme, meu amigo motoqueiro. Continuamos em frente, virando uma esquina e subindo uma rua ladeada apenas por uns poucos prédios, alguns lacrados com tapumes. Paramos em frente ao último. Meu amigo motoqueiro saltou e me desamarrou.

— Passeio maneiro, não é? — disse ele — Venha, totó, vamos nessa.

Eu pulei para baixo e o segui por um caminho de pedra, atravessando o portão que levava ao prédio; ele o fechou atrás de mim. Ei! Senti o odor do meu pessoal, muitos e muitos deles. Que lugar era...

O motoqueiro abriu a porta e nós entramos. Estávamos em um aposento pequeno com um balcão, uma mulher atrás dele e muitos outros cheiros, todos de compatriotas meus. Essa era uma das ideias do Bernie — a de que éramos uma pátria dentro de outra pátria.

A mulher ergueu os olhos. Seu sorriso desapareceu assim que viu o motoqueiro.

— Posso ajudar? — falou ela.

Meu amigo motoqueiro apontou para mim com o polegar. Ele usava um anel largo de prata; vê-lo me distraiu, e talvez eu só tenha entendido parte do que ele disse em seguida.

— ...peguei um perdido.

— Está usando alguma plaquinha? — perguntou a mulher.

— Não — disse o motoqueiro. — Parece que ele passou por maus bocados, mas é um bom garoto.

— Por que não o adota? Podemos dar as vacinas aqui mesmo e...

Meu amigo motoqueiro fez um gesto com a mão.

— Sem chance.

— Você sabia que só 15 por cento dos cachorros deixados em abrigos voltam para seus donos?

O quê? Um abrigo? Eu já estivera em um abrigo uma vez, mas estava trabalhando, eu e Bernie em um caso de furto que nunca entendi muito bem. Mas eu sabia tudo sobre eles: nada de espaço, nada de liberdade para correr e muitas idas e vindas misteriosas, na maioria só idas. Eu me virei para a porta. Fechada, e não havia outra saída.

— Não — disse o motoqueiro.

— E que só 25 por cento são adotados?

— Também não sabia disso.

— Mas sabe o que acontece com os outros? — questionou a mulher do abrigo. Ela baixou a voz: — Aqui, por exemplo, temos um período de tolerância de três dias, se é que me entende.

O motoqueiro me olhou longamente. Eu balancei o rabo, mas não muito: não entendia o que era "período de tolerância", nem "três dias". Percebi de novo como o meu amigo motoqueiro era grande, tudo nele era assim, a não ser os olhos.

— Eu vou nessa — disse ele.

Meu amigo se virou e começou a se dirigir à saída. Eu fui atrás dele, certo apenas de uma coisa: eu também estava indo nessa. A mulher riu.

— Ele não é inteligente? — falou. E então de algum jeito ela foi parar bem atrás de mim, passou uma coleira em volta do meu pescoço antes que eu percebesse o que estava acontecendo. Ela não puxou com força, só o suficiente para eu sentir a pressão. Olhei para ela, pego de surpresa. Quando me virei de volta para a porta, ela estava se fechando, e o amigo motoqueiro havia sumido.

— Calma, garoto — disse a mulher. Ela passou para a minha frente, se ajoelhou para ficar no meu nível, acariciou a minha cabeça.

— Você é o tipo de cachorro que é importante para alguém, dá para ver. Cadê a sua coleira?

Boa pergunta.

Ela coçou atrás da minha orelha, do jeito perfeito. Era uma especialista.

— Qual é o seu nome?

Chet. Chet era o meu nome. Eu morava na Mesquite Road, tinha um trabalho importante e o melhor parceiro do mundo.

— Está com fome? Pelo menos podemos alimentá-lo. — Ela se levantou, me levou por trás do balcão para uma porta nos fundos. Passamos por ela, e um monte de latidos começou imediatamente.

Um corredor. Quartinhos dos dois lados, com cercas de arame na frente e um dos meus companheiros em cada um, pequenos, grandes, machos, fêmeas, de raça e vira-latas, todos latindo, exceto uma pitbull. Ela me encarou com seus olhos castanhos e secos. Eu me lembrei de assistir a filmes de prisão com Bernie.

— Parem com isso — falou a mulher.

Todo mundo se calou. Por quê? Eu também queria latir, então lati. Ninguém se juntou a mim. Chegamos a um quarto vazio. A mulher me conduziu para dentro, tirou a minha coleira.

— Shh, shh — disse ela. — Shh, você é um bom garoto.

Eu me acalmei. Ela foi embora. Fiquei andando de um lado para o outro naquele quartinho. Não havia parede do outro lado, que abria para uma jaula externa. Fui até lá. Podia sentir o cheiro de quem havia passado por ali antes. Um bassê dormia na jaula ao lado. Salsichas, como Bernie os chamava. Eu gostava de bassês — Bernie dizia que Iggy era um pouco bassê. Bati a pata na cerca que nos separava. O bassê não acordou. Virei-me para a jaula do outro lado. Uma cocker spaniel estava deitada lá, uma mosca gorda zumbindo lentamente em torno de seu focinho. Eu também gostava de cockers. Bernie dizia que o Iggy também era um pouco cocker. Fui até lá, bati na cerca. A cocker abriu os olhos, olhou para mim por um momento e os fechou de novo.

A mulher do abrigo voltou com uma tigela de ração e uma de água.

— Aqui está.

Ela saiu, fechando a porta de arame. Eu bebi, deixei a ração intocada, estava sem fome. Andei mais um pouco, saí. O bassê não estava mais lá. Eu me deitei. O sol se moveu no céu. As sombras se alongaram. A noite caiu. O som de motocicletas veio baixinho de longe.

Sonhei com o mar. Eu já estivera no mar uma vez, depois que havíamos resolvido um caso do qual não me lembro, a não ser da parte em que eu agarrei o bandido pela perna das calças. Mas me lembro bem do mar. Aquelas ondas! Pegamos jacaré, eu e Bernie, rolando e nos embolando, tão divertido, principalmente depois que parei de tentar levá-lo para a areia o tempo todo, e também de passar mal por beber a água. As ondas quebravam uma atrás da outra. Bernie morreu de rir. Ele encontrou uma mulher na praia e pareceu gostar dela. Durante todo o tempo em que ele falou, o olhar dela não saiu de uma meleca comprida pendurada no nariz dele; verde, eu achei, mas Bernie sempre disse que eu não era confiável quando o assunto era cor.

Acordei, com fome mas descansado, me sentindo bem, pronto para começar o dia. Aí vi onde estava. Meu rabo se abaixou imediatamente. Eu o levantei, saí do quarto, fui para a jaula externa. A cocker estava onde eu a tinha visto da última vez, os olhos abertos. Dessa vez ela balançou a ponta do rabo só um pouquinho. Balancei de volta. Moscas zuniam em volta dela.

Eu me virei para a outra jaula, a do bassê, só que ele não estava lá. Em vez disso, um vira-lata, mais ou menos do meu tamanho, andava de um lado para o outro. Ele me viu e atacou imediatamente, sem um momento de hesitação. Talvez não tivesse visto a grade. Ele bateu nela, aterrissou escorregando de lado, se contorceu, tentando se levantar, e olhou para mim, saliva pingando da boca. Voltei para o meu quarto, girei algumas vezes em círculo, deitei. Eu não gostava daquele lugar.

A comida veio — tinha um gosto aceitável. Minha tigela de água foi enchida de novo. Alguém me levou para dar uma volta em um pátio sem árvores nos fundos, me deu tempo bastante para fazer o que eu tinha que fazer. Todo mundo no abrigo era bonzinho, sem reclamações. Mesmo assim, ainda não gostava de lá.

Um homem veio com uma prancheta, olhou para mim.

— Ei — gritou ele para alguém. — Aquele primeiro dia conta?

— Conta — gritou alguém de volta.

— Mesmo não tendo sido 24 horas inteiras?
— Novo protocolo.
— Então, isso faz com que ele tenha...
O homem fez uma anotação e foi embora. Ele deixou para trás um cheiro que me inquietou. Fechei os olhos e adormeci, não um sono bom, mas do tipo que odeio. Dormir porque não há mais nada para fazer.

— E este aqui?
Abri os olhos. Algumas pessoas estavam no corredor do lado de fora do meu quarto, olhando para mim pela grade: a mulher do abrigo, acompanhada do que parecia ser uma família — mãe, pai, dois filhos.
— Grande demais. Pense no quanto vai custar alimentá-lo.
— Eu acho que é bonitinho. Olhe as orelhas engraçadas dele.
— Eu pago a comida extra com a minha mesada. Por favor, papai, podemos ficar com ele, por favor?
— Vou pensar.
— Vocês têm até amanhã — disse a mulher do abrigo. — Às nove.
Eu não sou muito de planejar, mas um plano começou a se formar na minha cabeça. O primeiro passo era ir embora com essa familiazinha legal. Aí vinham muitos passos nebulosos e, depois deles, o último: fugir para casa, para Bernie. Eu me levantei e cheguei mais perto deles, balançando o rabo e tentando não parecer um grande comilão.
— Está vendo como ele é amigável, pai? Ah, por favor. Mãe, faça o papai dizer sim.
O plano estava funcionando, funcionando bem. Balancei o rabo com mais força, me ergui nas patas de trás, bati as patas dianteiras na grade do meu jeito mais amigável. Mas, o que tinha acontecido? A familiazinha legal estava recuando, alarmada.
— Ele parece tão agressivo — a mãe falou.

Eu? Cheguei para trás, me peguei batendo no ar.

— Temos outra possibilidade no final do corredor — comentou a mulher do abrigo. — Parte terrier australiano, eu acho.

— Eu sempre quis ir para a Austrália — falou a mãe.

— Ele é muito bonzinho e muito, muito menor. Parece que o nome dele é Bumerangue, mas podem mudá-lo para o que quiserem.

Eles se afastaram, saíram de vista.

Eu caí de quatro.

O tempo passou muito lentamente, mas perdi a noção dele. Praticamente só fiquei deitado, ou no quarto ou na jaula externa. O vira-lata grande do cômodo ao lado permaneceu lá dentro; eu podia sentir seu cheiro. Uma vez, abri os olhos e vi um homem de jaleco branco abrindo a jaula na lateral oposta. A cocker se levantou devagar e o seguiu para fora, pelo quintal de terra socada, até um prédio pequeno com uma porta de metal e uma chaminé alta de tijolos. O rabo dela não estava nem para baixo nem para cima, só reto, de um jeito que eu gostava: eu sabia que ela daria uma boa amiga.

Dormi por um tempo, acordei com o cheiro de fumaça. Não era um cheiro bom de fumaça, como hambúrgueres na fogueira. Olhei para fora, percebi uma pluma branca fina saindo da chaminé de tijolos do outro lado. Entrei, me deitei no canto mais afastado do quarto, mas não consegui fugir daquele cheiro.

Quando acordei, era manhã. Eu estava com fome, mas me sentia bem, pronto para começar o dia. Aí vi onde estava. Saí para a jaula. O mestiço grande estava deitado, virado de costas para mim, sem se mexer; do outro lado, o da cocker, agora havia um filhote. Ele correu assim que me viu e enfiou o focinho pela grade — a maior parte do rosto, na verdade: ele era muito pequeno. Eu me aproximei e lhe dei um empurrãozinho com a pata. Ele deu uma cambalhota para trás, se levantou de um pulo, enfiou o focinho na grade novamente, pronto para fazer tudo de novo. Mas naquele momento eu ouvi uma voz de mulher no quintal, uma voz conhecida.

— ...e os nossos leitores adoram histórias sobre cachorros, então transformamos a matéria em uma série inteira.

Eu conhecia aquela voz, mas de quem era?

— E uma das histórias vai ser sobre abrigos? — falou a mulher do canil.

Fui para o outro lado da jaula, olhei para fora e vi, no quintal, a mulher do abrigo conversando com outra pessoa. Minha visão era bloqueada por um barracão.

— Exatamente — disse a pessoa, a mulher cuja voz eu conhecia. — E vocês foram altamente recomendados.

— Verdade? Isso é bom. Onde quer começar?

— Talvez com algumas estatísticas primeiro, uma visão geral. Depois disso, eu gostaria de ver os cachorros, tirar algumas fotos se possível.

— Sem problema. — A mulher do abrigo foi para trás do barracão e eu não consegui mais vê-la. — Vamos começar pelo escritório — falou, sua voz desaparecendo conforme elas se afastavam.

— E não me deixe esquecer — disse a outra mulher, quase fora do alcance da minha audição —, eu trouxe uns agrados.

— Agrados?

E então, no limite máximo da minha audição, talvez até além, a outra mulher falou:

— Biscoitos para cachorros. Tenho uma caixa inteira no carro.

Biscoitos para cachorros? Uma caixa inteira no carro? Suzie! Suzie Sanchez! Eu comecei a latir, latir e latir com toda a minha força, me arremessando violentamente contra a jaula várias vezes.

Mas elas não vieram. Em vez disso, a porta de metal se abriu do outro lado. Um homem e uma mulher entraram, ambos de jaleco branco.

— O que há com ele? — perguntou o homem.

— Acho que alguns simplesmente sabem — disse a mulher.

— Fala sério.

Eles andaram até a minha jaula. Eu fiquei imóvel.

— Estou falando sério — continuou a mulher. — Eles sabem mais do que nós achamos.

O homem sacudiu a cabeça.

— Eu gosto de cachorros tanto quanto qualquer um — disse ele —, mas isso é bobagem sentimental.

A mulher lhe dirigiu um olhar irritado, que ele não viu porque estava abrindo a porta.

— E aí, garoto — falou ele. — Vamos...

Eu saí correndo antes que ele terminasse sua proposta, saí correndo para a liberdade e para Suzie San...

Mas não. A mulher enfiou um laço de corda pela minha cabeça quando eu passei por ela, e agora o segurava enquanto eu a puxava pelo quintal. O homem também me segurou e eu parei abruptamente.

— Uau! — Surpreendeu-se a mulher. — Ele é tão forte. — Ela esticou a mão para me fazer um carinho. Eu tentei mordê-la. Ela se encolheu e deu um passo para trás, os olhos arregalados. Eles me levaram, me arrastaram, na verdade, para a porta de metal. Estava muito frio lá dentro.

TREZE

Um lugar frio, com luzes claras demais brilhando em máquinas que eu não entendia. Nem me falem em máquinas. O cortador de grama é uma das piores e essas, não muito semelhantes a cortadores de grama, de algum jeito pareciam tão ruins quanto. Eu me virei de volta para a porta de metal: fechada.

— Aqui, amigão — disse o homem. — Pule para cima.

Lá para cima? Na mesa de metal? Por que faria isso? Fiquei onde estava, quatro patas fincadas no chão. A mulher esticou o braço, me fez um carinho. Como a outra mulher, a da recepção, ela era especialista.

— Está tudo bem — disse. Afago afago.

— Só precisamos dar uma olhada rápida em você — afirmou o homem. — Aí vai estar tudo acabado.

Suas vozes eram gentis. Suas mãos também: eles me puseram em cima da mesa. Estava fria, aquela mesa de metal.

— Deite-se, seja bonzinho.

Fiquei onde estava, de pé, ofegando apesar do frio.

— Deite-se, vai se sentir muito melhor — falou a mulher.

— Vai sair daqui em dois tempos — completou o homem.

A mulher o encarou de novo. Eu não sabia por quê, não me importava. Minha mente estava em outra coisa: ele queria dizer sair da sala ou sair daquele lugar, do abrigo? Sair do abrigo: era isso que eu queria. Estava tão ocupado pensando em sair do abrigo que não prestei muita atenção neles, me cutucando para deitar de lado, ah, tão de leve. Todos os seus movimentos eram suaves. Eles sabiam lidar com o meu pessoal.

Aí vieram mais afagos, e eu mal percebi uma espécie de pinça, talvez feita de borracha, balançando acima de mim e me prendendo no lugar em cima da mesa; mal percebi até ser tarde demais. Tentei lutar, me levantar, espernear, mover meu corpo para outro lugar de alguma maneira, mas não consegui. Lati. Era tudo que eu podia fazer, então fiz. Pelo canto do olho, vi o homem empurrando uma máquina para perto, uma máquina com um tubo longo que terminava em uma agulha afiada. Lati com todas as minhas forças, tão alto que não ouvi o som da porta se abrindo, quase não ouvi a voz da mulher do abrigo.

— ...E aqui é onde nós... Ah, desculpem, não sabia que estavam ocupados.

— Sem problema — disse o homem.

— Podemos voltar mais tarde — sugeriu a mulher do abrigo.

— Não — disse a outra mulher. Fiquei em silêncio. — Eu realmente devia testemunhar isso — acrescentou ela. Suzie! Suzie Sanchez, e eu não podia vê-la, preso do jeito que estava, de costas para a porta.

— Usamos os métodos mais humanos possíveis — disse a mulher do abrigo.

— De primeira linha — falou o homem. — E se não se incomoda, nada de fotos.

— Quanto tempo leva? — disse Suzie.

— Do momento em que botamos a agulha? — perguntou o homem. — Trinta segundos, no máximo.

— Nem isso — disse a mulher do abrigo.

Um novo som começou, baixo e selvagem. Era eu, rosnando. A mulher de jaleco branco me fez um afago com sua mão delicada. Eu rosnei mais um pouco.

— Isso é normal? — falou Suzie. — Essa resistência?

— Eu não chamaria de resistência — disse a outra mulher. — É que esse lugar é tão pouco familiar, só isso. — Nesse momento, senti uma estocada cortante bem no alto de uma das minhas patas traseiras.

— Agora só giramos essa valvulazinha aqui e...

— Ei — disse Suzie. — Ele me parece um pouco familiar.

— O cachorro?

— É, o cachorro — disse Suzie. — De onde ele veio?

— Estava no deserto em algum lugar, talvez já no Novo México — falou a mulher do abrigo. — Um motoqueiro o trouxe, sem coleira, sem plaquinhas.

Ouvi passos rápidos, e então Suzie entrou no meu campo de visão. Suzie! Ela olhou para mim, os olhos estreitos, rosto preocupado.

— Chet? É você?

Que pergunta! Eu precisava de uma plaquinha pendurada no pescoço de Suzie para identificá-la?

Eu estava bem preso no lugar, não podia mexer nada. Sim, sim, sou eu, Chet, pura e simplesmente. Como eu ia... e aí eu percebi: não podia mexer nada *a não ser o meu rabo*. Levantei aquele rabo e dei a batida mais alta que podia. Meu movimento balançou a mesa fria de metal, balançou toda aquela sala fria de parede a parede.

— Não toquem nessa válvula — Suzie disse.

Fui no banco da frente do carro de Suzie, uma caixa de biscoitos para cachorro entre nós. Às vezes ela esticava a mão e me dava um; às vezes eu me inclinava e lhe dava uma lambida no rosto.

— O que estava fazendo tão longe, Chet? — perguntou ela. E:
— Onde está Bernie?

Eu lhe dei outra lambida, só o que consegui pensar em fazer. Ela riu.

— Pare. Você vai causar um acidente.

Eu parei, mais ou menos. Suzie tinha cheiro de fruta — maçãs e morangos. Eu não era um grande apreciador de frutas, mas gostava do cheiro dela. Suzie cheirava muito bem para um humano, estava entre os melhores odores que eu já tinha encontrado. Havia cheiros de flores também, aquelas amarelas que as abelhas... nem me falem em abelhas, já tive mais do que...

De repente eu pensei em Madison, olhando para mim daquele prédio na mina, e em todas aquelas pessoas más. Virei a cabeça, olhei pelo vidro de trás. Suzie checou o retrovisor.

— O que há lá atrás, Chet?

Eu só vi o trânsito, fluindo como sempre.

— Eu podia jurar que você pensou alguma coisa agora há pouco. Daria muito para saber o quê.

Minhas orelhas se ergueram sozinhas, não faço ideia do por quê. Suzie me deu mais um biscoito. Onde ela comprava biscoitos tão bons, tão crocantes? Tentei saborear mais um deles, mas não consegui, engoli imediatamente. Enfiei meu focinho para fora da janela. Cheiros ótimos passavam tão rápido que eu mal conseguia acompanhar. Um pássaro planou, bem perto do chão. Eu não gostava de pássaros, jamais conseguira pegar sequer um, apesar de ter visto gatos conseguirem, fazendo até mesmo parecer fácil. Lati para aquele pássaro, mas ele pareceu não escutar, então lati mais. Ótimo estar aqui, vivo e ativo! Havia vida melhor que a minha? Me digam.

— Chet! O que deu em você?

Raspei a pata no painel sem qualquer motivo; opa, talvez eu o tenha rasgado só um pouquinho.

— Isso é couro.

Eu sabia disso, é claro, conhecia a textura, o cheiro, o sabor do couro muito bem. Eu me senti mal, mas não por muito tempo. A textura, o cheiro, o sabor do couro — tudo ótimo — tomaram conta da minha cabeça. Cheguei muito perto de arranhar o painel de novo. Que fantástico!

A estrada ziguezagueava montanha acima. Do alto, olhávamos para a planície, cheia de construções a perder de vista, que se estendiam até as montanhas, muito longe e indistintas, construções humanas.

— A poluição não está tão ruim hoje — falou Suzie. — Dá até para ver por que eles chamam de Valley.

Por quê? Não entendi. Mas eu sabia que o Valley era a minha casa, e me sentei um pouco mais para a frente. Descemos, entramos em uma autoestrada, pegamos um engarrafamento. Bernie ficava muito frustrado com engarrafamentos, resmungando para si mesmo e às vezes socando o volante, mas Suzie não parecia se incomodar. Ela assobiou uma melodia suave — eu já ouvira muitos homens assobiarem, mas nunca uma mulher — e sorriu para mim. Suzie e eu nos dávamos muito bem.

Havíamos chegado ao último biscoito quando vi uma paisagem familiar: a grande estátua de madeira de um caubói, do lado de fora do Dry Gulch Steak House and Saloon, um dos restaurantes favoritos do Bernie. Eu também gostava. Eles tinham um pátio nos fundos onde o meu pessoal era bem-vindo. As sobras daquele pátio... nem me falem.

Naquele momento ouvi um som engraçado, como uma vassoura. Suzie olhou para mim.

— Está chegando perto de casa, não é?

Percebi que o som de vassoura vinha do meu próprio rabo, batendo para a frente e para trás contra o banco.

— Não se preocupe — disse Suzie, pegando sua câmera e tirando uma foto do caubói de madeira pela janela aberta. — Não vai demorar muito.

Eu conhecia a preocupação; normalmente nesses momentos eu ficava de pé, a cabeça inclinada para um lado, mas eu não tinha preocupações agora. Saímos da autoestrada, viramos algumas esquinas e então subimos a Mesquite Road. Lá estava a casa do Iggy, com ele na janela! Ele me viu e começou a pular daquele jeito estranho dele, suas bochechas gordas balançando na direção contrária de cada salto. Não havia espaço no carro para eu pular também, que era o que eu queria fazer, então só arranhei o painel.

— Chet!

Continuamos até a nossa casa, minha e de Bernie. Tudo parecia igual — as três árvores no jardim da frente, a pedra no final do caminho, a cerca nos separando do velho Heydrich. A única diferença era uma placa enorme na rua com a foto de um dos meus companheiros usando uma coleira que parecia muito com a minha, a que eu havia perdido. Ei, na verdade era a minha, a coleira de couro marrom com as plaquinhas prateadas — o que aquilo queria dizer? Não consegui entender direito.

Suzie leu a placa.

— "Você viu Chet? Grande recompensa. Sem perguntas."

Ela estacionou na entrada da garagem, abriu a porta. Eu voei para fora, por cima dela, corri pelo jardim, dando guinadas bruscas de um lado e de outro, torrões de terra voando. Fiz paradas rápidas para marcar a pedra grande, todas as três árvores, a cerca, e olha! A porta da frente também? Ops. Ela se abriu.

Bernie! Mas ele estava com a cara péssima, o rosto mais magro, grandes manchas debaixo dos olhos.

— O que está... — começou ele. — Chet!

Seu rosto todo mudou. Em um segundo, ele ficou com a melhor aparência que já tivera. Bernie esticou os braços para mim.

As coisas aconteceram rápido depois disso. De alguma forma Bernie foi derrubado, assim como muitas coisas, incluindo uma luminária e o velho cabide de chapéus com a coleção de bonés de beisebol. Nós rolamos pelo chão. Bonés de beisebol choveram em cima de nós.

— Chet! Pare!

Um pouco mais tarde, estávamos relaxando na sala da TV, Bernie e Suzie em lados opostos do sofá, eu no chão, as patas da frente enroladas debaixo do queixo, bom e confortável. Eles bebiam vinho e comiam pretzels, o único petisco disponível; quanto a mim, eu comera tudo o que podia e mais.

— Estou falando sério sobre a recompensa — disse Bernie.
— Não seja bobo.
— Não estou sendo bobo. Eu realmente quero que você...
— Nem mais uma palavra sobre o assunto. Só estou feliz por ter estado lá.
— Eu insisto.
— Está bem. Você pode me levar para jantar um dia desses.
— Eu posso?

Eles olharam um para o outro, depois desviaram o olhar. Bernie se voltou para mim. A expressão em seus olhos mudou, como fazia quando ele estava trabalhando e tinha uma de suas ideias. Era assim que dividíamos o trabalho: Bernie era o homem das ideias, eu cavava.

— Onde foi isso mesmo? — perguntou ele.
— Sierra Verde — disse Suzie.
— Sierra Verde, Chet? O que você estava fazendo tão longe?

Eu não ia dizer. Os detalhes desapareciam depressa. Só do que eu me lembrava claramente era da sensação do enforcador, do cheiro de Madison e de zunir pela estrada em cima da motocicleta. Ah, é: e do Sr. Gulagov e sua turma.

— ...Para essa matéria sobre abrigos — dizia Suzie. — Eu precisava de um lugar rural como Sierra Verde para equilibrar. Foi pura sorte.

— Motoqueiros? — questionou Bernie.

— Foi o que me disseram. E algo sobre encontrá-lo no Novo México.

Bernie esticou a mão para baixo, tocou as minhas costas.

— O que houve aqui?

— Eles não disseram. — Suzie pôs os óculos. Sempre tão estranhos para nós, sempre um pouco assustadores, talvez porque os óculos façam os humanos se parecerem com máquinas ainda mais do que já parecem.

— Está cicatrizando bem — falou ela.

Agora eu lembrei também dessa parte.

— Por que está rosnando, garoto?

Ergui a cabeça e lati, um latido curto e alto.

— O que o está incomodando?

Olhei para Bernie. Ele me observava com atenção. Pumas, Bernie. Ah, que diabos. Eu estava em casa, são e salvo. Baixei a cabeça, fechei os olhos. A conversa deles flutuou de um lado para o outro acima de mim, sons muito agradáveis. Suzie riu. O que quer que Bernie tenha dito a seguir a fez rir ainda mais. Bernie também riu — ele tinha uma risadinha baixa, que dava quando fazia alguém rir. Eu não a ouvia com frequência. A distância entre eles no sofá estava diminuindo um pouco? Eu meio que achava que sim, mas de repente estava cansado demais para abrir os olhos. O tapete tão macio, minha barriga tão cheia, e aqui estava eu, em casa. Um sono delicioso estava a caminho, chegaria muito...

O telefone tocou, um som que eu odiava. O sono foi empurrado para longe. Bernie falou ao telefone.

— Nenhuma novidade — disse ele. — Sinto muito. — Ele desligou, virou-se para Suzie; sim, eles estavam um pouco mais perto, e ela não estava de óculos. — Um caso de pessoa desaparecida. Não chegamos a lugar algum.

— Quem é a pessoa?

— Uma adolescente chamada Madison Chambliss.

Eu me levantei, comecei a latir.

— Chet?

Corri para a porta da frente.

— Chet? O que foi? Tem algo lá fora?

Bernie pegou uma lanterna e abriu a porta. Eu corri para fora, desci a rua. Lembrei-me do rancho do Sr. Gulagov, com a mina e o velho celeiro do lado oposto, Madison na janela. Mas onde ficava? Corri de um lado para o outro, farejando uma trilha que me levasse de volta — o cheiro do Sr. Gulagov, de Boris, Harold, o motorista, Madison, o meu. Nada. Diminuí a velocidade, andei em círculos, parei.

— No que você está pensando, garoto?

QUATORZE

De manhã, começamos a trabalhar direto no caso de Madison Chambliss, eu e Bernie. Primeiro, fomos até o Donut Heaven, eu no banco da frente, nenhuma nuvem no céu, tudo perfeito. Uma patrulha esperava no estacionamento. Bernie parou ao lado dela, como fazem os policiais, as portas do lado do motorista de frente uma para a outra. O vidro da janela da patrulha desceu e lá estava Rick Torres, o amigo de Bernie no Departamento de Pessoas Desaparecidas. Ele entregou um café e um donut a Bernie e disse:

— Ei, Chet, como vai?

Sem reclamações.

— Tenho um bolinho frito sobrando aqui — falou Rick, levantando-o.

Eu balancei meu rabo.

— Chet já tomou café — disse Bernie. — E ele nunca foi muito de doces.

Hã?

— Calorias inúteis — falou Bernie.

— Hein? — disse Rick.

— É verdade, andei lendo sobre nutrição. Veja só o que está acontecendo com este país.

Rick olhou em volta.

— Estou falando da nossa aparência agora e da aparência que costumávamos ter — disse Bernie.

— Entendo. Como William Howard Taft.

Bernie olhou longamente para o Rick. Então deu uma grande mordida no donut e, com a boca cheia, indagou:

— Onde estamos?

Rick mordeu seu bolinho frito. Dava para sentir o cheiro de onde eu estava, fácil.

— Não sei em que pé você está — disse ele, também falando com a boca cheia. — Mas nós não temos *niente*. — Ele pegou um caderno, folheou as páginas. — Entrevistei os pais, Cynthia Chambliss e Damon... — Rick fez uma pausa, estreitou os olhos para o caderno. Estreitar os olhos era uma daquelas expressões humanas que deviam ser usadas o mínimo possível, na minha opinião. — Não consigo ler minha própria letra... parece Keller.

— Keefer — disse Bernie.

— É? — Rick encontrou uma caneta atrás do visor, fez uma marca na página. — Uma dupla divertida, Cynthia e Damon. Ele acha que a garota fugiu para Vegas e ela acha que foi um sequestro.

— Alguma evidência para um dos lados?

— Não. Nenhum pedido de resgate, ninguém a viu. Verificamos com a escola, os professores, os amigos... todo mundo diz que ela era uma garota normal, mais esperta que a maioria.

— Era? — estranhou Bernie.

Rick virou a página.

— Ah, é. Há talvez uma coisinha aqui.

— O quê?

— Dizem que ela estava andando com um maconheiro, possivelmente um traficante.

— Ruben Ramirez?

Rick ergueu os olhos; suas sobrancelhas também se ergueram.

— Esqueça-o — falou Bernie. — Seu álibi bate.

— Tudo bem. Então o que fizemos foi colocá-la no sistema de busca. Mandamos a foto e a descrição dela para todos os departamentos de polícia do Estado, verificamos os hospitais do Valley, o de sempre.

Bernie assentiu.

— Mais uma coisa — disse ele, dando uma mordida. — Talvez estejamos atrás de uma BMW, provavelmente azul, com um motorista louro.

Eu lati. Os dois se viraram para mim.

— Ele quer aquele bolinho frito — falou Rick.

Bernie suspirou.

— Está bem.

O bolinho veio de Rick para Bernie e dele para mim. Usei minha técnica de duas mordidas para lidar com coisas grandes, jogando a cabeça para trás na segunda. Pronto. Delicioso. Estava começando a gostar de Rick Torres. Mas eu não tinha latido pelo bolinho, tinha? Eu lati porque... Por que mesmo?

— Ano e modelo? — perguntou Rick.

Bernie sacudiu a cabeça.

— Até a parte de ser uma BMW não é completamente confiável, mas acho que você devia acrescentar ao que tem.

— Divulgo essa história do carro?

Bernie pensou. Quando ele realmente pensava tudo à sua volta sempre parecia ficar silencioso.

— Ainda não.

— Mas está apostando em sequestro?

— Estou.

— Um sequestro e nenhum pedido de resgate? Má notícia.

Ele comeu o resto do bolinho, lambeu as pontas dos dedos. Eu lambi os beiços, encontrei alguns farelos doces.

— Ele está certo quanto a uma coisa — falou Bernie. Enchíamos o tanque em um posto do outro lado da rua, em frente ao Donut Heaven. Comecei a ficar tonto com o cheiro da gasolina. — Nenhum pedido de resgate é uma má notícia. — Ele atarraxou a tampa do tanque de volta. Dei uma última cheirada comprida, me senti estranho, de um jeito bom. — Sabe o que estou imaginando?

Por que não tínhamos comprado um saco de bolinhos fritos para levar para casa?

— Estou imaginando por que Damon Keefer fica repetindo que ela fugiu para Vegas. — Ele entrou no carro, virou a chave. — Vamos descobrir.

Por mim, tudo bem. Esqueci os bolinhos. Subimos uma colina, condomínios dos dois lados, um depois do outro, muitos prédios em construção.

— Adivinhe quantas pessoas se mudam para o Valley todos os dias? E só contando os migrantes legais.

Eu não tinha noção. Além disso, quem se importava, de qualquer modo? Bernie se preocupava sem motivo.

— Durante milhares de anos, isso foi território selvagem. Rios corriam. Onde está toda aquela água agora?

Olhei para o lado, vi água logo ali, fazendo arco-íris lindos sobre um campo de golfe. Qual era o problema? Aproveite o momento, Bernie. Eu lhe dei um cutucão com a minha cabeça. Ele riu e disse:

— Que bom que você está de volta.

De volta e trabalhando. Passamos pelo campo de golfe e viramos na estrada seguinte. Havia uma placa grande na esquina.

— "Bem-vindo a Pinnacle Peak Homes em Puma Wells" — leu Bernie. — "O melhor condomínio fechado de luxo em North Valley". — A estrada levava a um cânion sinuoso.

— Prefiro meu prestígio sem barreiras — disse Bernie, uma observação completamente obscura para mim. Seguimos um caminhão que pintava uma linha amarela no meio da estrada. Não era divertido de se ver? Eu queria tanto pular para fora e lamber aquela linha amarela brilhante que mal conseguia parar quieto.

— Chet, pelo amor de Deus, fique quieto.

Casas passavam, nem todas prontas, amontoadas, com espaços minúsculos entre elas. Uma palmeira fora derrubada ao lado de um buraco no jardim de alguém.

— Engraçado — falou Bernie. — Estamos no meio da manhã em um dia de semana e não há nenhum operário. — Estacionamos em frente a uma das casas prontas. Havia um cartaz na janela: — "Casa e escritório modelo" — leu Bernie. Saltamos do carro e nos dirigimos à porta. Bernie bateu.

— Entre — gritou uma mulher.

Entramos e nos vimos em uma sala com um piso frio de cerâmica e uma fonte no meio, a água caindo em uma piscininha. Do que Bernie estava falando? Ali havia água à beça.

Uma mulher estava sentada à uma mesa perto da fonte, digitando em um teclado de computador.

— Dr. Avery? — disse ela, se levantando. Era alta, da estatura de Bernie, com os cabelos claros e compridos presos em um rabo de cavalo e orelhas minúsculas. E linda: eu notei isso pela forma como Bernie tropeçou um pouquinho no passo seguinte. — Eu não o esperava tão cedo.

— Quem é Dr. Avery? — perguntou Bernie.

A mulher piscou. Bernie era bom em provocar essas reações confusas nas pessoas, já mencionei isso?

— Não está aqui para ver a Fase Dois dos projetos do Red Rock Garden Casita?

— Claro — disse Bernie. — Vamos dar uma olhada. Mas antes eu gostaria de ver o Sr. Keefer.

— Ele está esperando você?

— Não exatamente, Srta....

— Larapova. Elena Larapova. Vice-presidente de marketing.

— ...Srta. Larapova, mas sei que ele nos receberá.

Os olhos da Srta. Larapova se voltaram para mim. Ela fez um barulho simpático, do qual eu gostava. Balancei o rabo em resposta.

— O Sr. Keefer está na obra agora.

— Pode ligar para ele?

— Talvez. Quem eu devo dizer...?

Bernie lhe entregou um cartão. Ela o leu, olhou para mim de novo, seus olhos se arregalando.

— Algum problema? — falou Bernie.

— Ah, não, Sr. Little. É só que... Eu jamais conheci um detetive antes.

Bernie sorriu.

— Nós não mordemos.

A Srta. Larapova pegou um telefone na mesa.

— Olá, Da... Sr. Keefer. Bernie Little está aqui para vê-lo. — Ela ouviu por um momento e desligou.

— Venha — disse.

Saímos, subimos em um carrinho de golfe, a Srta. Larapova ao volante, Bernie ao lado dela, eu atrás. Eu já andara em carrinhos de golfe antes, adorava.

— O seu cachorro vem?

— Você se opõe?

— Não. Animais de estimação bem-educados são sempre bem-vindos em Puma Wells.

— Então por favor abra uma exceção para Chet.

— Como?

— Nos dois quesitos: bem-educado e animal de estimação.

Bernie riu para si mesmo. Do que diabos estava falando?

— Explique, por favor?

Eu estava totalmente do lado dela.

— Sinto muito. É só uma piada.

A Srta. Larapova deu uma olhada rápida para ele, os cantos da boca para baixo, uma expressão que frequentemente aparecia no rosto das mulheres depois de uma das piadas de Bernie. Ela se afastou dele no banco e entrou em um caminho feito para os carrinhos.

Fomos sacudindo pela parte central do campo, em direção a um grande prédio a distância. Não vi ninguém jogando, mas de repente uma bola de golfe passou por cima de uma colina, bateu no chão bem do nosso lado e quicou. Eu a peguei no ar antes mesmo de perceber o que tinha feito. Olhando para trás, vi outro carrinho alcançando o topo da colina muito atrás de nós. Deitei-me no banco, mastigando em silêncio.

— Então — disse Bernie —, o que a trouxe aqui?

A expressão confusa dos humanos é uma das minhas favoritas. Era essa que a Srta. Larapova mostrava ao Bernie agora.

— Você não é da Rússia? — continuou ele.

Ela confirmou.

— Mas estou neste país há muitos anos, agora sou cidadã como você.

— Até melhor, tenho certeza.

Russa? Espere um minuto. Isso acionava alguma coisa na minha lembrança, mas o quê? Fiquei pensando, mexendo na capa da bola de golfe enquanto isso. Debaixo dela havia várias coisas interessantes, eu sabia por experiência.

— ...E adoro espaços abertos — continuou a Srta. Larapova.

— Não há espaços abertos na Sibéria?

— Você tem tanto senso de humor.

Mas não o suficiente para fazê-la rir. Ela dirigiu até o prédio grande.

— O clube. Restaurante gourmet e bar, piscina externa e interna com jacuzzi, academia de ginástica de 465 metros quadrados com serviço de personal trainer, banho a vapor japonês e sauna finlandesa, spa completo.

— Quanto custa?

— Os títulos são restritos apenas aos moradores.

— E são de graça?

Pela primeira vez, a Srta. Larapova riu. O riso humano: normalmente um dos melhores sons que há, como já devo ter mencionado, mas não o dela, retumbante e estranho, mais ou menos como uma explosão.

— De graça? A taxa inicial é de 150 mil dólares e isso é para as unidades de três quartos para cima.

— Taxa inicial? — disse Bernie.

— Até o Dia do Trabalho. Depois disso, 200 mil dólares. Mais as taxas do campo de golfe, é claro.

— Não me diga.

Saltamos do carrinho, seguindo a Srta. Larapova em volta da sede do clube.

— O que é isso na sua boca, Chet? — perguntou Bernie.

Eu engoli as sobras, fiz cara de inocente. Lá no centro do campo, dois jogadores de golfe andavam em pequenos círculos, cabeças abaixadas. O golfe era um jogo que eu não entendia de jeito nenhum.

Havia uma grande piscina atrás da sede. Eu corri até a beira. Ei. Vazia. Não que eu tivesse pulado — certamente não —, mas gostava de olhar para a água. Um homem de terno preto estava sentado debaixo de um guarda-sol em uma mesa coberta por uma toalha branca, ao lado da piscina; eu havia puxado a ponta de uma dessas uma vez, com maus resultados. Mas, por algum motivo, minha boca de repente queria aquela toalha. O homem falava ao telefone. Senti cheiro de gato nele, vi seu cavanhaque e o reconheci: Damon Keefer.

— Tudo vai dar certo, pelo amor de Deus — disse ele. Um de seus pés estava batendo debaixo da mesa, muito rápido, fora de visão, mas não da minha. — Não seja tão... — Ele nos viu, disse "tenho que ir" e desligou.

Bernie e a Srta. Larapova se aproximaram da mesa. Eu fiquei onde estava, ao lado da piscina, atingido por uma súbita indigestão. Keefer fez um gesto com a mão, e Bernie e a Srta. Larapova começaram a se sentar.

— Pode deixar comigo, Elena — falou Keefer.

A Srta. Larapova, que já puxava sua cadeira, ficou imóvel.

— Como quiser, Sr. Keefer — disse. Ela deu uma rápida olhada para mim, antes de virar e se afastar. Eu também me virei e vomitei o que sobrara da bola de golfe na piscina vazia. Ah, muito melhor: estava na minha melhor forma de novo e sentia um pouquinho de fome, acreditem ou não. Farejei o ar na esperança de uns petiscos; beiras de piscinas normalmente rendiam uma batatinha ou duas, ou até mesmo uma daquelas salsichas pequenas — tinha que tomar cuidado com os espetos nos quais elas vinham às vezes, aprendi isso do jeito mais difícil —, mas eu não sentia cheiro de nada a não ser de gato, o odor de Keefer. Pensei em purnas imediatamente, tive uma vaga lembrança de Madison na janela.

Bernie estava sentado de frente para Keefer, as mãos cruzadas em cima da mesa. Eu sempre tive uma sensação boa quando as mãos dele estavam dobradas desse jeito, não saberia explicar.

— Alguma novidade? — falou Keefer. Debaixo da mesa, seu pé batia sem parar; na verdade, toda a parte inferior do seu corpo parecia inquieta, apesar de a parte de cima estar parada.

— Temo que não — disse Bernie. — Seguimos uma ou duas pistas, mas elas não deram em lugar algum.

— Então o que está dizendo? Seu envolvimento acabou?

— Longe disso.

— Não me diga que quer mais dinheiro.

— Dinheiro não é o problema agora, Sr. Keefer. O adiantamento vale até o final, e nós lhe mandaremos a conta depois. Mas a questão em que temos que nos concentrar é garantir que o final seja bom.

Keefer tirou um maço de cigarros do bolso e acendeu um.

— Acha que eu não sei disso? — Ele soprou fumaça pelas narinas, algo que Bernie gostava de fazer. Na verdade, o olhar de Bernie estava vidrado naquelas linhas de fumaça. — Cigarro?

— Não, obrigado — respondeu Bernie, apesar de eu poder ver que ele queria muito um. — Estive em contato com Rick Torres, do Departamento de Pessoas Desaparecidas. Ele comentou que você disse achar que Madison fugiu para Las Vegas.

Keefer deu de ombros.

— Você me disse a mesma coisa.

Keefer deu um longo trago. Todos aqueles movimentos na parte inferior do seu corpo diminuíram um pouco.

— Vegas é só um exemplo.

— De quê?

— Do tipo de lugar para onde ela pode ter fugido.

— Mas Cynthia diz que ela nunca fugiu antes.

— Cynthia. Jesus.

— Tem algum motivo para acreditar que ela não está dizendo a verdade?

— Uma dúzia deles.

— Uma dúzia?

— É a quantidade de anos pelos quais eu a aturei. — A parte inferior do corpo de Keefer estava à toda novamente.

— Na sua experiência, então. — Madison já desapareceu assim alguma vez?

— A minha experiência com Madison é fim de semana sim, outro não, mais Natais e dias de Ação de Graças alternados. Faz alguma ideia de como seja isso?

Bernie não respondeu, só olhou para Keefer, que deu um último trago e jogou o cigarro na piscina vazia.

— Não — falou. — A resposta é não. Ela nunca fez isso antes.

— Isso ajuda — disse Bernie. — Porque você não ia querer que eu fosse para Vegas procurar pelo em ovo.

Procurar pelo em ovo? Eu já ouvira essa expressão tantas vezes, mas nunca tinha feito isso. Soava como a coisa mais estranha do mundo. Sim, eu queria procurar pelo em ovo, e se precisasse ir para Vegas, que fosse.

Keefer olhou para Bernie de um modo esquisito, cujo significado me escapou.

— Não — falou. — Não íamos querer isso.

— Eliminando a possibilidade de fuga, pelo menos por enquanto, isso nos deixa com acidentes...

— Que tipo de acidente?

— Todos: de trânsito, ocupacionais, domésticos... mas Rick Torres verificou todos os hospitais do Valley e não encontrou nada. Isso quer dizer que muito provavelmente estamos lidando com um sequestro, do qual existem dois tipos: com resgate ou sem.

— Eu disse no outro dia, não houve pedido de resgate.

— Você checou?

— Chequei o quê, pelo amor de Deus?

— Sua correspondência, e-mail, fax, caixa postal.

— Isso é checado o tempo todo. Estou gerenciando um negócio aqui.

Bernie olhou em volta.

— É impressionante. Um dos melhores que já vi.

Melhores o quê? Bernie podia ser difícil de entender. Mas Keefer pareceu compreender. Ele assentiu ligeiramente.

— Já perguntei sobre os seus concorrentes.

— E eu disse que não sequestramos os filhos uns dos outros.

— Eu me lembro — falou Bernie. — Mas como pode ter certeza de que todos os seus concorrentes são corretos?

— O que isso quer dizer?

— Alguns negócios servem de fachada, ou são financiados por organizações criminosas.

— Não no mercado imobiliário, não no Valley.

— Como pode ter certeza?

— Da mesma forma que você teria certeza de fatores básicos do seu negócio, presumindo que você seja bom.

Aquilo era um insulto? Eu não sabia e a cara do Bernie, que não mudou em nada, não ajudou.

— E os seus fornecedores?

— O que tem eles?

— Ou seus empreiteiros, seus operários... já teve algum problema com eles?

— Não tenho nada a não ser problemas com eles. Esse negócio é assim.

— Até que ponto?

— Não a ponto de um sequestro, se é onde quer chegar. Nós negociamos, resolvemos as coisas, continuamos construindo.

Bernie olhou em volta.

— E quanto a hoje?

— Hoje?

— Não vejo ninguém. É um dia de trabalho normal?

Keefer não respondeu de imediato. Acendeu outro cigarro, soprou mais fumaça. O pobre Bernie estava com aquele olhar vidrado nos olhos de novo.

— É, um dia normal de trabalho, só uma pausa prolongada, só isso.

— E como vai o condomínio em geral? Pinnacle Wells?

A voz de Keefer, já cortante, ficou pior ainda.

— Pinnacle Peak Homes, em Puma Wells, está indo muito bem.

— Você é o único dono?

— Sou.

— Onde conseguiu o financiamento?

Debaixo da mesa: muitas contorções.

— Vários bancos respeitáveis do Valley. Eles não recorrem a sequestros por dívidas pendentes, mesmo que houvesse alguma, e não há.

— Suponho que Madison não tenha qualquer conexão com seus negócios.

— Correto.

— Alguma dessas pessoas, concorrentes, fornecedores, banqueiros, operários, dirige uma BMW, talvez azul?

— Dúzias, provavelmente. Que pergunta é essa? — Debaixo da mesa, ele ainda está se contorcendo, talvez até mais.

— Não das boas — disse Bernie. Ele respirou fundo, soltou o ar devagar. Isso significava que logo estaríamos fazendo outra coisa. — Eu gostaria de ver o quarto de Madison assim que possível.

— De que quarto você está falando?

— Onde ela fica quando está com você.

— Por quê?

— Porque é investigação básica.

Debaixo da mesa, as pernas de Keefer ficaram imóveis.

— Eu o levarei pessoalmente — disse ele. — Encontre-me no escritório em 15 minutos.

Bernie e eu voltamos para a parte central do campo a pé. Andar com ele era a melhor coisa. Corri em círculos em volta dele algumas vezes só por diversão, esperando um pouco de pique, mas ele não pareceu notar.

— Keefer é inteligente. Muito.

Era? Eu não tinha reparado.

Alguns operários apareceram, empurrando carrinhos de mão e carregando pás, ancinhos, enxadas e outros equipamentos que eu não conhecia. Quando eles chegaram perto, Bernie acenou um olá e disse:

— Voltando da folga?

Um deles riu.

— *Si*, três dias de folga.

— Por que tanto tempo?

O homem fez um gesto com a mão, esfregando o indicador no polegar. O que aquilo queria dizer? Uma bola de golfe deu uma bordoada em uma árvore, caiu por perto. Corri na direção dela.

QUINZE

— O cachorro vai entrar?

Estávamos do lado de fora da casa de Damon Keefer, uma casa muito grande cercada por muros e com uma escultura de metal na frente, enorme e brilhante, mas parecendo um hidrante. Eu me senti observado, caso contrário teria ido direto marcar território.

— O nome dele é Chet — falou Bernie. — Ele é especializado em casos de pessoas desaparecidas.

Keefer olhou para mim por cima do nariz; eu tenho um olhar assim também, até melhor, porque meu focinho é mais comprido.

— Está se referindo ao olfato dele?

— Entre outras coisas.

Keefer olhou para mim novamente. Será que ele tinha noção de como eu salto bem, de como eu poderia estar bem ali, na altura do seu rosto, em um segundo, com os dentes expostos?

— Está bem.

Entramos. Surpresa: uma casa grande cheia de espaços abertos e piso brilhante de cerâmica, mas só um móvel, um sofá de couro. E, empoleirado no sofá — eu saberia até de olhos fechados —, um gato. Um gato que cheirava como Keefer, porém mais forte. O gato me viu logo, claro. Cada pelo de seu corpo se arrepiou e ele fez um som como o do puma, só que mais baixo. É o que todos os gatos são — pumas em miniatura. Eu não sou miniatura de ninguém, querido.

— Hum — disse Keefer —, o seu cachorro está bem?

— Em que sentido?

— Em que sentido? Olhe para ele, está prestes a atacar o Prince.

— Prince? — disse Bernie. Ele nem havia notado o gato? Como isso era possível? Keefer apontou para Prince. — Ah, Chet não faria uma coisa dessas — continuou Bernie. Ele olhou para mim. Algo naquele olhar me fez perceber que eu estava com uma das patas dianteiras no ar e inclinado para a frente, talvez de uma forma que alguém que não me conhecesse poderia interpretar como agressiva. Apoiei a pata no chão, aparentei tranquilidade. O pelo do Prince voltou ao normal. Ele me olhou da maneira altiva natural aos gatos, que sempre fazia o meu sangue ferver, antes de rolar no sofá e dar as costas para a sala. Atitudes como essa me irritam, vocês nem imaginam. Eu queria acabar com ele... Mas não agora, não quando estávamos trabalhando. Mas em outro momento, supondo que Prince e eu nos encontrássemos por acaso em um beco escuro, digamos, ou talvez...

— Você tem uma bela casa — falou Bernie. — Acabou de se mudar?

— Estou saindo daqui, na verdade — disse Keefer.

— Ah, é?

— Sim. O quarto da Madison é por aqui.

Ele nos levou por um longo corredor, passando por algumas portas fechadas até um quarto nos fundos. Senti o cheiro dela imediatamente — mel, cereja, flores da cor do sol —, mas fraco. O quarto em si tinha uma cama, uma escrivaninha, uma cômoda, coisas assim. Bernie circulou, reparando no que ele sabia reparar. Havia uma fotografia emoldurada na escrivaninha. Fotografias frequentemente me causavam problemas. Ver TV era melhor, o Discovery Channel, muitos filmes também — vejam a briga de Caninos Brancos com Cherokee! Uma vez assistimos a um programa chamado *When Good Animals Go Bad* — uau! A cena do elefante! Mas esta foto, eu encarei sem problema: Keefer e Madison em frente a uma gaiola, o braço dele por cima do ombro dela, os dois rindo.

— Quando foi tirada?

— Há alguns anos — disse Keefer, sem realmente olhar para a foto.

— Esse na gaiola é o Capitão Crunch?

Keefer confirmou.

— Pássaro idiota — falou ele, e eu não podia concordar mais. Aí veio outra surpresa, pelo menos para mim: os olhos de Keefer se encheram de lágrimas. Ah, o choro. Saía água dos olhos dos humanos às vezes — geralmente mulheres, mas nem sempre, geralmente de tristeza, mas nem sempre —, e sempre que acontecia, eu ficava confuso. E agora Keefer, esse cara de quem eu não gostava muito, esse cara cheio do fedor do Prince, estava tendo uma dessas enchentes internas. Eu sabia que homens choravam — eu vira Bernie se debulhar naquela vez em que Leda veio e empacotou as coisas do Charlie, já mencionei isso? Naquele momento, cheguei perto de fazer... como se diz? Uma conexão, talvez, uma conexão entre a situação de Bernie e...

Mas nada aconteceu. Vi um cheetos debaixo da cama. Mastiga, mastiga e ele já era. Nada mal, se você não ligar para um pouco de poeira, e eu não sou fresco com essas coisas. Quando me virei, Bernie observava o Keefer, um novo olhar em seu rosto.

— Como descreveria seu relacionamento com Madison?

— Que diabo de pergunta é essa? — indagou Keefer, os olhos secando rápido. — Com certeza você não tem filhos, ou não perguntaria isso. Ela é a melhor coisa da minha vida.

A expressão no rosto de Bernie mudou de novo, esfriou por um momento, depois nada. Eu odiava ver aquela cara de nada no rosto dele. Cheguei perto e me sentei aos seus pés. Ele não pareceu notar.

— Estou fazendo o possível para trazê-la de volta. Mas preciso dos fatos. Se está omitindo qualquer coisa, agora é a hora.

Seus olhares se encontraram. Houve um silêncio, pelo menos para eles. Eu ouvi um latido distante, feminino, provavelmente do tipo mais interessante.

— Não haverá outra oportunidade — disse Bernie.

Keefer passou a língua pelos lábios. A língua humana não aparece com tanta frequência e, quando aparece, eu sempre noto. Dessa vez, combinada àquele cavanhaque, não me deu uma boa impressão, não faço ideia do por quê. Naquele momento, um telefone tocou no bolso de Keefer. Ele verificou o display, disse "tenho que atender isso" e saiu do quarto, para o corredor. Bernie o seguiu, na ponta dos pés, e ficou atrás da porta, onde Keefer não podia vê-lo. Eu fui atrás, mais silenciosamente ainda. Empinamos nossas orelhas e ouvimos.

A voz de Keefer estava baixa e zumbindo, como as vozes humanas fazem sob pressão.

— Preciso de mais tempo. — Então, depois de um silêncio: — Nem diga isso. Onde você está? Eu vou... Alô? Alô?

Nós o ouvimos voltar e fomos para o fundo do quarto, Bernie na ponta dos pés, eu nas minhas patas confiáveis, acolchoadas e silenciosas.

— O que foi? — perguntou Bernie.

— Negócios — disse Keefer. — Nada que o interesse.

— Tinha alguma coisa a ver com Madison?

— Claro que não. Acabei de dizer. Estamos em uma pequena disputa com alguns fornecedores.

— Quais?

As narinas de Keefer se alargaram. Por quê? Eu não fazia ideia, mas me sentia inquieto.

— De irrigação — falou. — Mas por que o interesse?

— Preciso que você seja sincero.

— Eu tenho sido.

— Não inteiramente. Antes daquele telefonema, você estava prestes a me contar alguma coisa.

Keefer fez uma pausa, olhos em Bernie.

— Você parece inteligente — disse. — Como acabou na polícia?

— Na verdade eu não era inteligente o suficiente para a polícia. Por isso sou detetive particular.

Keefer piscou. Alguma disputa acontecia, mas sobre o que era e quem estava ganhando, quem saberia dizer? E como esse vaivém ia me levar a agarrar o criminoso pela perna da calça? Só sei que quando Keefer falou de novo sua voz estava diferente, menos desagradável.

— Você disse que existem dois tipos de sequestro, com resgate e...

— E sem.

— O que quer dizer...?

— Tenho que soletrar?

Keefer sacudiu a cabeça.

— Só estou tentando entender por que seu foco está no tipo que tem resgate.

— Tem alguma outra ideia?

— Eu hesito em dizer.

— Não há tempo para hesitação.

Keefer assentiu.

— Isso é especulação pura.

— Mas você tem um nome para me dar.

Keefer piscou de novo.

— Não baseado em fatos, entende, só uma ou duas... intuições esquisitas.

— E o nome é?

— Em primeiro lugar, você não ouviu isso de mim.

Bernie inclinou a cabeça para o lado. Será que Keefer entendeu isso como concordância? Eu sabia que era um dos acenos de cabeça de Bernie; não tinha necessariamente qualquer significado e servia apenas para dar andamento às coisas do jeito que ele queria.

—Não tome minha palavra como certa — continuou Keefer. — É pura especulação, como eu disse, eu nunca...

— O nome. — A voz de Bernie ressoou pela casa vazia. Era emocionante.

Keefer passou a língua pelos lábios outra vez. Sua língua era atarracada e dura, pontuda e pálida, quase inútil, ao meu ver.

— Simon Berg.

— Quem é ele?

— Achei que já teria topado com ele a essa altura.

— Por quê?

— Simon Berg é namorado de Cynthia.

— Ah — disse Bernie.

— O que isso significa, "ah"?

Eu também não tinha ideia.

— Já o viu perto de Madison? — perguntou Bernie.

— Uma ou duas vezes.

— E?

Keefer deu de ombros — uma das expressões humanas de que nunca gostei.

— Só tenho uma intuição, nada mais. Provavelmente não é nada.

— Alguma vez mencionou essa intuição para Madison?

— Não. Talvez devesse ter mencionado.

— Ou para Cynthia?

— Acha que eu sou maluco? Já tenho problemas suficientes com Cynthia. — Ele escreveu em um pedaço de papel, o entregou a Bernie. — Aqui está o endereço, ele tem uma firma em Pedroia.

— Acha que ele é maluco? — perguntou Bernie quando estávamos de novo no carro.

Pergunta difícil. Às vezes — como agora, na estrada, presos no trânsito que se estendia até onde meus olhos podiam alcançar, todo mundo dirigindo mais devagar do que se estivesse andando — eu achava que quase todos os humanos eram malucos.

— Eu não acho — disse Bernie.

Nesse caso, eu também não achava.

— A expressão "astuto como uma raposa" vem à minha mente.

Não à minha. Eu conhecia raposas, havia lidado com elas mais de uma vez no cânion. Covardes, todas elas, escapulindo, subindo sorrateiramente e fugindo. O que "astuto como uma raposa" queria dizer? Olhei para Bernie, esperando que ele não achasse raposas inteligentes, ou, pior, mais inteligentes que o meu pessoal. Impossível. Parei de me preocupar com aquilo, sentei-me reto no banco e aproveitei o passeio.

Um longo passeio. Dirigimos na direção contrária ao sol, mas ainda havia muitos sóis brilhando nas janelas dos carros à frente. Bernie colocou seus óculos escuros. Eu não gostava deles, talvez eu tenha latido um pouco.

— Pelo amor de Deus, Chet, sou eu.

Saímos por uma pista em declive, logo estávamos em uma área industrial — eu percebi por causa dos caminhões, plataformas de carga, cercas de arame.

— Pedroia — falou Bernie. — Sabe o que costumava haver aqui? O rancho Pedroia original, o primeiro rancho de gado em todo o Valley. Veja como está agora.

Apoiei uma pata no joelho dele.

Estacionamos na frente de um prédio comprido e baixo. Bernie leu a placa.

— "Rover & Company." Eu me pergunto o que eles fazem.

Ele abriu a porta e nós entramos. Um segurança sentado olhou para cima.

— Estou procurando por Simon Berg — disse Bernie.

— Ele está esperando você?

— Não — disse Bernie, entregando um cartão. — Estamos conduzindo uma investigação. Acho que ele nos receberá.

O segurança olhou para mim, mas não pareceu incomodado por eu estar ali. Não era a reação de sempre.

— Esperem aqui. — Ele saiu por uma porta nos fundos. Bernie foi até a mesa e leu as anotações na prancheta do segurança. Eu farejei ao meu redor. Ei! Os cheiros ali eram ótimos, não, melhores.

O segurança voltou com outro homem, muito mais baixo que ele ou Bernie. Todo vestido de branco, ele usava também um capacete da mesma cor.

— Bernie Little? — falou, aproximando-se, mão estendida. — Simon Berg. Cynthia me falou muito sobre você. — Eles apertaram as mãos, um dos melhores hábitos humanos em minha opinião, apesar de no meu mundo também existirem cumprimentos legais. — Alguma notícia?

— Não — falou Bernie. — Podemos conversar um minuto?

— Agora?

— É importante.

— Claro. — Simon Berg se virou para o guarda. — Faça-me um favor: diga-lhes para segurarem o número três?

O segurança saiu apressado.

— O que fazem aqui?

— Na Rover & Company? Fazemos petiscos de alta qualidade para cachorros. Cem por cento orgânicos, ingredientes frescos, sem conservantes. E gostosos também.

Soube de uma coisa bem naquele instante. Aquele não era o bandido.

Simon Berg olhou para mim e sorriu.

— Este deve ser Chet. Eu tinha um muito parecido com ele quando era garoto, o Rover original. — Ele se ajoelhou, pegou minha cabeça com as mãos de uma forma que não me incomodava nem um pouco. — Ah, você é bonitão, não é? Isso é mesmo um golpe de sorte.

— Por quê? — Bernie questionou.

Simon Berg se levantou.

— Estamos testando um novo ossinho de couro hoje, feito de couro classe A, importado da Argentina. Eu não me incomodaria de ver a reação do Chet.

— Não parece muito a praia dele.

Simon Berg olhou para Bernie, depois caiu na gargalhada.

—Talvez você tenha tempo para um tour.

— Obrigado. Mas, antes: você dirige uma BMW?

— Eu? — disse Simon — Ah, não. Um Prius.

Eu testei o novo ossinho de couro. Fizemos o tour pela fábrica onde eram fabricados os petiscos de alta qualidade, e eu fiz mais testes. Não ficou muito melhor que isso.

— Quero falar sobre Madison — disse Bernie enquanto saíamos da cozinha de testes.

— É claro — concordou Simon. — Cynthia está morta de preocupação com isso e eu também, apesar de tentar não demonstrar quando estou com ela. Madison é uma garota ótima, e não só pela sua inteligência. Se precisar de mais dinheiro para continuar a investigação, me avise.

Bernie assentiu.

— Fale-me sobre seu relacionamento com Madison.

— É bom, eu espero — falou Simon. — Vamos ao cinema às vezes, nós três. Tive o cuidado de não impor a minha presença. Sou novo na vida delas e o divórcio ainda é um pouco recente.

— O que você acha de Damon?

Simon fez uma pausa. Nesse exato momento, alguns dos meus novos amigos da cozinha de testes saíram com várias tigelas fresquinhas, e eu não captei o que quer que Simon tenha dito. Na verdade, não captei nada até estarmos no carro de novo.

— Exatamente o que eu temia — falou Bernie. — Acabamos procurando pelo em ovo.

Isso era procurar pelo em ovo? Sem ovos? Quem se importava? Mesmo um ou dois ovos não podiam ter tornado isso melhor.

DEZESSEIS

— Talvez não tenhamos procurado pelo em ovo — disse Bernie, mais adiante na estrada. — Talvez tenhamos caído na armadilha do boi de piranha.

Boi de piranha? Aquilo era novidade. A verdade é que não sou fã de peixes. Tive algumas experiências ruins com espinhas; além disso, há um cheiro, mesmo em peixes bem frescos, que me faz perder a fome, a não ser por um pedaço de peixe-espada grelhado que comi uma vez em uma festa, de um prato abandonado — pelo menos eu achei que estava abandonado. Aquele estava muito bom. Mas piranha eu nunca havia provado.

— Há uma diferença, Chet.

Entre o quê? Estava perdido. Enfiei minha cabeça para fora, senti o sol quente e a brisa, tão forte que soprava minhas orelhas para trás. E o que tínhamos no porta-malas? Sacos e sacos de amostras da Rover & Company! Se eu tinha alguma preocupação na vida? Me digam vocês.

Bernie olhou para mim.

— Só aqui entre nós. Eu estou ficando preocupado.

Ops.

— Parece um caso de fuga? Não. Sequestro por um maníaco? Não, sequestro por resgate. É isso o que parece para mim.

Se era assim que Bernie pensava, eu estava junto.

— Mas você entende o problema.

Eu esperei.

— Nenhum pedido de resgate. Quem já ouviu falar de um sequestro por resgate sem pedido?

Eu não.

— Então, o que está acontecendo?

E eu sabia? O que isso tinha a ver com ovos e bois de piranha? Espere aí. Não tão rápido, Chet. Eu na verdade fazia alguma ideia, tinha uma lembrança vaga, e que já estava sumindo, de Madison em uma janela.

— Por que você está latindo? — Eu não tinha muita certeza, mas continuei. Bernie olhou em volta — É por causa de onde estamos?

Onde estamos? No engarrafamento, quase sem andar. Do lado de fora, eu via um shopping enorme, o estacionamento se estendendo até muito longe, tudo vagamente familiar.

— É o shopping North Canyon, Chet. Onde você se machucou.

É, o shopping North Canyon, onde eu me machuquei, pode apostar. Essa parte estava tão clara, meu primeiro encontro com Boris, como ele me pegou cochilando, furou nossos pneus, depois me esfaqueou e me atropelou com seu carro. Mas eu também o havia machucado — não se esqueçam disso. Lati mais alto.

— O que está passando pela sua cabeça, garoto? — Bernie pegou a saída para o shopping. Eu fiquei quieto.

Dirigimos pelo estacionamento por algum tempo.

— Em algum lugar por aqui, não foi? Sob a sombra desta árvore, talvez. — Ele estacionou em uma vaga próxima. Saltamos, circulamos. Bernie olhou para o topo da árvore. — O que aconteceu aqui, Chet? Qual é a história?

A história? Eu havia cochilado sob a sombra dessa árvore e... fiz uma pausa perto dela e farejei o tronco. Uau. Muitas marcas, umas em cima das outras. Será que eu já havia farejado algo tão complicado? Aquilo me deixou tonto. Quando a tontura passou, precisei de um instante para levantar minha própria pata. Por que não?

A história, não muito boa: pego cochilando. Era a parte principal. Deixei a cabeça cair.

— Qual é o problema? — Bernie se aproximou, afagou as minhas costas. — O que aconteceu? — Ele deu alguns passos pela fileira de carros. — Por que não tentamos reconstruir... — Sua voz foi sumindo. Eu o segui. — Estávamos estacionados nesta vaga ou talvez naquela. E aí? Quando eu saí, você estava caído ali. — Ele apontou para um lugar mais longe na fileira. Nós andamos até lá, lado a lado e, no caminho, chegamos a um bueiro de escoamento. Eu parei bem ali, dei uma farejada, enfiei meu focinho no espaço entre as barras de metal.

— O que foi, Chet?

Eu sentia o cheiro de tantas coisas, mas essa não era a questão. A questão era que aqueles cheiros traziam de volta uma lembrança deste bueiro e do que havia caído nele: uma das lembranças mais cortantes que eu já tivera, tão cortante que meu corpo doeu.

— Por que está latindo? — Bernie ficou de quatro, espiou através da grade. — Não vejo nada. Você vê?

Não. Mas eu não precisava: sabia o que estava lá embaixo. Bati no bueiro com a pata. Bernie olhou para mim, depois foi até o carro e voltou com a lanterna. Eu adorava a lanterna, a forma como ela abria buracos no escuro, e sempre ficava animado quando a usávamos.

— Pare de me rodear assim.

Parei, voltei ao bueiro. Bernie se ajoelhava, virava a luz para baixo.

— Me dê um pouco de espaço, pelo amor de Deus.

Mas eu não conseguia. Me espremi contra Bernie, olhando para baixo com ele. A água brilhava no fundo, e eu tinha quase certeza de que vira uma daquelas caixas de hambúrguer de lanchonete. Eu preferia os hambúrgueres que Bernie fazia na grelha, mas não tinha nenhuma objeção aos de lanchonete, nenhuma mesmo. Existem pessoas que são frescas para comer — Leda, por exemplo —, mas eu não sou assim.

— Ei, moço! Perdeu a chave do carro no bueiro?

Nos viramos, vimos uma mulher gorda inclinada por cima de um carrinho de compras.

— Chame alguém da segurança, eles têm um troço.

— Como?

— Para destampar — disse a mulher, ao mesmo tempo mascando um enorme chiclete; que só trazem problemas, uma lição que eu aprendera diversas vezes. — Sei porque sou tão burra quanto você, fiz a mesma coisa.

Um pouco depois, uma multidão estava em volta do bueiro: seguranças, consumidores, skatistas — eu sei andar de skate, aliás, talvez tenha tempo de falar nisso mais tarde — e um bebum de olhos embaçados que tentava se equilibrar ao lado de um carrinho cheio de latas amassadas, seu cheiro forte o bastante para apagar todos os outros. Havia também dois caminhões pequenos com luzes piscando.

O chefe da segurança tinha um cabo comprido.

— Um ímã dos fortes na ponta, invenção minha — contou ele a Bernie. — Vamos pescar essas chaves em dois tempos. — Ele enfiou o cabo pela grade. Todo mundo chegou mais perto, a não ser o bebum, que me viu e deu um sorriso enorme, mas sem dentes. Sem dentes? Como assim?

— Cheguem para trás — disse o chefe da segurança. O cabo estava no fundo, e ele estava com a cabeça inclinada para o lado, como se escutasse alguma coisa. As pessoas de pé em volta do bueiro também inclinaram a cabeça, como se estivessem todos imitando uns aos outros. Havíamos assistido a um programa sobre macacos, eu e Bernie. Ótimo programa: eu não via os humanos da mesma forma desde então.

— Acho que pegamos — disse o chefe da segurança. — Para trás.

— Para trás — repetiram os outros seguranças.

Em vez disso, todo mundo chegou mais perto.

— Essa é a parte difícil — explicou o chefe da segurança. — Trazer o objeto para cima. — Ele ergueu o cabo, lenta e cuidadosamente. — Não queremos que...

O cabo saiu, e todos suspiravam surpresos, menos Bernie e eu — nós nunca fazemos isso — e o bebum. Preso ao ímã em formato de ferradura do outro lado do cabo estava uma faca comprida, de lâmina brilhante. Veio o silêncio, cortado apenas pelo som baixo da água pingando da ponta afiada.

Otis DeWayne era nosso especialista em armas. Morava em Gila City, que ficava em algum lugar do Valley, ou não — eu não conseguia me lembrar do que Bernie tinha dito —, e havia um campo aberto nas colinas atrás de sua casa. Eu sempre gostava de visitar Otis. Não dava para ganhar de um campo aberto, é claro, e armas eram testadas com frequência nos fundos, o que sempre era divertido. Mas a melhor parte era o General Beauregard, pastor alemão que também morava lá.

Otis abriu a porta da frente. Seus cabelos iam até os ombros, e sua barba até o peito. Usava um uniforme cinza — mencionei que ele participava de muitas encenações da Guerra Civil, havia até nos convidado a participar uma vez? Encenações da Guerra Civil eram um mistério para mim, ainda são. Nunca fiquei com tanto calor e tão empoeirado na vida — pode ficar com a Guerra Civil toda para você. Bernie lhe entregou a faca.

— Ah — disse Otis, virando-a nas mãos —, interessante.

— Como assim? — falou Bernie.

Mas perdi o que quer que fosse interessante, porque General Beauregard veio correndo, rosnando, boca pronta para morder, suas presas enormes expostas, ligeiramente agressivo, como era hábito do grandalhão. Aí ele viu quem era e sua atitude mudou imediatamente. General Beauregard e eu havíamos tido uma briga ou duas quando nos conhecemos — só uma, na verdade —, e ele se surpreendeu, vamos colocar nestes termos. Agora nos dávamos muito bem; não era a mesma coisa que Iggy e eu, mas com a cerca elétrica, eu não conseguia mais ser amigo dele como nos velhos tempos.

General Beauregard me deu uma mordidinha na orelha, dizendo oi. Eu dei uma mais forte de volta, respondendo. Ele saiu correndo em volta do nosso carro, voltou zunindo, me derrubou. Corri em volta do carro e o derrubei com mais força, General Beauregard precisava de lembretes frequentes.

— Ei, vocês.

— Já tem sangue.

Mas àquela altura já estávamos longe, correndo em volta da casa, pescoço a pescoço, poeira subindo em nossa volta. Zunimos colina acima, pássaros levantando voo por todo canto, e então, de repente, farejamos um odor interessante, meio como o nosso, mas azedo: coiote! O cheiro nos guiou por uma elevação e uma ravina — cheiro de água, mas sem água —, por outra elevação e por uma planície ampla, com um cacto solitário ao longe. Ficou mais forte. Aquilo lá em cima era um rabo cinza, brilhando na luz do sol? Aumentamos a velocidade como se fôssemos um, correndo como flechas.

Estávamos com bastante sede quando voltamos e subimos a varanda dos fundos, talvez mancando um pouco. A tigela de água do General ficava no canto. Um empurrando o outro, bebemos até a última gota, batendo cabeças. Bernie e Otis vieram para fora.

— Jesus — falou Otis.

Eles nos levaram para dentro e começaram a arrancar com pinça todos os espinhos de cacto, eu primeiro. Eu era visita.

Depois, General Beauregard e eu deitamos em um tapete gostoso e macio, enquanto Bernie e Otis sentavam à uma mesa comprida, coberta com as facas da coleção de Otis. Bernie esticou a mão para pegar uma, a comparou com a faca do bueiro.

— Parece com esta.

Otis deu uma espiada. Havia algo preso em sua barba, talvez um pedaço de ovo frito. Eu queria; adorava ovos fritos.

— Excelente, Bernie — falou ele. — Há uma semelhança, e por que não? Mestres ferreiros de Solingen chegaram à Zlatoust há séculos. Há minas de ferro em todo canto por aquelas bandas.

— Não entendi nada — disse Bernie.

— Só estou dizendo que a minha faca é alemã e a sua não.

— Não?

— Mas é influenciada por métodos alemães. Foi astuto da sua parte perceber isso.

— Só sorte — disse Bernie. — Então de onde é a minha faca?

— Acabei de dizer. Zlatoust. É quase gêmea desta aqui. — Otis se levantou, foi ao outro lado da mesa, pegou outra faca. — A Korsa: muito bonita, comprei semana passada. Ela é cruel, veja o quanto é afiada. — Otis enrolou a manga da camisa para cima, passou a lâmina pelo braço, raspando um pouco de pelo. — Mas a sua, tão afiada quanto esta, o mesmo aço, 40X10C2M, não é uma Korsa. Veja o sulco mais profundo.

— Essa ranhura?

— Exatamente. Faz o sangue sair mais rápido. Um belo trabalho, Bernie, e inédita para mim. Obrigado por trazê-la. Aqui. Estique o braço.

— Não, obrigado. Onde fica Zlatoust?

— Perto das minas de ferro, não mencionei isso?

— Que minas de ferro?

— Nos Urais, é claro.

— Na Rússia?

— Há outros Urais? — Otis começou a rir. Eu adorava a risada dele. Ela sempre continuava sem parar de uma forma louca e alta até ele estar tossindo e batendo no peito. — Alguma conexão russa com o caso? — perguntou quando a parte de bater no peito tinha acabado e ele já havia tomado um copo d'água.

Bernie começou a balançar a cabeça, mas parou.

— Não uma conexão que eu possa ver, mas tem a Srta. Larapova.

— Quem é?

— Uma recepcionista, ou talvez corretora imobiliária — explicou Bernie. — Ela parece uma daquelas jogadoras de tênis russas.

Otis esfregou a barba. Eu estava esperando que aquele pedaço de ovo frito caísse, mas não caiu.

— Acha que ela se interessaria pelas encenações da Guerra Civil? Precisamos de mulheres; vamos encenar toda a campanha Chatanooga/Chickamauga este fim de semana.

— Vou perguntar — disse Bernie.

— Precisamos de mulheres — repetiu Otis, dessa vez mais baixo, com um olhar distante.

General Beauregard roncava ao meu lado. Sem nenhum aviso, meus próprios olhos pesaram. Respirei fundo, com gosto, deixei que eles se fechassem e caí na terra dos sonhos, uma terra na qual o General e eu corríamos atrás de várias criaturas, grandes e pequenas, apavorando cada uma delas...

— Chet? Acorde, acorde. Estamos indo.

Eu me levantei de um pulo, me alonguei, me sacudi, segui Bernie até a porta. General Beauregard não abriu os olhos, mas bateu de leve com o rabo no chão uma única vez. Como nós nos divertimos com aqueles pobres coiotes: nosso segredinho.

DEZESSETE

Tirei um bom cochilo no carro, talvez um pouco desconfortável, com a cabeça batendo no banco de trás, mas o movimento suave e o ronco do motor me embalaram imediatamente. Quando acordei, totalmente descansado, pronto para recomeçar, estávamos estacionando no Pinnacle Peak Homes em Puma Wells, não me perguntem por quê. Paramos em frente à casa-modelo e descemos, Bernie carregando a faca em um envelope de papel pardo.

Lá estávamos nós de novo, na sala com o piso de cerâmica, tão agradável e frio nas minhas patas, e a fonte, que não respingava mais. Quis andar até a borda e levantar a pata. Por quê? Eu não precisava fazer nada. Uma mulher estava à mesa, uma mulher de pele escura, não a Srta. Larapova. Ela nos deu um sorriso.

Bernie sorriu de volta, não um sorriso verdadeiro, porque seus olhos não demonstraram nada, só exibiu os dentes, que eram bonitos para um humano. Já mencionei isso?

— Estamos procurando a Srta. Larapova.

A mulher parou de sorrir.

— A Srta. Larapova não está.

— Quando ela volta?

— A Srta. Larapova não está mais na firma.

— Não está mais na firma? — Ele pegou um cartão da mesa. Aqui diz "Elena Larapova, vice-presidente de marketing".

— Temo que esse cartão esteja obsoleto — falou a mulher. Ela o tirou da mão de Bernie e o jogou na lata de lixo.

— Chet! — gritou Bernie.

Ops. Eu estava ouvindo rosnados, quase rugidos? Parei, apesar de não ter gostado de como ela havia arrancado aquele cartão de Bernie, nem um pouquinho.

— Sabe como posso entrar em contato com ela?

— Temo que não.

— Mas suponha que chegue alguma correspondência para ela; deve ter deixado um endereço para envio.

— Temo que eu não tenha essa informação.

Bernie ainda sorria, e agora seu sorriso parecia real, talvez fosse. Bernie era cheio de surpresas. Às vezes eu não o entendia.

— Não há nada a temer — disse ele. — Vou só falar com o Sr. Keefer por um instante.

— Temo... o Sr. Keefer está fora, a negócios.

— Ele estava aqui hoje de manhã.

— Agora não está.

— Ele está em casa?

— Está fora a negócios.

— Onde?

— Não tenho certeza.

— Qual é o seu melhor palpite?

A boca da mulher abriu e fechou, mas nenhuma palavra saiu. Eu adorava quando Bernie provocava isso. Saímos nos sentindo vencedores, pelo menos eu. No estacionamento, Bernie tentou ligar para a casa e o celular de Keefer, mas ninguém atendeu. Ele abriu o laptop, procurou o telefone da Srta. Larapova, só encontrou uma ocorrência: o escritório do Pinnacle Peak do qual acabáramos de sair.

— Qual é o *nosso* melhor palpite, Chet? Onde está a garota? Onde está Madison?

Madison: seu rosto lá em cima naquela janela do celeiro, em frente à entrada da velha mina: eu podia vê-lo. Ela havia tentando me ajudar, na verdade tinha mesmo me ajudado, tornado minha fuga possível: disso eu lembrava. Comecei a correr pelo estacionamento, farejando minha trilha, a trilha que me levaria de volta ao rancho do Sr. Gulagov. Meu odor estava no ar, fácil de encontrar, mas só me fez andar em círculos.

— Chet?

E aí, de repente, talvez porque o homem estivesse na minha cabeça, detectei um odor perto de um arbusto espinhento no canto do estacionamento, um odor muito fraco, mas que eu conhecia. Humano, masculino, almiscarado e meio ruim, com um toque de beterrabas cozidas: o Sr. Gulagov. Corri em volta do arbusto, segui a trilha na direção da porta do escritório, onde ela acabou. Aí refiz os passos até o arbusto espinhento, tentando encontrar um rastro para outro caminho. Não consegui. Sentei e lati.

— Chet? O que foi? Keefer? O cheiro deve estar em todo canto. Eu lati mais alto. Me ajude, Bernie.

— Vamos, rapaz. Não há mais nada que possamos fazer aqui.

Não? Tinha que haver, mas eu não sabia o quê. Fomos para casa.

O telefone estava tocando quando entramos. A voz de Suzie veio da secretária eletrônica.

— Oi — disse ela. — Nada importante, só me perguntando como está Chet.

Bernie correu para o telefone, escorregando de leve em um dos meus brinquedos — um dos meus favoritos, na verdade, em formato de osso, de uma borracha boa de mastigar, mas firme — e deixando o envelope de papel pardo cair. Enquanto ele deslizava até parar — uma deslizada com a perna esticada quase tão boa quanto uma das minhas —, a faca saiu voando do envelope e fincou a ponta no chão, o cabo tremendo.

— Alô? Chet! Pare com isso! — Ele ouviu por um momento e continuou: — Ele está, hum, bem, seu comportamento... Chet!

Mas eu não consegui evitar. A faca — aquela faca! — enfiada no chão, vibrando nos meus ouvidos com aquele trum trum trum. Vocês também pulariam, acreditem. Bernie agarrou o osso de borracha e o arremessou pela janela aberta. Eu mergulhei atrás dele, corri pelo jardim, o peguei e pulei para dentro de novo. Um jogo novo, e que jogo, dentro e fora de casa, correndo e pulando — esse tinha de tudo.

— Chet! — Bernie agarrou a minha coleira. — Acalme-se. — Eu tentei me acalmar, tentei continuar segurando o osso de borracha, tentei respirar, tudo ao mesmo tempo: demais para mim. Mal percebi que Bernie não estava mais ao telefone. — Pelo amor de Deus, Chet, ela vem para jantar. A casa está um caos.

Ops. Caos. Eu não tinha certeza do que era isso, só sabia que era sinal de que o aspirador de pó vinha por aí e eu não podia ficar em casa enquanto ele estivesse ligado, sabíamos disso por experiência própria. Bernie começou o trabalho. Eu fui para o jardim dos fundos, verifiquei o portão imediatamente — fechado, que pena — e enterrei o osso de borracha no canto mais distante. Farejei por algum tempo, detectei a presença recente de um lagarto, provavelmente um daqueles de olhos minúsculos e língua que treme, mas nada além disso. Desenterrei o osso de borracha. Deitei e o mordi até minha mandíbula cansar, depois o enterrei de novo, cavando um buraco bem fundo desta vez, um dos mais fundos. Levei muito tempo jogando a terra toda de volta, colocando-a do jeito que eu gosto, mas era boa a sensação de fazer as coisas direito. Esse era um dos ditados de Bernie: um trabalho que vale a pena ser feito, vale a pena ser bem-feito. Deitei um pouco, esvaziei a mente. O sol estava bom. Decidi desenterrar o osso de borracha de novo. Mal tinha começado quando ouvi Iggy latindo no vizinho.

Lati de volta. Iggy latiu. Fui até a cerca, espiei por entre as ripas. Lá estava ele em uma janela lateral, espiando. Lati. A cabeça dele virou abruptamente na direção da cerca. Será que ele me via? Por que não? Eu podia vê-lo. Ele latiu. Eu lati. E então, de muito longe, veio aquele latido feminino novamente. Uma sensação estranha percorreu a minha espinha. Ficamos em silêncio, Iggy e eu, tentando ouvir aquele latido feminino de novo. Iggy estava com a cara bem colada na janela, suas orelhas redondas e flácidas levantadas ao máximo.

— Ah, Deus — disse Suzie quando Bernie entrou, um grande sorriso em seu rosto e dois filés grandes, com aquelas marcas da grelha perfeitamente queimadas neles. — Eu devia ter dito, eu não como carne.

O sorriso de Bernie fez uma coisa engraçada; ele meio que tentou se prolongar enquanto o restante do rosto mudava de expressão. Suzie não comia carne? Isso era quase dizer que não comia nada. Eu estava chocado e Bernie também; os filés quase escorregaram do prato. Mas não caíram. Sentei de volta.

— Ah, hum, é minha culpa — falou Bernie. — Alguém como você, eu devia saber.

Suzie sorriu como se estivesse se divertindo — mas como podia ser divertido, descobrir de repente que você não ia jantar?

— Alguém como eu?

Bernie fez alguns movimentos desajeitados — qual era a palavra que Suzie havia usado? Claudicantes? Sim, movimentos claudicantes:

— Você sabe. Delicada.

O sorriso de Suzie se abriu mais; é, ela estava se divertindo.

— Delicada.

— E forte — completou Bernie. — Forte e delicada. Mais forte do que delicada, definitivamente.

Suzie riu. Uma risada realmente bonita — já disse isso? Muito mais agradável que a da Srta. Larapova.

— Incomoda-se se eu der uma olhada na sua geladeira?

— Ah, não, você não quer...

Mas a porta já estava aberta.

— Vou só dar um jeitinho nisso — disse ela, puxando alguma coisa bem lá do fundo.

— Eu não posso deixar...

— Não tem problema. Você e Chet podem comer os filés.

Suzie: uma joia.

Eles se sentaram à mesa da cozinha; eu estava no canto com as minhas tigelas.

— Você, hum, bebe vinho? Ou não?

— Adoro vinho — disse Suzie.

— Tinto ou branco?

— Tinto, por favor.

— Olha, eu também.

Devagar com o vinho, Bernie. Esse foi o meu primeiro pensamento — eu já vira as coisas darem errado por causa disso antes.

Bernie serviu.

— É da Argentina — falou ele.

— Sempre quis conhecer.

— É? Eu também.

Se ele continuasse falando "eu também", aquela seria uma noite longa. Reparei em uma camada de pura gordura em uma ponta do meu filé e a mordi primeiro.

— Hum, delicioso — disse Suzie.

— Gostou do vinho?

— Muito.

— Ah, que bom. Ótimo. Eu também gosto. Um belo tom de vermelho. E o sabor, não muito... qual é a palavra? Mas ao mesmo tempo...

A voz dele foi sumindo. Normalmente, Bernie era o humano mais inteligente na sala. Esta noite era diferente.

Eles brindaram. Eu adorava isso, bater os copos, o visual e o som, mas principalmente o fato de o vidro não se quebrar. Como eles conseguiam? Minhas aventuras com vidro nunca terminavam assim.

Debaixo da mesa, seus pés não estavam muito distantes um do outro. Bernie calçava chinelos. Seus pés eram fortes e largos; se eu fosse forçado a passar a vida só com dois pés, os dele poderiam servir. Suzie estava de sandálias; seus pés também pareciam fortes, porém mais magros e muito menores. Suas unhas estavam pintadas com uma cor escura, e ela usava um anel de prata em um dos dedos. Suzie era interessante, sem dúvida. Senti o ímpeto de entrar de lado embaixo da mesa e dar uma lambida rápida nos dedos dela. Resisti. Ela era visita.

— Algum progresso no seu caso? A menina desaparecida?

Bernie pôs o copo na mesa. Ele se inclinou para a frente, as costas agora rígidas: sua postura tensa.

— Resposta curta ou longa?

— Ambas.

As costas de Bernie, ainda retas, relaxaram um pouco. Ele não voltara à tranquilidade, mas estava perto.

— Nenhum progresso, essa é a resposta curta — disse ele. — Podemos até estar seguindo o caminho oposto.

— Mas não é isso o que você faz? — falou Suzie, me confundindo de cara.

Mas não Bernie. Ele deu uma olhada de esguelha para ela:

— É.

Depois foi até a bancada, pegou o envelope de papel pardo, tirou a faca e a pôs na frente de Suzie.

— O que é isso?

— É nossa única pista concreta — disse Bernie. — Foi usada para atacar o Chet. O atacante dirigia um carro azul. Na noite em que Madison chegou tarde em casa, ela foi abordada por um homem louro que saltou de uma BMW azul.

— Logo?

Bernie bebericou seu vinho, na verdade estava mais para um gole grande.

— Possibilidade um: o louro tentou outra vez, com sucesso. Possibilidade dois: ela fugiu de novo e agora está foragida.

— Por que ela não voltaria para casa simplesmente? Ou iria à polícia?

— Às vezes a dinâmica da família, neste caso não muito boa, atrapalha a lógica. Mas o outro problema com a possibilidade dois é o ataque ao Chet. Se Madison estivesse em fuga, ninguém teria vindo atrás de nós.

— Eles vieram atrás de vocês?

— Talvez a intenção fosse dar um aviso. Ou talvez ele estivesse procurando por mim. De qualquer modo, entende-se que alguém está com Madison e não quer que ela seja encontrada. Isso significa sequestro por resgate, só que não há nenhum pedido.

Suzie apontou para a faca, sem chegar a tocá-la.

— Tentou rastreá-la?

— É russa, é tudo o que sabemos. Nosso especialista em facas está investigando o número de série, mas não é como uma arma, você não precisa de licença para ter uma.

Suzie deu uma mordida no que quer que ela tivesse arranjado na geladeira, algo marrom e esponjoso.

— Hum. — Impossível não gostar de Suzie. Ela bebeu um pouco de vinho. — Os pais de Madison são ricos?

— Damon Keefer é o pai. Ele é empreiteiro em North Valley, parece rico para mim.

— Que condomínios ele construiu?

— No passado? Não sei, mas no momento está terminando um negócio chamado Pinnacle Peak Homes em Puma Wells. Faz questão que digam o nome correto.

— Eles são todos assim — falou Suzie. — Fiz centenas de matérias com empreiteiros. — Ela mexeu os pés, chegou a um fio de roçar no de Bernie. — Talvez eu possa ajudar de alguma maneira.

— Ah, não — disse Bernie. — Eu nunca... — E então parou.

— O quê?

Bernie balançou a cabeça.

— Eu tenho uma regra — disse Suzie. — Depois que você começa a dizer alguma coisa, tem que terminar.

Bernie riu. Seu pé balançou para a frente e bateu com bastante força em um dos pés dela.

— Ah, desculpe. — Ele recolheu o pé.

— Sem problema. — Ela esfregou o pé machucado no outro. — Pode falar, Bernie.

Bernie ficou imóvel. Essa imobilidade... era porque ela o havia chamado pelo nome? Bernie é um nome muito bonito, meu segundo favorito.

— É justo — concordou ele. — Provavelmente não é nada. Quase certamente não. Mas nesse negócio, você cria o hábito de verificar.

— No meu também — falou Suzie. — Verificar o quê?

— O Keefer atendeu um telefonema. Não consegui ouvir direito, mas pareceu desagradável. Ele disse que era seu fornecedor de irrigação, o que quer que isso seja.

— Mas você não acreditou?

— Não tive certeza.

— Quem você acha que era?

— Não faço ideia.

— Algo a ver com Madison?

Bernie não respondeu.

— Você não quer dizer em voz alta?

Ele deu um sorriso largo, por um momento pareceu um garoto, idêntico a Charlie.

— Vou dizer o que vamos fazer — falou Suzie. — Por que eu não verifico o fornecedor de irrigação?

— Vou *lhe* dizer o que vamos fazer — disse Bernie. — Por que não fazemos isso juntos?

— Fechado — concordou Suzie.

— Ótimo — disse Bernie, fazendo algum gesto com a mão que acabou derrubando o copo de Suzie, derramando vinho nela. Eu fechei os olhos.

DEZOITO

Às vezes Bernie cantava no chuveiro. Bernie cantando no chuveiro queria dizer que as coisas iam bem. Ele tinha três canções de chuveiro: "Your Cheatin' Heart", "Born in the USA" e "Bompity Bompity Bompity Bomp Blue Moon Blue Blue Blue Blue Moon", a minha favorita, a que ele estava cantando. O problema era que as coisas não iam bem, não com o caso de Madison Chambliss. Aquele era o nosso trabalho: encontrá-la e trazê-la a salvo para casa. Então por que Bernie estava cantando? Abri a porta do banheiro com o focinho e entrei.

Adoro banheiros. Digo isso com toda a franqueza. Já me diverti muito em banheiros. Nós temos dois: um sem chuveiro, perto da entrada da casa, e o outro no corredor entre os dois quartos. A água empoçava no chão aqui e ali, como sempre depois das duchas de Bernie. Bebi um pouco e percebi que ele estava de pé de um jeito estranho na frente do espelho, retorcido e olhando por cima do ombro.

— Deus — disse ele. — Estou ficando com pelos nas costas.

E daí? O que havia de errado nisso? Eu também tenho pelos nas costas, muitos, grossos e brilhantes, e só havia recebido elogios.

— Por que agora, do nada? — indagou ele, esticando a mão para pegar um barbeador. — Mulheres odeiam pelos nas costas.

Odeiam? Fêmeas da minha espécie — bem, vamos colocar nesses termos — não tinham problemas com a minha aparência. Meus pensamentos foram para a fêmea desconhecida que latia em algum lugar próximo ao cânion. Bernie, em uma posição desajeitada, esticou-se para as costas com o barbeador. Eu não queria ver.

— Vamos no seu carro — falou Suzie. — É tão bacana.

— Essa lata velha? — disse Bernie, mas eu sabia que ele estava satisfeito pela forma como seus ombros se ergueram um pouco. Nós entramos — Bernie atrás do volante. Houve um momento estranho quando tanto eu quanto Suzie fomos para o banco do carona.

Suzie riu:

— Eu vou atrás.

O banco de trás não era lá essas coisas, impossível ficar confortável no velho Porsche. Talvez eu até me sentisse um pouquinho culpado, mas a questão era: quem sempre ia no banco da frente?

Bernie tocou no braço dela.

— Não, não — protestou Bernie. — Vamos, Chet, esprema-se lá atrás.

Me espremer lá atrás? Ele estava falando comigo? Não me mexi. Na verdade, fiz um pouco mais do que isso: eu me tornei intransportável, tencionando todos os meus músculos.

— Não vejo isso há algum tempo — disse Bernie. — É quando ele vira um jumento.

Jumento? Que coisa para se dizer, um novo insulto, sem dúvida. Mas em um confronto como esse, alguém tinha que ser adulto. Eu me espremi no lugar minúsculo — eu, com mais de 45 quilos — e voltei minha atenção para o que quer que estivesse acontecendo do lado de fora, ou seja, nada.

Suzie sentou na frente. Bernie virou a chave.

— Eu adoro o barulho do seu motor — disse ela. — A forma como...

Eu adorava também, mas aquilo não era ronco de motor. Em vez disso veio um uir-uir-uir agudo, um barulho que me deu uma sensação esquisita, como se os meus ouvidos e o meu pescoço estivessem se contorcendo, um barulho que andávamos ouvindo um pouco demais no Porsche, eu e Bernie.

Ele tentou de novo e de novo, girando aquela chave com mais e mais força. Nada aconteceu, a não ser o uir-uir-uir ficar cada vez mais fraco. As máquinas e o que havia dentro delas: um completo mistério para mim — e para muitos humanos também, o que foi uma surpresa no começo. Logo Bernie disse "Droga", não era o que ele normalmente dizia em momentos como este, abriu a porta com força e levantou o capô. Dali em diante, tudo aconteceu como de costume — sons estridentes, resmungos, xingamentos, peças de metal caindo e rolando para baixo do carro, colunas de fumaça subindo, o capô sendo batido, borrão de graxa no rosto de Bernie, ligação para a assistência mecânica. Nós acabamos amontoados no carro de Suzie, ela ao volante, eu no carona, Bernie furioso atrás, os braços cruzados. As coisas sempre acabam dando certo: é no que acredito.

— Deve ser aqui — falou Suzie. — Logo depois da Home Depot. — Ela apontou para a frente. Ei! Eu já vira esse lugar antes, com uma cascata enorme na frente de um prédio baixo, e sempre quisera fazer uma visita. De repente senti sede, precisava enfiar a minha língua naquela cascata imediatamente. Suzie leu a placa:

— "Water, water, everywhere*. Todas as Suas Necessidades de Irrigação em Um Só Lugar." Que nome fofo.

---

* Água, água em todo lugar. Trecho do poema "The Rime of The Ancient Mariner", de Samuel Taylor Coleridge. *(N. do E.)*

— Hein?

— Do poema — disse Suzie, me confundindo.

E ao Bernie também.

— Estamos na porra do deserto — comentou ele. — Não há água em todo lugar e nunca houve. Por que é tão difícil lembrar disso?

Suzie olhou para ele pelo retrovisor, um olhar que me deixou inquieto, como se ela pensasse que havia algo não muito certo com Bernie. Mas como isso seria possível? Eu me preocupei por um ou dois segundos — queria que Bernie fosse feliz, não preciso nem dizer —, mas estacionamos e saímos do carro, e tudo — poemas, olhadas pelo retrovisor — foi esquecido. Fui correndo para a base da cascata. Ah. Fria e espumante, deliciosa.

Um homem de prancheta saiu do prédio e me olhou de um jeito engraçado — por quê? Estava com medo que eu bebesse toda a água da cascata? Aí se virou para Bernie.

— Sou Myron King, o proprietário. Posso ajudá-lo em alguma coisa?

— Já vendeu alguma dessas cascatas, Myron? — perguntou Bernie.

Bernie era um ótimo interrogador. Um de seus maiores talentos, que resolveu muitos casos — será que algum dia eu esqueceria de "então como você explica esse cofre atrás de você?" —, mas eu podia ver pela expressão de Myron que essa entrevista havia começado mal.

— Está se oferecendo para comprar? — disse ele.

Bernie soprou ar pelos lábios fechados, fazendo-os vibrar de um jeito do qual sempre gostei, mas que nunca era bom sinal. Senti que a situação estava prestes a sair dos trilhos, e tive o ímpeto de sair dos trilhos também, talvez levantando minha pata bem em cima dos mocassins com borlas de Myron — loucura, eu sei. Naquele momento, Suzie se intrometeu:

— Ainda estamos pesquisando.

— Pesquisando o quê?

— As exigências de irrigação para um condomínio residencial com campo de golfe.

Bernie deu uma olhada rápida para ela, as sobrancelhas erguidas.

— Em que região? — disse Myron.

— Não tenho autorização para falar — respondeu Suzie.

Myron assentiu, um daqueles acenos de cabeça que diziam "você está lidando com uma figura sagaz". O meu pessoal nunca era sagaz, mas eu conhecia a sagacidade. Havia muita sagacidade no mundo selvagem, as raposas, por exemplo. De acordo com Bernie, a sagacidade era a irmã perturbada da inteligência, o que quer que isso significasse.

— Ainda não fecharam a compra do terreno? — falou Myron.

— Algo assim — disse Suzie.

— Quer dizer que estão pesquisando um fornecedor de irrigação para tudo, exame topográfico, projeto, instalação?

— Isso mesmo.

— Quantas unidades?

Suzie hesitou. Bernie disse:

— Estávamos pensando em algo parecido com um lugar que vimos outro dia.

Agora era Suzie quem dava uma olhada rápida para Bernie, como se... como se eles estivessem entrando em um ritmo, formando uma dupla. Impossível, é claro. A dupla era eu e Bernie.

— Que lugar era esse?

— Lembra-se do nome? — Bernie dirigiu-se a Suzie.

— Quem poderia esquecer? — Isso fez Bernie sorrir. — Pinnacle Peak Homes em Puma Wells.

A expressão de Myron mudou; ele parecia ter mordido um limão. Eu tinha tentado fazer isso *uma vez*.

— Boa sorte para vocês — falou ele.

— Ah, é? — disse Bernie.

— Vão precisar, se esse é o seu modelo.

— Algo errado com Pinnacle Peak Homes em Puma Wells? — perguntou Suzie.

Myron virou-se de costas e fez o som de quem ia cuspir, apesar de nenhuma secreção ter saído. Eu gostava de cuspir, também poderia ter cuspido, mas cuspir em seco não fazia sentido.

— Incomoda-se de explicar? — pediu Bernie.

— Hein?

— Meu sócio quer saber — falou Suzie — se a irrigação em Pinnacle Peak está abaixo do padrão?

— Diabos, não — disse Myron. — De última geração. Um dos meus trabalhos, projetei pessoalmente, até abri um túnel por baixo do 16º *fairway* para acessar os poços originais, o que restou deles. Não vai haver nada mais verde que aquele campo de golfe em todo o Estado.

Uma coisa que eu nunca quero ver é a veia no meio da testa de Bernie começar a pulsar. Nas únicas vezes em que vi acontecer, coisas ruins vieram em seguida. Ela estava pulsando agora. Suzie pareceu perceber pelo canto do olho.

— Parece uma ideia inteligente, Myron. Então qual foi o problema?

— O problema? — falou Bernie, a voz subindo. — O problema de abrir túneis... — Ele interrompeu a frase. Quase não vi Suzie pisando no pé dele, foi rápido.

— O problema? Minhas contas não serem pagas. Ou isso não é problema na terra de vocês?

— O pior de todos — disse Bernie, aquela veia se acalmando, quase invisível.

Myron olhou para Bernie, fez mais um pequeno aceno com a cabeça, do tipo que indicava que finalmente falavam a mesma língua, que podiam até ficar amigos. Sinal de que ele não estava realmente no comando da situação. Não vira o quanto havia chegado perto de acabar dentro daquela cascata? Eu ainda tinha esperanças.

— Isso mesmo — concordou Myron. — O pior. O que devo fazer? Arrancar todos os meus canos do chão?

Bernie estava quase respondendo, mas antes que ele pudesse fazer isso, Suzie interveio:

— É claro que não. Mas não é como construir uma casa, não recebe um adiantamento e aí o pagamento é parcelado ao longo do trabalho?

— É. Normalmente.

— Mas neste caso? — falou Bernie.

— Ah, eu recebi o adiantamento direitinho. E algumas parcelas depois disso. Mas viviam acontecendo pequenos problemas.

— Como?

— Como dinheiro que, abre aspas, ia chegar a qualquer momento de um banco na Costa Rica. E o cara é daqueles que têm lábia, muito convincente.

— O empreiteiro? — indagou Suzie.

— O nome é Keefer — falou Myron. — Bom de conversa, mas nem atende minhas ligações. Nunca mais, pessoal.

Bernie e Suzie trocaram um olhar rápido.

— Uau — disse ela.

— Ele realmente parou de atender suas ligações? — perguntou Bernie.

— Não falo com o idiota há três semanas — disse Myron.

— É verdade?

— Acha que eu inventei isso? — questionou Myron. — Meu advogado está entrando com embargos para cima e para baixo. Graças a Deus isso tudo estourou antes de instalarmos o Splashorama.

— Splashorama?

Myron apontou para a cascata.

— Estão olhando para 250 mil dólares. Mais impostos. Digam alguma coisa. Mas posso lhes mostrar uma versão menor, se essa beleza for cara demais para o bolso de vocês.

* * *

— Vá se foder — falou Bernie quando estávamos de volta ao carro de Suzie, na mesma disposição de assentos de antes, talvez porque eu houvesse entrado primeiro.

— O quê? — disse Suzie.

— Esse é o recado que a cascata dele manda. O lençol freático está quase seco. Antigamente havia rios correndo pelo Valley até o Golfo. Agora não há um pingo. E por quê?

Silêncio. Bernie estava chateado, a história da água de novo. Eu não entendia. Nós tínhamos cascatas!

— Pessoas demais, é isso — constatou ele. — E elas continuam vindo, como… como uma enchente seca.

Pessoas demais? Eu também não entendia isso. A não ser pelos bandidos, estupradores e outros caras maus, eu gostava de pessoas, quanto mais, melhor. E elas gostavam de mim!

— Posso citar você? — pediu Suzie.

— Me citar?

— A ideia da enchente seca; pode ser útil em uma matéria algum dia.

— É toda sua — disse Bernie.

Suzie deu uma olhada para ele pelo retrovisor. Os olhos humanos tinham uma forma de parecerem enevoados quando certos pensamentos passavam por eles, pensamentos humanos complicados que sempre acabavam com a diversão, na minha opinião.

— Então, onde estamos? — falou ela.

— Onde?

— No caso.

— Ah. — O caso. — Ele respirou fundo pelo nariz. — Uma dessas discrepâncias óbvias. Keefer disse que teve uma conversa telefônica com seu cara da irrigação ontem. O cara da irrigação diz que o Keefer parou de atender suas ligações há três semanas.

— Portanto, parceiro?

Bernie riu. Opa. Parceiro? Que história era essa? Eu era o parceiro. Virei a cabeça, mordisquei um pouco o material do lado de dentro da porta do carro, parei quando percebi que era vinil, não couro. Como? O painel era de couro, eu lembrava de quando o havia arranhado antes. Eu não entendia os carros. E o gosto de vinil? Nem me falem.

— Portanto — falou Bernie —, nós vamos investigar.

— Como?

— Existem duas maneiras. Podíamos... — O telefone tocou. O toque do celular de Bernie fazia o barulho daqueles telefones antigos nos filmes em preto e branco a que assistíamos frequentemente. Eu gostava deles porque preto e branco era muito fácil de ver para mim; quanto a Bernie, eu só sabia que, se ele tivesse que decidir entre preto e branco ou em cores, ele sempre escolhia preto e branco. Ele ouviu por algum tempo e, por alguma razão que não poderia explicar, eu sabia que havia acontecido alguma coisa. Bernie falou "está bem, obrigado" e desligou.

— Era Rick Torres do Departamento de Pessoas Desaparecidas. Madison Chambliss foi vista em Vegas. Ele está indo para a nossa casa.

A nossa casa queria dizer minha e dele: o lar.

Suzie nos levou. Eles mal se falaram durante todo o caminho. Eu também estava quieto. Nunca estivera em Las Vegas, só sabia que era longe e odiada por Bernie. Madison em uma janela alta: essa imagem estava muito fraca em minha mente, quase apagada. Será que aquela velha mina ficava em Las Vegas? Isso não fazia sentido, mas eu não tinha como saber ao certo.

Saímos da estrada, subimos pelo cânion, entramos na Mesquite Road. Iggy não estava na janela, mas havia um homem em nosso jardim, e não era Rick Torres. Este homem era alto, com cabelos até o ombro. Ele me lembrava um astro de cinema do qual Bernie não gostava, o nome me escapava, mas não era importante. O importante era que havia um estranho em nossa propriedade.

— Quem é o bonitão? — falou Bernie.

As mãos de Suzie apertaram o volante.

— Ai, meu Deus.

— Você o conhece?

Suzie assentiu.

— Quem é?

— Dylan McKnight. Ele é o meu... meu ex-namorado.

— Ah.

— Mas o que ele está fazendo fora? — perguntou Suzie.

— Fora de onde?

— Da Penitenciária North State — respondeu ela. — Pegou de 18 meses a dois anos por um delito relacionado a drogas.

— Ah, é?

DEZENOVE

— Pare o seu maldito cachorro — disse Dylan McKnight.
— Ele é territorial — explicou Bernie, correndo pelo jardim até o local em que eu tinha imprensado Dylan McKnight contra a árvore e agarrado a minha coleira. — Não é nada pessoal.

Territorial? Eu não conhecia aquela palavra, era nova para mim. Mas não havia nada complicado nessa situação, e não poderia ter sido mais pessoal. Dylan McKnight, um estranho que não fora convidado — e, se eu não tinha entendido bem, também um presidiário —, estava no nosso terreno! E agora ele se mostrava um daqueles humanos com um medo profundo de mim e dos meus companheiros; é sempre divertido trombar com um desses. Não há como esconder o medo de mim — eu sentia o cheiro. Dei um encontrão nele de novo, não com muita força.

— Estou cagando se é pessoal — disse Dylan McKnight, talvez tentando subir na árvore de costas, algo que eu nunca vira.

— Vamos lá, Chet, fique calmo — falou Bernie.

Lati um dos meus latidos mais profundos, feroz e selvagem, um som maravilhoso, até me assustou um pouco. Isso me fez latir de novo, de forma ainda mais selvagem, como que para assustar a mim mesmo. Da casa ao lado veio o yip-yip-yip do Iggy. Estávamos mandando bem ou o quê? Iggy era um ótimo companheiro.

— Chet? Pelo amor de Deus! Chet! Sentado!

Eu sentei, em silêncio e imóvel.

— Está tudo bem — falou Bernie. Ele afagou a minha cabeça, ainda cheia de agitação, e apontou com o queixo: — Vá para dentro.

Eu fui, observando da porta da frente. Bernie e Dylan McKnight estavam de pé perto da árvore. Dylan lançava um olhar nada amigável para Bernie; o rosto de Bernie estava ilegível. Isso era bom, sinal de que ele estava no comando. Suzie andou do carro até os dois. Dylan se afastou da árvore, ajeitando a roupa.

— Oi, Suzie — cumprimentou ele. — Como você está?

— Eu? Estou ótima. E você?

Dylan sorriu — ele tinha belos dentes para um humano, grandes e brilhantes, eu tinha que admitir — e disse:

— Não tenho do que reclamar.

O corpo inteiro de Suzie ficou tenso; ela não parecia feliz.

— Dylan, esse é Bernie. Bernie, Dylan.

Uma apresentação humana — a nossa tinha farejadas e alcançava o objetivo muito mais rápido — normalmente tinha apertos de mão, como talvez eu já tenha mencionado, mas não dessa vez. Dylan deu um pequeno aceno de cabeça para Bernie; Bernie não fez nada. Suzie virou-se para o ex-namorado.

— Isso é meio que uma surpresa.

— É, para mim também.

— Não entendi — disse Suzie.

— Nada mudou, gata — enrolou Dylan, dando um sorriso para ela, não amplo, mas charmoso, como atores de cinema sorriem às vezes. Eu tinha sacado esse sujeito de cara.

Suzie piscou algumas vezes, muito rápido, sempre um sinal de confusão nos humanos.

— O que eu estava tentando dizer: você não saiu um pouco antes da hora?

— Não parece muito feliz em me ver, Suze.

— Não respondeu a pergunta — disse ela.

O sorriso deixou o rosto dele, mas não rapidamente. Muito interessante de observar — será que eu já tinha visto isso antes, um sorriso que desaparece devagar? Não que me lembrasse. Aquilo me fazia querer mordê-lo, mordê-lo de jeito. Olhei para Bernie e fiquei quieto.

— É, eu saí antes — explicou Dylan. Ele se virou para Bernie. — Fiquei à custa deste grande Estado por algum tempo, caso você esteja se perguntando.

— Não estou me perguntando nada.

— Suzie contou, não é? Ela é uma garota esperta. Ou talvez você já esteja ligado nisso? — Ele parou, dando uma olhada de esguelha para Bernie, que ficou em silêncio.

— A solução para o mistério — continuou Dylan — é que este Estado entrou em uma situação de superpopulação e um juiz teve que soltar algumas centenas de nós antes que todos morrêssemos asfixiados.

Tive problemas para entender aquilo, desisti lá pela metade. Só sabia que queria mordê-lo mais do que nunca.

— Seu dia de sorte — Suzie disse.

— Você me conhece — falou Dylan. Ele parou, talvez para deixá-la dizer alguma coisa, mas ela não disse. — Espero não estar sendo intrometido, mas você e, hum, Bernie são um casal?

— Não é da sua conta — retrucou Suzie. — Mas a resposta é não.

Dei uma olhada para Bernie; ele olhava para o chão.

Dylan deu seu grande sorriso brilhante.

— Mil desculpas — disse ele. — Alguma chance de você me fazer um favorzinho?

— Como você sabia que eu ia estar aqui?

— Liguei para o jornal.

— E?

— Disseram que você estava trabalhando em uma matéria sobre um detetive particular, me deram este endereço.

A cabeça de Bernie se virou rapidamente para Suzie, algo que eu não vejo com frequência, um sinal de surpresa. Vi uma bola de tênis perto da árvore e a peguei.

— Simples assim? — dizia Suzie — Eles deram o endereço?

— Uma garota legal ao telefone — falou Dylan. — E talvez eu tenha deixado a situação parecer um pouquinho mais urgente do que é, não de propósito, é claro.

— Qual é a situação? — perguntou Suzie.

— Estou de mudança — respondeu Dylan.

— Para onde?

— L.A. — respondeu Dylon. — Tenho um emprego me esperando.

— Fazendo o quê?

— Coisas interessantes. Viajo hoje. O negócio é que eu preciso de uma carona até o aeroporto.

Suzie olhou em volta.

— Como chegou aqui?

— Um amigo me deixou.

Suzie abriu a boca para dizer alguma coisa. Eu sei quando um humano está prestes a dizer não, tinha bastante experiência, e o "não" estava a caminho. Mas naquele momento uma patrulha da polícia apareceu, diminuiu a velocidade e estacionou na frente da casa. Rick Torres, usando seu uniforme, arma no quadril, saltou.

— Está bem — disse Suzie para Dylan. — Entre no carro.

— Você é um doce — falou ele.

A expressão de comer limão que eu vira no rosto de Myron King agora apareceu em Suzie. O que havia com doces e limões? Fiquei confuso.

— Até mais, Bernie — disse Suzie.

— Certo.

Eles foram embora. Nós ficamos olhando enquanto eles se afastavam — eu, Bernie, Rick Torres.

— Quem era aquela? — perguntou Rick.

— Suzie Sanchez. Ela é repórter do *Tribune*.

— A que fez aquela matéria sobre você?

— É.

— Nós todos demos boas risadas lá na delegacia.

Bernie não disse nada.

— Mas todos os caras concordaram que ela errou em uma coisa: Robert Mitchum não chega aos seus pés.

— Deixa disso.

Rick riu.

— Ei, Chet. — Ele se aproximou, afagou a minha cabeça. — Não gosto de repórteres — falou.

— Não?

— Sempre têm segundas intenções, não se pode confiar neles, eu acho.

Do que ele estava falando? Eu confiava na Suzie, com certeza, uma das fontes mais confiáveis de petiscos que eu já conhecera. Comecei a me afastar do Rick, mas ele coçou a base de uma das minhas orelhas, um lugar perfeito. Isso me deixou ali, parado. Ah, vida boa, talvez não para Bernie, que olhava para a rua vazia, o rosto nada feliz. Por quê? Minhas chances de descobrir não eram boas, não com aquela coceira deliciosa acontecendo. Rick parou — cedo demais, sempre cedo demais — e puxou um envelope do bolso. Eu me sacudi e desembaralhei a mente, deixando tudo tranquilo e silencioso do lado de dentro; na verdade, até meio vazio.

Rick entregou o envelope a Bernie, que puxou uma foto e a examinou.

— É ela. Madison Chambliss.

— Foi tirada ontem à noite com um celular, do lado de fora de um cinema em North Vegas, o Golden Palm. Dá para ver a bilheteria lá no fundo. Acontece que o cara que a tirou, um projecionista a caminho do trabalho, é aficionado por crimes, viu a foto em algum site, talvez no nosso, e a reconheceu. Não falou com ela, evidentemente, mas ligou para a polícia de Las Vegas. Eles verificaram o telefone celular; a hora está correta.

— Ela estava sozinha?

— Parecia estar, de acordo com o projecionista. Ela saía de uma sessão quando ele estava chegando.

Bernie mordeu o lábio. Eu não via isso com frequência. Bom ou ruim? Eu não saberia dizer.

— Os pais dela sabem?

— Sabem. Acho que a mãe já está a caminho.

— E a polícia de Vegas?

— Eles a colocaram na lista de adolescentes que fugiram de casa — Rick balançou a cabeça, não o movimento que significava "não", mas sim "não há muitas esperanças", um sentimento que eu não entendia. — É uma lista longa em Vegas.

Rick nos deixou na oficina. O Porsche estava no estacionamento, todo lavado e brilhante. Bernie pagou a conta e fomos a caminho de Vegas!

— A bobina da ignição — falou Bernie depois de algum tempo, provavelmente não no mesmo estado de espírito que eu. — Adivinhe o quanto custou.

Eu não fazia ideia, só sabia que não era coisa boa, ou Bernie não estaria se preocupando. Nossas finanças estavam um caos. Talvez eu achasse uma carteira em algum lugar. Isso acontecera mais de uma vez, mas elas sempre estavam vazias, apesar de o couro ter um gosto ótimo. Nenhuma outra ideia para ganhar dinheiro me vinha à cabeça. Por que isso era tão importante? Nós comíamos como reis, tínhamos um teto e o carro mais maneiro de todo o Valley. Brisa fresca, sol quente, andar de carro no banco da frente. Meu humor melhorou de novo, mas uma comidinha cairia bem. Farejei, não senti cheiro de nenhum petisco, nem mesmo velho e bolorento debaixo do assento. Passamos por um trailer para cavalos e vislumbrei um grande olho através das ripas laterais, lati rápido, estilo metralhadora. Será que vi uma centelha de medo naquele olho enquanto zarpávamos para longe? Cavalos se assustavam — que divertido!

Depois disso fiquei com sono e deitei. Quando eu estava pegando no sono, Bernie resmungou:

— E nós não somos um casal, isso é certo.

Ops: ele estava preocupado com muitas coisas. Fugi para a terra dos sonhos, logo me vi caçando coelhos.

Quando acordei, o sol estava baixo no céu, e passávamos por uma avenida larga ladeada de prédios estranhos, luzes estranhas, pessoas estranhas, tudo estranho.

— Vegas — falou Bernie. — Bem-vindo ao nono círculo do inferno.

Nono círculo? Novidade para mim. Nos tempos de Charlie e Leda, tínhamos visitado um rancho chamado Círculo Z. Aquilo é que era caçar coelhos! Mas o episódio com o coelho não acabou muito bem; houve um desentendimento entre Leda e Bernie, e ele passou a dormir no sofá da sala, talvez até ela e Charlie irem embora. As lembranças do Círculo Z me levaram na direção de outro rancho, mas qual? Um rancho… um rancho com uma mina, sim, e o rosto de Madison lá no alto, na janela de um celeiro. Tinha que me lembrar disso; era muito importante.

— Por que está latindo, garoto?

Olhei Bernie nos olhos, lati e lati.

— Qual é, Chet, fique calmo.

Eu fiquei calmo.

Não muito tempo depois, estacionamos em frente a um prédio, com um letreiro do lado de fora e uma palmeira dourada bem iluminada no telhado. Letreiros em geral ficavam em cinemas, lugares não muito amigáveis para mim — eu nunca entrara em um, mesmo sendo um grande fã de filmes.

— É melhor ficar aqui, Chet. — Bernie, saltou do carro.

Eu já sabia que isso ia acontecer, claro, mas não ajudava. Abri bem a boca, esticando-a ao máximo, não sei por quê.

— Eu volto já.

Mas Bernie só tinha dado um ou dois passos quando Damon Keefer saiu do carro atrás de nós; eu sabia que era ele em parte por causa do cavanhaque, porém mais pelo súbito odor forte de Prince, o gato. Ao mesmo tempo, Cynthia Chambliss, cheirando a flores, limões e um pouco de suor humano, saiu de outro carro, estacionado algumas vagas mais à frente. Eles se aproximaram de Bernie. Ele se virou para ficar de frente para os dois.

— Estão com ela?

— Não — disse Keefer.

— Ainda não — corrigiu Cynthia. — Mas logo. Estou com tanta esperança, agora que sabemos o que está acontecendo.

— E o que está acontecendo?

— Cynthia se refere ao fato de essa ser claramente uma situação de fuga — falou Keefer —, e não algo pior.

— Isso não está claro para nós — disse Bernie.

— Nós? — questionou Keefer. — "Nós" quem?

— Eu já disse. A Agência de Detetives Little.

— Por que não está claro? — perguntou Cynthia, suas sobrancelhas se juntando, sinal garantido de ansiedade humana. — O sargento Torres disse que falou com você. Ele não explicou sobre a fotografia?

— É sugestiva — comentou Bernie —, mas ainda não estou satisfeito.

— Não interessa se está ou não satisfeito — falou Keefer. — Cynthia e eu concordamos que os seus serviços não são mais necessários.

— Por que não?

— Acabei de dizer — explicou Keefer. — Ela é uma fugitiva.

— Essa possibilidade existia desde o começo — argumentou Bernie. — Nada mudou.

— A não ser o local. Nós já decidimos, Cynthia e eu, que se resolvermos continuar com um detetive particular, vamos contratar um dessa área.

O rosto de Bernie às vezes tinha um jeito de murchar e endurecer ao mesmo tempo, como se virasse pedra. Quando isso acontecia, normalmente queria dizer "cuidado, bandidos e caras maus". Mas não dessa vez. Bernie só disse:

— Posso recomendar algumas pessoas.

— Isso seria muito gent... — começou Cynthia.

Keefer a interrompeu.

— Desnecessário. Só nos mande sua última conta quando lhe for conveniente.

— Você pode botar na pilha — falou Bernie.

— Hein?

— Em algum lugar debaixo das contas de Myron King. Não vou querer furar fila.

— O que ele quer dizer? — Cynthia virou-se para Keefer. O cheiro do seu suor estava um pouco mais forte agora, era até bem agradável. — Quem é Myron King?

— O cara da cascata — disse Bernie. Ele entrou no carro. O rosto de Keefer parecia escuro e inchado; Cynthia estava abrindo a boca para lhe perguntar alguma outra coisa. Nós zarpamos. Bernie fez os pneus cantarem. Eu adorava aquilo.

Dirigimos por alguns quarteirões, fizemos algumas curvas, paramos em uma loja de conveniência. Bernie entrou, saiu com cigarros e uns ossinhos de couro. Ele levou o carro até a sombra de um grande letreiro, que mostrava moedas saindo de um caça-níqueis. Ficamos sentados ali, fumando e mastigando.

— Ficar com um caso sem ser pago — disse Bernie. — Isso não é burrice?

Eu não sabia. Esses ossinhos de couro eram novidade para mim, mais salgados que o normal, porém mais mastigáveis, de uma forma difícil de descrever. Experimentei outro.

Bernie deu um longo trago, soprou a fumaça lentamente. Anéis de fumaça, por favor: eu adorava anéis de fumaça. Mas Bernie não fez nenhum.

— Sabe o que mais me incomoda? Suzie nunca disse que estava escrevendo outra matéria. Eu achei que ela só estava andando com a gente. Você sabe... porque ela queria.

Não notei. Suzie andava com a gente, e é claro que ela queria: nós nos divertíamos. Continuaríamos a nos divertir desde que ela não se esquecesse quem era o parceiro de Bernie. Ele jogou o cigarro fora com um peteleco.

— Vamos fazer o seguinte, Chet. Vamos ser burros.

Por mim, tudo bem.

VINTE

Logo estávamos de volta ao cinema Golden Palm; nenhum sinal de Keefer ou Cynthia. O sol se pôs e o céu ficou rosa e escuro. Nunca vira o céu assim antes. Ele me inquietava. Eu me revirei no assento, tentando ficar confortável.

— Vegas — disse Bernie. — Não há nada que se possa fazer.

Eu me acomodei. Não muito tempo depois, uma van caindo aos pedaços estacionou ali perto. Um homem saltou, carregando latas redondas e achatadas debaixo de um dos braços, parecidas com frisbees, porém maiores; na mão livre, ele carregava um saco de papel.

— É ele — disse Bernie. — O projecionista.

Projecionistas, dos quais eu nunca tinha ouvido falar, aparentemente eram caras pequenos, muito magros, com tatuagens nos braços e cabelos espetados. Quando este em particular se aproximou, Bernie abriu a porta e saiu.

— Tem um momento? — pediu ele. — Sou um detetive, trabalho no caso Madison Chambliss.

O projecionista parou, olhou para Bernie.

— Eu já disse para vocês tudo o que sei.
— Não vai demorar. Qual é o seu nome?
— Meu nome? Eu já falei para vocês.
— Fale de novo.
— Anatoly — disse o projecionista. — Anatoly Bulganin.
— Russo?
— Americano — respondeu Anatoly. — Nascido e criado em Nova York, como já falei...

Bernie levantou a mão, palma para fora.

— Nós não somos aqueles caras.
— Hein?

Bernie entregou a ele o nosso cartão. Anatoly leu.

— Particular?

Bernie assentiu.

— Contratado para procurar a garota.

Ainda estávamos contratados? Senti que Bernie estava trapaceando, mas não conseguia juntar todas as peças. Não tinha importância, porque naquele momento senti cheiro de beterraba cozida. Eu me endireitei no assento. Conhecia beterrabas porque Leda havia plantado algumas na época em que tínhamos uma horta. O cheiro me lembrava alguma coisa, mas o quê? Eu farejei.

Anatoly devolveu o cartão.

— Particular. Isso não significa que não tenho que responder suas perguntas?

— Não tem que responder as perguntas de ninguém — falou Bernie. — Mas neste caso, uma adolescente desaparecida, não seria um pouco estranho?

— Os outros caras, a polícia de Las Vegas, disseram que ela fugiu.

— Ainda a considero desaparecida. Só nos conte tudo de novo rapidinho.

Anatoly suspirou, o tipo de suspiro que os humanos dão ao desistir. Bernie era bom em levar pessoas a isso, e eu era melhor.

— Tirei a foto mais ou menos de onde estou agora — começou Anatoly. — Eu chegava no trabalho e ela saia. — Ele ergueu o saco de papel na direção da porta do cinema. O cheiro de beterraba ficou mais forte. — Sou meio viciado em crimes e a reconheci de um site que frequento.

— Qual site?

— Desert Mayhem.

— Você falou com ela?

Anatoly balançou a cabeça.

— Não tinha certeza de que era ela até voltar ao site. E o que eu podia fazer, de qualquer modo? Sou um cidadão comum.

— Não precisa se martirizar por isso, Anatoly. Você fez tudo certo. — Anatoly relaxou um pouco, toda sua postura mudou. — Como ela estava?

— Como ela estava?

— Feliz, triste, ansiosa, com pressa?

— Como uma adolescente comum, foi só o que eu vi.

— É bom o suficiente — disse Bernie. Anatoly virou-se para ir embora. — Mais uma coisa. Que filme estava passando ontem à noite?

Anatoly fez outro gesto com o saco de papel, dessa vez para o letreiro.

— O mesmo que hoje. Trocamos de filme às quintas-feiras.

Bernie leu o letreiro em voz alta.

— *O exorcista da serra elétrica 2*.

— Melhor até que o primeiro — falou Anatoly.

— Difícil de imaginar — disse Bernie.

Outra onda de beterraba passou por mim. Vinha do saco, sem dúvida, mas essa não era a questão. A questão era que eu me lembrava de onde sentira esse cheiro antes, de quem ele me lembrava

— do Sr. Gulagov! Comecei a latir. Anatoly se assustou, gostei de ver.

— Mande seu cachorro parar! O que diabos está acontecendo?

E não só lati: pulei para fora do carro, encurralei Anatoly contra um parquímetro.

— Calma, Chet — disse Bernie. Baixei o volume um pouquinho. — Ele foi adestrado pela polícia. Está levando um bagulhinho nesse saco, Anatoly? Não tem problema, no que nos diz respeito.

— Bagulho? — disse Anatoly. — Não tem bagulho nenhum. Este é o meu lanche.

— Brownies de haxixe, por acaso?

— Nenhum brownie de haxixe, nenhuma droga de espécie alguma. O corpo é um templo. — Anatoly abriu o saco para que Bernie olhasse. — Borscht.

— O que é isso?

— Sopa — explicou Anatoly. — Sopa russa, de beterraba.

Disso eu já sabia. Lati mais alto.

— Chet! Pelo amor de Deus. É sopa.

Sopa. Eu conhecia sopa, até gostava de algumas, principalmente caldo de carne, mas essa sopa de beterraba me lembrava o...

— Chet! Pare!

Eu parei, me afastei.

— Desculpe o mal-entendido — falou Bernie. — Obrigado pela ajuda.

— É, claro, mal-entendido — disse Anatoly, parando para pegar aquelas latas grande e achatadas, que tinham caído na calçada.

Bernie se virou na direção do carro, parou.

— Acabei de pensar em uma coisa.

Anatoly fez uma pausa.

— Em quê?

— Zlatoust. Essa palavra significa alguma coisa para você?

Anatoly balançou a cabeça.

— É russo — explicou Bernie. — Talvez eu esteja pronunciando errado.

— Talvez — disse Anatoly. — Mas eu não saberia. Não falo russo. Dirigimos por Vegas durante algum tempo, passamos no Departamento de Pessoas Desaparecidas e em alguns abrigos para jovens. Não descobrimos nada. Então nos colocamos a caminho de casa, debaixo de um céu que logo voltava ao normal, preto e cheio de estrelas. Bernie fumou. Eu comi um Slim Jim que compramos em algum lugar pelo caminho; eu adorava Slim Jims, podia viver só deles. Foi bom, comer Slim Jims, talvez mais de um, e olhar para a ponta incandescente do cigarro de Bernie, o que eu não conseguia parar de fazer. Ouvimos Billie Holliday.

— Está ouvindo isso? Roy Elridge no trompete. O grande Roy Elridge.

É claro que eu ouvia. Trompetes eram os meus favoritos, faziam o melhor som do mundo. Bernie deu replay e ouvimos a mesma música de novo. E muitas outras vezes. Esse era Bernie, quando encontrava algo de que gostava. Tínhamos isso em comum, nós dois.

— Ele era chamado de Little Jazz, não sei por quê.

Nem eu. Também não estava nem aí.

Depois de algum tempo, saímos para um pit stop. Bernie se manifestou contra uma acácia; eu escolhi uma lata de lixo. Ele olhava para o céu. Eu ouvia os dois esguichos — o meu era melhor, por causa do som que ele fazia na lata de lixo.

— Está vendo a Via Láctea?

Via Láctea? Do que ele estava falando? Passeios longos de carro nunca me cansavam, nem um pouco, mas eu sabia que não era assim para Bernie. Voltamos para o carro. Bernie começou a girar a chave, mas parou.

— *O exorcista da serra elétrica 2* — disse ele. — É esse o tipo de filme que uma garota como Madison gostaria de ver? — Eu esperei a resposta. — De jeito nenhum, Chet. Eu apostaria a nossa casa.

Por favor, não faça isso.

Quando finalmente chegamos, Bernie tinha olhos de guaxinim, o que acontecia quando ele estava realmente exausto. Nem me falem de guaxinins. Eu me sentia bem acordado, já tinha dormido no caminho. A secretária eletrônica piscava, mas Bernie não percebeu. Ele abriu o armário em cima da pia da cozinha e tirou uma garrafa de bourbon. Bernie bebia muito bourbon, tentava diminuir. Serviu-se de um copo, ergueu-o até a boca e viu a luz piscando. Foi até ela e apertou um botão.

Primeiro veio a voz de Leda, de mau humor.

— Fomos convidados para passear de barco em Cabo neste sábado. Sei que é o seu fim de semana, mas tenho certeza de que não gostaria que Charlie perdesse a oportunidade.

Depois veio a voz de um homem que eu não conhecia.

— Aqui é Robert Burk. Sou o assistente pessoal de um financista aqui no Valley. Estamos procurando alguém para cuidar da segurança do complexo de Maui por duas semanas, começando depois de amanhã. O tenente Stine o recomendou. Em cima da hora, eu sei, mas o pagamento é bom, 5 mil dólares. Se estiver interessado, retorne o mais rápido possível. São 5 mil por semana.

Aí Leda de novo.

— E não acredito que você ainda não pagou Malcolm por cobrir a mensalidade.

Bernie afundou em uma cadeira, o copo frouxo nos dedos. Cabo? Um passeio de barco? Nada de Charlie no fim de semana? E aquela história de Maui? Fui até minha tigela de água e dei um gole: choca e sem gosto. Pensei em ir ao banheiro em busca de algo mais fresco, mas em vez disso circulei um pouco e deitei.

Bernie esfregou o rosto.

— Sabe o que foram esses recados, Chet? Uma peça em três atos. Bernie, vá para a cama. Por favor.

— O que diabos nós vamos fazer? Dez mil. Por que agora?

Ele deu um longo gole. Eu me levantei, fui até ele, me sentei no chão ao seu lado. Bernie tirou alguma coisa das minhas costas. O quê? Não outro carrapato?

— Está vendo o problema? Dez mil por um serviço mole em Maui contra zero por um caso no qual nem estamos mais. — Eu não sabia nada sobre Maui, mas um serviço mole soava bem. — E se Madison for mesmo uma fugitiva, afinal de contas? — Madison: eu podia vê-la na janela. E ouvi-la também. Ela dissera "não machuquem esse cachorro". Naquele momento eu vi a faca de Boris descansando na mesa da cozinha. Fui até lá e rosnei para ela.

— Chet?

Continuei rosnando. Ela não era uma fugitiva. Eu rosnei mais uma vez.

— O que foi, garoto? Em que está pensando? — Bernie pegou a faca, virou-a nas mãos. — Tem algo incomodando você.

Ele tamborilou os dedos no braço da cadeira, bebeu lentamente o bourbon. Quando o copo esvaziou, ligou para Robert Burk, assistente do financista, e recusou o trabalho. Maui, o que quer que fosse, teria que esperar.

O telefone tocou bem cedo. Fiquei enroscado no chão ao pé da cama, confortável demais, minha cabeça toda acomodada e enevoada. Na cama, Bernie batia em algumas coisas, atrapalhando-se para achar o telefone. Ele caiu no chão.

— Jesus Cristo — falou Bernie.

— Alô? Alô? — Ei: a voz da Suzie, pequena e distante. Bernie deve ter ligado o viva-voz sem querer. — Alô?

— Suzie?

— Oi — disse ela: — Não o acordei, acordei?

— Ah, não, é claro que não. Estou acordado há horas.

Após uma ligeira pausa, ela continuou:

— Só queria saber se você a encontrou.

— Não.

— Foi para Vegas?

— Fui.

— Mas ela fugiu, afinal de contas?

— Não tenho certeza disso.

— Ah, é? Por quê?

Ouvi Bernie se sentar.

— Tenho uma pergunta — disse ele.

— Manda.

— Qual é o seu interesse nisso?

— O meu interesse? Não estou entendendo.

— Está escrevendo uma matéria? É isso?

Outra pausa.

— Ainda não decidi.

— Estava planejando me contar?

— Sinto muito. Eu devia ter contado. Mas não era a minha motivação principal.

— Qual era a sua motivação principal?

Silêncio. E naquele silêncio, outra voz, uma voz de homem, veio pela linha.

— Ei, gata, quem é no telefone?

Reconheci a voz, e Bernie também — eu via pela cara dele. Era a voz de Dylan McKnight, ex-namorado, presidiário, fracassado. Eu me levantei, nas quatro patas.

— Tenho que desligar — falou Bernie.

— Não, espere — pediu Suzie. — Eu... eu estou fora da cidade no momento, mas pensei em uma coisa sobre Keefer, depois da nossa conversa com Myron King. Que banco cuida das finanças dele?

— Valeu pela dica. Tchau.
— Bernie? Espere, eu...
Bernie desligou. Ele se virou para mim.
— Foi para L.A. com ele. — Seus olhos estavam vazios. Pressionei minha cabeça na perna dele.

Após um café da manhã rápido — bacon e ovos para Bernie, bacon e ração para mim —, ele abriu o cofre do escritório e tirou o relógio. Bernie tinha um relógio chique, herdado do seu avô, que fora dono de um grande rancho no local onde agora ficava a Mesquite Road e todo o nosso bairro, mas perdera tudo, talvez por causa da bebida. Mas talvez esse problema da bebida esteja relacionado a alguma outra história que Bernie contou, sobre outro parente. Mas esqueçam isso. A questão é que Bernie nunca usava o relógio, que ficava no cofre o tempo inteiro, exceto quando ele o levava ao Sr. Singh, o homem da casa de penhores.

— Bernie! Chet! — disse o Sr. Singh. — Como está nosso lindo relógio hoje?

Bernie o entregou. Saímos, um grande maço de notas no bolso de Bernie e um ou dois pedaços de kebab com curry na minha boca. O Sr. Singh era o máximo.

Fomos até a casa de Leda. Ela e Malcolm, o namorado, tinham uma casa grande em High Chaparral Estates, um dos condomínios mais bonitos de todo o Valley; ouvi Leda dizer isso mais de uma vez. Malcolm fazia softwares, o que quer que fossem, ganhava dinheiro aos montes; ela também mencionara isso.

Estacionamos e andamos até a porta da frente. Leda e Malcolm tinham um grande gramado verde, e o caminho até a casa era ladeado de arbustos floridos. Levantei minha pata traseira algumas vezes — eu sempre guardo um pouco, para estar pronto em situações como essa. Bernie bateu na porta e ela se abriu imediatamente. Malcolm olhou para fora, falando no celular, algo sobre capturar residuais, coisa nova para mim, apesar de eu já conhecer os marsupiais, na verdade até vira um, um gambá, acho, capturado por uma raposa no Discovery Channel.

Malcolm, ainda ao telefone, ergueu as sobrancelhas para Bernie.

— Aquele dinheiro que eu devo — disse Bernie, a voz baixa, quase inaudível, muito raro para ele.

— Ligo para você depois. — Malcolm enfiou o telefone no bolso. — Sim?

— Aqui — disse Bernie, entregando algumas notas. Suas costas se aprumaram; eu podia perceber o esforço que ele fazia.
— Obrigado.

— Ah, sem problema — falou Malcolm, segurando o dinheiro entre o polegar e o indicador, como se segurasse algo fedorento.

Naquele momento, Charlie apareceu atrás de Malcolm, uma escova de dentes na mão. Seus olhos se arregalaram.

— Pai?

— Oi, Charlie.

— Pai, oi. — Charlie contornou. Malcolm, hesitou. Bernie esticou os braços e o pegou no colo.

Então Leda apareceu. Começou uma discussão rápida, a maior parte da qual eu não entendi, exceto por algo sobre Bernie não ter apenas mandado um cheque. Mas a essa altura Charlie já me vira.

— Chet, o jato! — Ele se desvencilhou dos braços de Bernie, correu para mim, me deu um grande beijo. Eu lhe dei um de volta. Ele pulou em cima de mim e eu o carreguei de cavalinho pelo jardim. Charlie ria, segurando-se com suas mãozinhas. — Segura, peão. — Eu dei uns pinotes, não muito forte. Ele deu guinchinhos.

— Pelo amor de Deus — falou Leda. — Essas são hortênsias.

— Eram — disse Malcolm.

Um minuto ou dois depois, voltávamos para casa. Bernie ficou em silêncio a maior parte do caminho. Assim que entramos na Mesquite Road, ele falou:

— Sabe de quanta água aquelas hortênsias precisam?

Ah, não. Água de novo.

Bernie sentou-se com seu laptop.

— Tenho que pensar — disse ele. Fiquei olhando para a faca, que descansava ao lado dele em cima da mesa. Rosnei para ela de novo, mas Bernie não ouviu, provavelmente por estar muito concentrado. Depois de algum tempo, falou:

— Suzie provavelmente está certa.

Sobre o quê? Eu não sabia, mas tentava não interromper seus pensamentos profundos. Logo Bernie estava ao telefone, fazendo várias ligações seguidas. Na última, disse:

— Soube que o seu banco cuida das finanças da Pinnacle Peak Homes em Puma Wells. — Ele ouviu e continuou: — Ah, quando aconteceu? — Bernie escutou mais e se despediu. Ele se virou para mim. — O Western Commerce Bank parou de trabalhar com Keefer há alguns meses, e o cara diz que duvida que algum outro banco no Estado seja louco o bastante para aceitá-lo. — Aquilo ia muito além da minha compreensão. Mas a faca na mesa, a faca de Boris, era outra história.

Bernie digitou um pouco. Logo a impressora cuspia papel para fora. Bernie acenou com algumas folhas para mim.

— Veja isso: todas as promissórias da Pinnacle Peak. É um castelo de cartas.

Castelo de cartas? Um dos meus jogos favoritos. Eu sempre entrava no final e sempre ganhava. Bernie se voltou para o teclado. Eu fui para debaixo da mesa, rosnei para a faca, não podia evitar.

— Qual é, Chet, estou tentando pensar.

O silêncio recaiu sobre a casa. Os pensamentos de Bernie vagavam como brisas suaves. Encontrei um lugar gostoso debaixo da mesa, enfiado entre duas cadeiras, e fechei os olhos. Tap tap no teclado: um som reconfortante. Eu tinha total confiança em Bernie.

VINTE E UM

Acordei em algum momento depois do final da sessão de pensamentos profundos, e peguei Bernie dando tapinhas nos bolsos de um par de jeans na pilha de roupa suja, obviamente procurando um cigarro esquecido.

— Ah, oi, Chet — disse ele, jogando as calças de lado casualmente, como se estivesse lavando roupa —, que tal dar um passeio?

Um passeio? Nunca uma má opção, principalmente agora — eu via nos olhos de Bernie, opacos, que a sessão de pensamentos profundos não o havia levado muito longe. Bernie tinha seus melhores pensamentos durante os passeios; meus melhores pensamentos vinham a qualquer momento, eu era meio imprevisível. Em um instante estávamos ao sol e ao ar livre, em um gostoso e longo passeio cânion acima. Despois voltamos à Mesquite Road, passando pela casa de Iggy. A casa dele era menor que a nossa e um pouco malcuidada, com telhas faltando no telhado aqui e ali, a pintura desbotada até ficar sem cor. Pelo menos parecia sem cor para mim: Bernie sempre diz que eu não sou bom com cores, baseando sua opinião sabe-se lá em quê. Voltando à casa de Iggy: ela parece mais velha que todas as outras em Mesquite Road. Fazia sentido, porque o casal que morava lá com ele — o Sr. e a Sra. Parsons — era velho, talvez tivessem até conhecido o avô de Bernie na época do rancho, ou um deles conheceu, os detalhes estavam nebulosos. A única coisa moderna na casa era a cerca elétrica. O cara da cerca elétrica também tinha vindo à nossa casa, depois que a do Iggy estava montada, e fizera um longo discurso para Bernie sobre processos legais e responsabilidades, assuntos dos quais nós não gostávamos. Bernie o interrompera, pegara a coleira nova do Iggy na mão e andara direto até a linha invisível no gramado, testando o choque em si mesmo. Aí se virara para o cara da cerca elétrica e balançara a cabeça. Foi o fim daquela história.

Mas os dias de liberdade do Iggy haviam acabado. No começo ele vinha até o jardim da frente, como sempre, e eu ia lá para brincar, mas, quando eu ia embora, Iggy sempre tentava me seguir, um pouco lento para entender a cerca elétrica, levando uma má surpresa todas as vezes. Agora ele quase não saía mais para brincar na frente, ficava apenas no quintal, separado do nosso pela garagem dos Parsons.

Eu podia vê-lo conforme passávamos, olhando pela janela. Sua técnica de olhar-pela-janela precisava melhorar. Às vezes, como agora, ele botava o focinho perto demais do vidro e o embaçava. Isso o deixava frustrado, e ele começava com seu yip-yip-yip. Eu lati de volta. Iggy ganiu. A janela embaçou mais um pouco. Então, surpresa. A porta da frente se abriu e o velho Sr. Parsons olhou para fora. Ele usava calças compridas e uma camisa abotoada até o pescoço, mas seus pés estavam descalços. Por que isso chamou a minha atenção? Eu não saberia dizer.

— Sr. Little?

Nós paramos.

— Sim? — disse Bernie.

— Pode me dar um minuto? — falou o Sr. Parsons; ele tinha uma voz alta e aguda.

— Claro. — Bernie se aproximou. Eu o segui.

— Incrível como ele faz isso — disse o Sr. Parsons.

— Faz o quê?

— Fica bem ao seu lado, mesmo sem coleira.

— O Chet não é fã de coleiras.

O Sr. Parsons riu, uma risada com chiados que terminava em uma espécie de ataque de falta de ar. Eu não conhecia o Sr. Parsons muito bem, mas estava começando a gostar dele — aqueles pés descalços eram duros e largos, espalhados, como se ele não andasse muito calçado.

— Nem o velho Iggy — disse o Sr. Parsons —, mas ele não anda assim, de jeito nenhum. Bem, é que a Sra. Parsons não tem se sentido muito bem ultimamente.

— Sinto muito.

— Obrigado. Teve um pequeno derrame, diz o médico. Que é o motivo por eu não ter levado Iggy para passear ultimamente, não posso deixá-la.

— Eu posso levá-lo, se quiser.

— Muito gentil — falou o Sr. Parsons —, mas eu não tomaria essa liberdade. Talvez o Chet pudesse vir uma ou duas vezes para brincar com Iggy no quintal.

— Parece bom. Que tal agora?

De dentro da casa veio um som de batida: Iggy, com certeza, se jogando contra alguma porta que o impedia de se juntar a nós.

— Agora não seria a melhor hora — falou o Sr. Parsons. — Eu vou dar a ela os comprimidos, a quantidade é meio complicada, manter o controle e tudo o mais.

— Ligue-me quando quiser que Chet venha — disse Bernie.

— Pode deixar. É bom ver Chet com uma aparência tão boa. A verdade é que eu fiquei preocupado, depois da outra noite.

— Que outra noite? — indagou Bernie.

O Sr. Parsons estreitou os olhos, do jeito que os humanos fazem quando estão tentando enxergar algo muito longe.

— Não me lembro, exatamente. — Ele balançou a cabeça. — Eu também estou tomando uns comprimidos, compro na internet, mas deveriam funcionar como os de verdade. Interferem na memória, que já não era muito boa para começo de conversa, não hoje. — Ele passou a língua pelos lábios. — E vê-lo aqui desse jeito deve significar que eu entendi a história toda errada.

— Que história toda?

— Aconteceu muito rápido, de qualquer forma.

— Sr. Parsons? O que aconteceu?

Mais sons de batidas lá de dentro. O Sr. Parsons pareceu não ouvir.

— Agora me lembro dos detalhes. Acho que foi em uma daquelas noites em que você armou a tenda no quintal e fez uma fogueira. Sempre me divirto com isso. A Sra. Parsons pode ver lá da janela do andar de cima, onde botamos a cadeira de balanço. De qualquer forma, um pouco mais tarde, a Sra. Parsons teve um pouco de dificuldade para se sentir confortável aquela noite; eu estava no andar de baixo e por acaso olhei pela janela da cozinha, naquela direção. — O Sr. Parsons apontou para a rua. — O que eu pensei ter visto, difícil dizer por causa da escuridão e da rapidez com que aconteceu, como eu disse, então não me considere responsável... — A voz dele foi sumindo e seus olhos ficaram turvos.

— Não vou considerá-lo responsável, Sr. Parsons. O que o senhor acha que viu?

— Difícil de acreditar, na verdade — disse o Sr. Parsons. — Mais parece um sonho. Mas havia um carro estacionado ali, do lado de fora da casa no outro lado da rua, a que está à venda, e dois caras jogaram alguma coisa no porta-malas e foram embora.

— Que tipo de coisa?

— Essa é a parte que parece sonho — disse o Sr. Parsons. — Mais apropriadamente, pesadelo. — Ele olhou para mim. Eu pensava: "Você está indo muito bem, amigo. Fale." — Tive a impressão de que era um cachorro. E não qualquer cachorro, mas este aqui, Chet. — Ele esticou a mão, me fez um carinho. Seus dedos, todos retorcidos e inchados, eram frios. — Por outro lado, aqui está ele em carne e osso, então eu devo ter visto coisas.

— Eu acho que não. — O rosto de Bernie ficara duro. — O que pode me dizer sobre os dois homens?

— Nada — disse o Sr. Parsons. Ele fechou os olhos. — Talvez um fosse mais alto que o outro. O louro.

— Um dos homens era louro? — A voz de Bernie ficou mais cortante. O pelo em minhas costas se eriçou um pouco.

O Sr. Parsons abriu os olhos.

— O mais alto. Seus cabelos sobressaíam à noite.

Uma mulher chamou de dentro da casa, voz fraca.

— Daniel? Daniel?

— Desculpe — disse o Sr. Parsons. — Tenho que ir. — Ele fechou a porta. Iggy bateu contra alguma coisa outra vez.

Atravessamos a rua até a casa à venda.

— O que aconteceu aqui, garoto? Tenho a sensação de que fui muito burro.

Bernie? Burro? De jeito nenhum. Bernie era o mais inteligente, exceto, talvez, quando bebia bourbon demais. Como em uma noite, por exemplo, quando ele botava as lâmpadas na árvore de Natal, uma história que talvez eu conte depois.

Observamos a casa à venda. As cortinas estavam fechadas e havia alguns jornais enrolados na porta. Eu fui e peguei um, começava a correr quando uma mulher saiu da casa. Ela usava terno, carregava uma pasta grande e tinha uma espécie de fone preso à orelha.

— Você chegou cedo — disse ela. — Só começa ao meio-dia.

— O que começa? — perguntou Bernie.

— A visita. Você não é corretor?

— Um vizinho.

— Ah, é? Qual delas é a sua?

Bernie apontou. A mulher se aproximou.

— Encantadora. E em que rua ótima você está, com o cânion tão perto. Os preços estão se mantendo bem. Se algum dia pensar em vender... — Ela entregou seu cartão a Bernie.

Ele o pegou, dizendo ao mesmo tempo:

— Chet?

Larguei o jornal, o que restara dele, tentei parecer pequeno. Bernie examinou o cartão.

— Você sempre atua nessa área?

— Está olhando para a rainha do East Valley — falou a mulher. Ela disse o nome, mas não ouvi, porque um pedaço irritante de jornal se enrolou debaixo da minha língua. A mulher e Bernie se cumprimentaram com um aperto de mão; ela era uma dessas pessoas que aperta com as duas mãos, segurando a de Bernie mais tempo que o necessário. Ops. A postura dela também mudou. Seu peito estava tão empinado para a frente antes? Em certas situações, sempre com mulheres, Bernie ficava indefeso.

Mas agora ele pareceu não perceber.

— Há quanto tempo essa casa está vazia?

— Alguns meses, a não ser por alguns inquilinos.

— Eles ainda estão aqui?

— Não, saíram na semana passada, ficaram pouco mais do que alguns dias, apesar de terem pagado três meses adiantados.

— Não me lembro de tê-los visto por aqui. Como eles eram?

— Só encontrei o que assinou o contrato do aluguel, um cara grande, louro, talvez estrangeiro, ele tinha um sotaque. Sueco, talvez?

— Sabe o nome dele?

— O nome dele? Está no contrato, mas eu não...

— Tem uma fotocópia da carteira de motorista dele?

— É claro, mas...

Bernie entregou a ela o nosso cartão.

— Eu gostaria de ver.

A mulher olhou o cartão, e depois para o Bernie.

— O que está acontecendo? Você disse que era um vizinho.

— E sou. Mas também estamos trabalhando em um caso, no qual esse louro está envolvido.

— Eu realmente não sei...

— Um caso de pessoa desaparecida — disse Bernie. — O nome dela é Madison Chambliss. Ela tem 15 anos.

A mulher olhou longamente para ele, depois começou a procurar em sua pasta. Tirou um maço de papel grampeado e o entregou a Bernie. Ele folheou.

— Cleon Maxwell, North Coronado, 14303, Rosa Vista — disse Bernie.

Cleon Maxwell? Mas o nome do bandido era Boris. Que sentido isso fazia? Bernie virou uma página, e então eu vi a foto em preto e branco de uma carteira de motorista.

— Está mostrando a foto para o seu cachorro?

Não gostei do tom dela, mas também não podia colocá-la em seu lugar. A verdade é que não sou muito bom com fotos, mesmo em preto e branco. O homem naquela imagem tinha cabelos louros e meio que parecia com o que eu lembrava de Boris, mas eu não podia ter certeza. Seria diferente, rainha da listagem, se carteiras de motorista viessem com amostras de cheiro em vez de fotos, pode acreditar.

— Ele foi adestrado pela polícia — explicou Bernie.

Parcialmente treinado pela polícia, como eu posso ter mencionado. Por que aquele gato aparecera bem no meio da prova final de rastreamento em terreno aberto? Meu certificado estava todo pronto, mas eu nunca o recebi.

— Como não vi isso? — disse Bernie enquanto dirigíamos para Rosa Vista. — Eles estavam nos observando desde que pegamos o caso. — Ele bateu com a lateral do punho contra o volante. Esse tipo de coisa não acontecia sempre. — Devo estar enlouquecendo, Chet.

Eu esperava que isso não fosse verdade: a mente de Bernie era um de nossos maiores trunfos, no mesmo nível do meu focinho. Apoiei uma pata no joelho dele. Bernie dirigia rápido, chegava a costurar um pouco no trânsito, não fazia o estilo dele. Mas era divertido, aquela velocidade e as cortadas, sem dúvida. Parei de me preocupar e meu humor melhorou.

Saímos da autoestrada por uma rampa, indo na direção do sol em uma estrada larga e reta.

— Coronado — disse Bernie. — Odeio Coronado. — Mas por quê? Parecia com tantas ruas no Valley, largas e retas e que se estendiam infinitamente. — Sabe o que ele fez com os índios? — acrescentou depois de algum tempo, me confundindo.

Ele diminuiu a velocidade, começou a ler os números.

— Cento e quarenta e um, 142, aqui estamos. — Estacionamos na frente de um restaurante, e bom. Eu não precisava olhar, sabia só pelo cheiro. Bernie leu a placa: — "Costelas de Memphis do Max."

Um restaurante especializado em costelas! Eu ouvira falar neles, nunca tinha estado em um. Minha boca encheu d'água imediatamente, mas lembrei que muitos restaurantes não eram tão amigáveis com o meu tipo.

A frente do prédio era toda de vidro. Andamos até a porta, hesitamos. Um homem atrás do balcão nos viu, apontou para mim, depois fez um sinal de "entrem" com o dedo. Um dos meus gestos humanos preferidos, o balançar de dedo: quase me fazia desejar ter dedos. Bernie abriu a porta e entramos. Jesus. O Costelas de Memphis do Max tinha um cheiro divino. Andamos até o balcão e Bernie falou:

— Estamos procurando Cleon Maxwell.

— Encontraram — disse o homem. Este era Cleon Maxwell? Fiquei confuso: ele não se parecia nada com Boris. Era negro, para começar.

Bernie se recuperou, sem vacilar: formávamos uma boa equipe, caso isso ainda não esteja claro. Ele entregou um cartão para Cleon Maxwell.

— Estamos trabalhando em um caso — falou. — Alguma chance de você ter sido vítima de roubo de identidade?

— Nem me fale. Gângsteres russos, foi o que a polícia disse. Mas eu já alertei minha operadora de cartão de crédito antes que fizessem grandes danos.

— Boa notícia — disse Bernie. — Já pegaram alguém?

Cleon Maxwell sacudiu a cabeça.

— Não foram muito otimistas nesse ponto. — Um telefone tocou, depois outro. — Posso ajudá-lo em mais alguma coisa?

— Não — respondeu Bernie. — Obrigado pelo seu tempo.

— Não esquente — disse Cleon Maxwell. — Belo cão você tem aí. Ele gosta de costelas, por acaso?

— Na verdade — falou Bernie —, nós dois gostamos.

— Sente-se — convidou Cleon Maxwell.

Ficamos sentados no carro do lado de fora do Costelas de Memphis do Max, incapazes de um movimento, nós dois. Bernie arrotou uma ou duas vezes.

— Nunca comi tanto em toda a minha vida — disse ele. — Mas não estava bom?

Estava, estava! Além do mais, tínhamos cupons "pague um, leve dois", cortesia de Cleon Maxwell, possivelmente o melhor ser humano em todo o Valley, sem contar Bernie, é claro. Havia um trabalho melhor que o nosso? Ficamos sentados no carro tentando respirar, deixamos o mundo girar. Bernie diz que o mundo gira e, se ele quer acreditar nisso, tudo bem, mas eu mesmo nunca percebi. As pessoas entravam e saíam do restaurante, parecendo felizes, todas elas. Depois de algum tempo, Bernie disse:

— O contrato de aluguel é um beco sem saída. Só há uma coisa a fazer agora, até onde eu posso ver: temos que voltar à noite em que eles sequestraram você, achar o rastro.

Achar o rastro, o meu tipo de trabalho. Recuperei as energias imediatamente.

— Isso significa começar naquele abrigo de animais em Sierra Verde.

O abrigo de animais onde Suzie me encontrou? De repente, eu não me sentia tão bem. Bernie esticou a mão, me fez um carinho. Senti o cheiro do molho secreto do Max ainda na mão dele e a lambi, mas no fundo ainda me sentia mal.

VINTE E DOIS

Dirigimos na direção oposta do sol. O Valley continuava até o infinito.

— Veja só isso — disse Bernie em algum momento, fazendo um gesto largo com a mão. — Tudo novo desde a última vez em que estive aqui.

E um pouco depois:

— Coronado não foi o único. Eles eram todos assim. — O quê? Ainda estávamos em Coronado? Para mim parecia mais uma autoestrada.

Não muito depois:

— Está vendo o mesmo que eu? Home Depot. Isso significa que uma nova cidade está a caminho. — Logo depois ele resmungou algo sobre o Home Depot ser o núcleo de algum átomo horrível. Bernie estava me confundindo, mas a brisa — quase quente por um longo tempo, depois esfriando um pouco conforme subíamos as montanhas — estava ótima. Eu podia ficar no banco da frente para sempre, continuar dirigindo para sempre, com alguns lanchinhos pelo caminho, claro, além do ocasional pit stop.

— Vou lhe dizer — disse Bernie quando paramos para abastecer o carro —, é por isso que eu sou a favor dos cassinos indígenas, independentemente de qualquer coisa. Eles finalmente tiveram sua vingança, e em ouros, perdoe o trocadilho. — Claro: eu perdoaria Bernie por qualquer coisa, incluindo trocadilhos, o que quer que fossem. Ele teve alguns problemas com a máquina do cartão de crédito do autosserviço e entrou na loja de conveniência para pagar em dinheiro. Quem sabe sairia com um Slim Jim ou dois, ou até — ei! — uma caixa de pedacinhos de bacon. Pedacinhos de bacon: há tanto tempo eu não os comia, quase havia me esquecido que existiam.

Bernie saiu e eu não vi Slim Jims nem pedacinhos de bacon, só uma garrafa grande de água. Isso queria dizer que ele ainda não estava com fome depois da nossa parada no Costelas de Memphis do Max — aqueles cupons queriam dizer que com certeza voltaríamos algum dia; Bernie adorava uma pechincha —, e talvez eu também não estivesse, mas fazíamos lanchinhos com frequência quando enchíamos o tanque. Lanchinhos sempre são mais gostosos quando se está com fome, mas será que em algum momento não são bons.

Bernie botou água na minha tigela de viagem, segurou-a para mim. Bebi um pouco — gostosa e gelada. Bernie inclinou a garrafa em direção à boca, olhou para o céu.

— E se não tivermos monções no verão?

Não sei.

Dirigimos cada vez mais para cima, ziguezagueando nas montanhas em uma estrada de duas pistas; chegamos ao campo, o trânsito diminuindo até praticamente só sobrarmos nós. Comecei a sentir muitos cheiros selvagens e — o que era aquilo, andando rápido à frente pela margem da estrada? Um papa-léguas? É! Um papa-léguas de verdade. Vejam só esse malandrinho! Ah, como eu sempre quis...

— Chet? Fique quieto.

Passamos zunindo pelo papa-léguas, mas não a ponto de eu não captar aquele olhar de durão em seus olhos redondos. Ele deu uma guinada, saiu correndo para dentro do mato e sumiu. Muito rápido, mas, numa corrida, eu apostaria em mim.

Não muito tempo depois, subimos um desfiladeiro no topo da montanha e começamos a descida. O ar estava fresco, o céu claro, a terra se prolongava até o infinito.

— Dá para ver até o Novo México daqui — falou Bernie. México. A palavra me causou uma súbita sensação ruim, mas eu não sabia por quê. Então, enquanto entrávamos em uma cidadezinha poeirenta, me lembrei de como o Sr. Gulagov queria me treinar para brigar lá. Será que era a mesma coisa que Novo México? Eu não fazia ideia, mas tinha um recado para o Sr. Gulagov: Bernie está comigo agora, amigo. Eu me dei uma boa sacudida.

— Sierra Verde. — Apontou Bernie, diminuindo a velocidade. Ele olhou para mim. — Alguma coisa lhe parece familiar?

Não. Ah, espere um minuto. E aquele bar ali com o copo de martíni em néon na janela? Talvez...

— Não importa — prosseguiu Bernie. — Vamos começar por aqui. — Ele virou uma esquina, subiu uma rua lateral cercada por prédios, alguns lacrados com tapumes, e estacionou em frente ao último. Bernie olhou para mim de soslaio. Esse último prédio, atrás de um portão alto, no fim de um caminho de pedras, um prédio baixo sem nenhuma cor em particular, com uma coluna fina de fumaça subindo por trás: eu o conhecia, ah, se conhecia, parecia até familiar demais. Deitei no chão.

— Ei, garoto, está tudo bem.

Fiquei onde estava. Um tremor começou pelo meu corpo, não havia muito que eu pudesse fazer a respeito.

— Vamos lá, Chet. Vou precisar da sua ajuda.

Subi de novo no assento.

— Bom garoto. Saia.

Pular para fora do banco da frente: eu havia feito isso muitas vezes, mas agora, talvez por causa do tremor, não me senti capaz, escorregando de volta para o assento.

— Está tudo bem, companheiro. — O rosto de Bernie parecia duro, aquela expressão de pedra que surgia quando ele estava zangado. Zangado comigo? Não podia ser, não com o modo como sua voz ficou gentil e suave quando ele disse: — Fique calmo. Eu volto já.

Não. Aquilo também não era bom. Eu me apoiei nas patas traseiras e pulei para fora, conseguindo por pouco. Bernie não falou nada, só me deu um bom afago entre as orelhas. Subimos o caminho de pedras, lado a lado. Bernie abriu o portão. Eu senti o cheiro do meu pessoal, de muitos — da minha pátria, uma pátria dentro de outra pátria, como Bernie dizia —, e isso trouxe de volta as lembranças desse lugar ruim. Ergui minha cabeça e meu rabo, e fui em frente.

Entramos no prédio e lá estava eu, de volta à pequena sala da recepção, com o balcão e muitos outros cheiros, incluindo o de fumaça, que agora eu entendia. Um homem de jaleco branco estava atrás do balcão. Eu o conhecia? Impossível esquecer: o homem que havia prometido me tirar em dois tempos daquele prediozinho com a porta de metal e a chaminé de tijolos. Eu me afastei um pouco.

— Olá — disse o homem. — Trouxe um perdido?

— Não — falou Bernie, o rosto duro como eu jamais tinha visto. — Você o reconhece?

— Quem? O cachorro?

— O nome dele é Chet. Ele esteve aqui na semana passada.

O homem de jaleco branco sacudiu a cabeça.

— Temos muito movimento, muitos clientes entram e saem, 24 horas, todo dia.

— Este cliente em especial foi resgatado por uma amiga minha, Suzie Sanchez. Ela é repórter do *Valley Tribune*. Isso traz alguma lembrança?

A boca do homem se abriu. Manchas rosadas apareceram em seu rosto, mas eu podia estar errado quanto à cor exata. Parei de me afastar, andei para o lado de Bernie.

— Seria difícil esquecer Suzie — observou Bernie. — Ela mencionou que está preparando uma série de artigos sobre abrigos de animais?

— Ah, estou me lembrando. Esse aqui é o seu cachorro, é isso? E a repórter, ela, hum, por acaso…

Ele ficou sem palavras. Bernie não falou nada, só olhou para ele.

Um sorriso idiota surgiu no rosto do homem, para cima em um canto, para baixo no outro.

— Parece que deu tudo certo no final — disse ele.

Bernie não concordou nem discordou.

— O que eu preciso de você é de toda informação que tiver a respeito de como Chet chegou aqui.

— Sinto muito, mas eu não estava de plantão quando…

— Mas tenho certeza de que mantêm registros.

— Ah, sim, registros, é claro. — O homem andou até um computador, apertou algumas teclas. — Aqui está. — Uma impressora fez alguns barulhos muito desagradáveis para os meus ouvidos. O homem entregou a Bernie uma folha de papel. Papéis eram muito importantes para os seres humanos; eles passavam grande parte do tempo mexendo neles. Eu não entendia o fascínio.

Os olhos de Bernie se moviam de um lado para o outro. Isso era ler: sempre parecia um pouco esquisito para mim. Ele ergueu os olhos.

— Só diz a data e a hora de chegada. Eu quero saber quem o trouxe.

— Não foi um motoqueiro?

— O nome — disse Bernie.

— Doreen estava na recepção. Talvez ela saiba… um segundo. — Ele saiu pela porta e voltou. "Um segundo" era provavelmente uma forma de dizer "fique aí onde está", uma dica que Bernie pareceu não entender, porque ele foi direto para trás do balcão e seguiu o homem. Eu segui Bernie. O homem pareceu não perceber a nossa presença.

Andamos por um corredor que eu reconhecia, com celas nos dois lados, cerca de arame na frente e um dos meus companheiros em cada uma. Eles todos começaram a latir. Eu não reconheci nenhum deles da visita anterior, mas reconheci a mulher mais à frente, que escrevia em uma prancheta. O homem de jaleco branco falou por cima da algazarra.

— Ei, Do, tem um babac...

A mulher olhou na direção dele, nos viu. O homem de jaleco branco seguiu o olhar dela, emudeceu. Bernie o ignorou, se aproximou da mulher, mas eu perdi o que quer que ele tenha dito, porque naquele momento ouvi um yip-yip-yip que me lembrava Iggy. Ah, não. Virei-me para a cela mais próxima: não era Iggy, mas um filhote que parecia com ele na juventude. Ele enfiou o focinho em um daqueles quadradinhos minúsculos da grade de arame. Eu abaixei a cabeça, dei-lhe um empurrão com o meu próprio focinho. Ele queria tanto sair dali, seus olhos castanho-claros me disseram isso. Será que ele achava que eu podia ajudar? Pobre filhotinho.

— Venha, Chet, vamos dar o fora daqui — disse Bernie.

Momentos depois estávamos do lado de fora, de volta ao delicioso ar da montanha. Pulei para o meu banco, passando bem próximo da porta do carro, talvez o salto mais alto da minha vida, um recorde pessoal. Bernie girou a chave e pisou fundo, não falou nada até voltarmos à rua principal.

— Brr — falou ele, como se sentisse muito frio, chegando mesmo a se sacudir, não muito diferente de mim. — Muito bem, Chet, o que descobrimos?

Esperei para ouvir.

— Um motoqueiro grandão, nenhum nome. Acredita que eles nem pedem o nome? Além disso, ela diz que há um bar onde os motoqueiros às vezes param, deveria ser por... — Bernie encostou o carro, estacionou na frente do bar com o copo de martíni em néon. Havia motocicletas grandes dos dois lados. — Nem respire perto desses cavalos de aço, Chet — ordenou Bernie. — Sem falar nos seus outros truques. — Eu não sonharia fazer nada de mau: motoqueiros eram meus amigos. E que nome ótimo para motocicletas. Eu sabia o que os cavalos podiam fazer, por conta da minha única visita, meio que não planejada, a uma fazenda, e não me esqueceria tão cedo daquela lição.

Passamos por portas de saloon, como as dos velhos filmes de faroeste. Em uma determinada época, nós assistíamos a muitos faroestes, mas ele não parava de repetir "Viu? As coisas eram assim" sem parar, até que a graça acabou para ele e os faroestes foram para o sopé da pilha de DVDs e ficaram lá.

Paramos do lado de dentro e olhamos em volta: algumas mesas e um palquinho de um lado, um bar comprido do outro, uma mesa de sinuca no fundo e serragem no chão. Serragem no chão: que ótima ideia! De imediato tive que conter o impulso de rolar nela.

E motoqueiros, é; alguns no bar, mais dois jogando sinuca — e um dos jogadores de sinuca era o motoqueiro grandão. Eu o reconheci imediatamente, pelo tamanho e pela barba branca selvagem, mas também porque sentia seu cheiro de onde eu estava. Alguns dos motoqueiros olharam para nós, depois voltaram para suas cervejas: eles pareciam gostar daquelas garrafas long-neck.

— Podem me dar sua atenção por um instante? — falou Bernie, em uma voz alta e clara. Todos se viraram. — Algum de vocês reconhece o Chet, aqui? — Senti todos os olhos voltados para mim; eles me deram uma sensação engraçada. Tentei virar minha cabeça ao máximo, para fazer passar.

Ninguém respondeu à pergunta. O que estava acontecendo? Esses eram os meus motoqueiros — eu reconheci outros além do cara grandão, como a mulher com o alfinete atravessado na sobrancelha e o cara baixinho com bíceps que lembravam um presunto de Natal que

Leda serviu uma vez. Eu adorava o Natal, já mencionei isso? Talvez eu tenha uma chance de explicar mais tarde. Naquele momento eu não conseguia entender por que meus amigos motoqueiros — nós havíamos cantado juntos! — estavam agindo tão estranhamente. Andei até a mesa de sinuca e fiquei na frente do cara grandão, abanando o rabo.

— Chet parece conhecê-lo, amigo — disse Bernie, vindo para o meu lado.

O motoqueiro grandão — não são muitos os homens que fazem Bernie parecer pequeno, mas esse fazia — abaixou os olhos para nós.

— Para mim você tem cheiro de tira. Não sou amigo de tiras.

Ei! Tiras tinham um cheiro próprio? Se tinham, eu nunca havia sentido. Seria possível que esse motoqueiro grandão tivesse um olfato melhor que o meu? Ele subiu no meu conceito, e já estava bem alto antes, com aquele passeio de moto e tudo.

— Sou detetive particular — corrigiu Bernie. — Não um tira.

— Detetive particular é tira para mim — insistiu o motoqueiro grandão. — Nós não gostamos de tiras.

— Não precisava nem dizer. Vocês são motoqueiros.

Ops. Esse lado do Bernie ia se manifestar? Por que agora?

O motoqueiro grandão apertou mais o taco de bilhar. Agora ele estava caindo no meu conceito, caindo rápido.

— Você faz o tipo engraçadinho? — perguntou ele.

— Com certeza parece um engraçadinho para mim — concordou o motoqueiro do braço de presunto, vindo de trás do bar. Ele tinha uma corrente na mão, grande e pesada.

Bernie se virou para ele.

— O que eu digo e o que vocês ouvem pode não ser a mesma coisa.

— Hein? — falou o motoqueiro de braço de presunto.

— Não há motivo para discutirmos. Acho que vocês encontraram Chet no deserto, pelo que sou muito grato. Só quero saber como e onde aconteceu, depois vou embora e podem voltar à diversão.

Houve um silêncio. O motoqueiro com braço de presunto falou com uma daquelas vozes que parecem imitar outra, talvez o pior tipo de voz humana.

— "Podem voltar à diversão" — repetiu ele. E aí em sua voz normal, também bastante desagradável: — Estou aqui pensando: acho que, além de engraçadinho, ele é bicha.

— Bem — falou Bernie. — Pelo menos você está pensando. Agora tente pensar em quando viram Chet pela primeira vez.

— Pelo menos eu estou o quê? — disse o motoqueiro de braços de presunto, seu rosto inteiro inchando, meio que se parecendo com seu braço. — Seu filho da puta. — E lançou a corrente em cima de Bernie.

Uma coisa a respeito de Bernie: ele se move muito bem. E outra coisa, talvez não tão boa, é que uma parte dele às vezes não se incomoda de entrar em situações como esta, talvez até queira, o que o torna diferente de quase todos os outros humanos que já conheci. Por alguma razão, a corrente não o atingiu. Em vez disso, acabou nas mãos dele e, de alguma forma, enrolada em volta do pescoço do motoqueiro com braços de presunto, e logo ele estava estatelado na base do bar, seus olhos revirados, uma visão que me entusiasmou. Mordi a primeira perna que vi. Houve um gemido lá do alto e o motoqueiro grandão partiu para cima de Bernie, balançando o taco de sinuca na direção da cabeça dele. Lembrei de Bernie dizendo que balançar o taco de sinuca não era o jeito certo de usá-lo em uma briga — você tinha que golpear com ele — e sabia que isso ia acabar logo. Bernie deu um passo para o lado, fez aquilo de bater com a lateral da mão na garganta do motoqueiro grandão, que caiu como uma árvore que havíamos derrubado uma vez.

Todos os motoqueiros estavam agitados agora, fechando o cerco, mas Bernie não parecia ter pressa. Ele pôs o joelho nas costas do motoqueiro grandão, agarrou-o pela garganta e disse:

— Acalmem-se todos, se quiserem que ele viva.

O bar ficou em silêncio.

— Muito bem, grandão — disse Bernie. — Pode falar.

Com uma voz engasgada, o motoqueiro grandão começou:

— Ele apareceu do nada, entrou no nosso acampamento, a porra do cachorro, e...

— O nome dele é Chet.

— Hein?

— Diga "Chet" em vez de "porra do cachorro".

— Chet — disse o motoqueiro grandão.

Eu senti uma brisa atrás de mim, percebi que balançava o rabo. Era uma boa hora para isso? Tentei parar.

— Continue — pediu Bernie.

— É só isso — falou o motoqueiro grandão. — A por... Chet apareceu no nosso acampamento do...

— Onde foi isso?

— Em Apache Wash, perto da fronteira com o Novo México.

— Faça um mapa para mim.

— Hein?

Bernie apontou para o chão. O motoqueiro esticou sua mão enorme, desenhou um mapa na serragem. Bernie ficou olhando, então soltou o motoqueiro e se levantou.

— Vamos, garoto.

Começamos a andar até a porta. Nenhum dos motoqueiros disse nada. Quando passamos pelo bar, Bernie enfiou a mão nos bolsos e jogou algumas notas em cima do balcão.

— A próxima rodada é por nossa conta, senhoras e senhores. Ah, Bernie! As nossas finanças estavam um caos; como é que ele conseguia não lembrar disso? Mas naquele momento, não me importei. Bernie não era o máximo? Rolei na serragem no caminho para fora.

VINTE E TRÊS

Dirigimos pelo deserto, seguindo uma trilha de terra que desaparecia de tempos em tempos, pelo menos para os meus olhos.
— Imagine ser um pioneiro nos velhos tempos — falou Bernie. — Não seria legal? Como Kit Carson.

Ele estava de muito bom humor. Uma daquelas estranhas montanhas achatadas erguia-se de um lado.

— Que país! Eu só queria correr por cada centímetro dele, não parar nunca. — Continuamos dirigindo por algum tempo e, em uma voz mais baixa, Bernie acrescentou: — Bem, talvez não correr. — E ainda mais tarde: — Tenho que entrar em forma.

De repente, ele pareceu triste. Por quê? Eu não entendi. Abri a boca o máximo que podia, realmente esticando-a toda. Às vezes, quando eu fazia isso, como agora, meu lábio ficava preso em um dos meus dentes. Bernie percebeu e deu um sorrisinho.

Passamos por um trecho mais acidentado e Bernie diminuiu a velocidade, contornando pedras e arbustos baixos e espinhentos. Depois de algum tempo, ele fez uma cara engraçada e farejou o ar. Nem me falem da inutilidade do nariz humano.

— Está sentindo o cheiro de alguma coisa, Chet? — Por onde ele queria que eu começasse? — Tipo óleo, talvez? Óleo queimado?

Bem, é claro. Eu sempre sentia cheiro de óleo queimado quando estávamos no Porsche, nunca pensei muito a respeito. Bernie parou o carro, abriu o capô, olhou para o motor. Pulei para fora e fiquei correndo por ali, erguendo a pata traseira em alguns daqueles arbustos espinhentos e em uma pedra redonda com uma outra pedra achatada em cima — eu não podia ignorar algo assim. Quando olhei outra vez, Bernie estava debaixo do carro, batendo com uma de suas ferramentas e grunhindo. As ferramentas: opa. Nada de bom acontecia depois que as ferramentas apareciam. Dei a volta em um cacto redondo, encontrei um buraco interessante no chão. Enfiei o focinho nele e detectei um cheiro parecido com o de peixe, não tão forte, porém mais distinto e leve que o cheiro de um peixe de verdade. Aquele cheiro significava apenas uma coisa: cobra. Levantei a cabeça novamente. Cobras me apavoram. Não tenho vergonha de admitir. Mas, e isso pode surpreendê-los, uma vez cheguei a pegar uma, gorda e preta, em uma caminhada que fizéramos em um lugar alto e cheio de pinheiros, em algum lugar. O que me deu naquele dia? Estávamos passeando, eu e Bernie, e de repente...

— Chet? Parece que podemos ir.

Olhei na direção dele. Bernie, com o nariz sujo de graxa, despejava algo em um funil enfiado no motor; nós guardávamos algumas latas daquele líquido no porta-malas. Ele fechou o capô e logo estávamos de novo na estrada, sozinhos na natureza. Eu ainda sentia cheiro de óleo queimado, mas Bernie parecia feliz.

— Este carro vai durar para sempre — disse ele. Era isso que eu gostava de ouvir.

Passamos por algumas formações rochosas estranhas, as sombras — incluindo a do carro e as de nossas próprias cabeças — ficando cada vez mais compridas, esticando-se à nossa frente. Uma colina baixa e redonda surgiu ao longe, pedregosa e vermelha

— mas não confiem em mim em relação ao vermelho —, e em sua base eu vislumbrei uma silhueta quadrada, o tipo de forma que significava presença humana. Passamos por uma lata amassada de cerveja, depois outra.

— Estamos chegando lá — falou Bernie. Ele tinha um olhar de quem sabia o que estava fazendo, provavelmente como aqueles pioneiros de antigamente de quem havia falado. Será que Kit Carson seguiu latas de cerveja pelo deserto?

Não muito depois, a trilha cruzava um daqueles leitos de rio secos, pedregosos, mas com algumas árvores anãs verdes na borda.

— O Apache Wash — disse Bernie. — Há água aqui embaixo, e muita, mas por quanto tempo?

Eu olhei e não vi água, nem uma gota. Às vezes eu ficava preocupado com Bernie. Esse negócio da água o estava deixando maluco. Descansei minha pata na perna dele.

— Ei, garoto. — Passamos aos solavancos para o outro lado do córrego. A trilha meio que acabava depois disso, mas então já estávamos praticamente na base da colina baixa e eu percebia que a forma quadrada era o barracão caindo aos pedaços ao lado da velha fogueira dos motoqueiros.

Estacionamos ao lado do barracão, descemos, andamos até a fogueira enegrecida. Bernie chutou uma ou duas garrafas, pegou uma guimba de cigarro, espiou dentro do barracão. Eu desencavei um pedaço esturricado de hambúrguer e o engoli rapidamente. Bernie se virou.

— Chet! O que você está comendo?

Nada. Era verdade. Já tinha acabado de comer. Farejei coisas em volta, comecei a correr rápido, parecer ocupado. Bernie voltou para o carro, pegou os binóculos no porta-luvas, mirou em alguma colina distante, rosada — eu pensei —, na luz que diminuía. Eu não gostava dos binóculos, principalmente quando Bernie os colocava no rosto, quase plugando seus olhos no negócio. Os humanos já eram parecidos demais com máquinas para o meu gosto.

— Chet. Fique calmo.

Era eu que fazia aquele som não muito distante de um uivo? Me acalmei. Bernie percorreu a distância por algum tempo, depois baixou os binóculos. Sentou em uma pedra, desdobrou um mapa, o pôs no colo. Eu me sentei ao lado dele. Ele bateu nos bolsos daquela forma familiar, procurando cigarros, apesar de, na tentativa de parar de fumar, nunca levá-los consigo.

— Você veio parar neste acampamento, Chet, mas vindo de onde? Qual foi seu ponto de partida?

Sentei-me ao lado dele, esperei que descobrisse. Enquanto isso, ficava com fome. Alguma chance de haver outro hambúrguer esturricado por ali? Farejei: urubus, a loção pós-barba de Bernie, gasolina, acácia queimada e, sim, água, água não engarrafada correndo livre, mesmo não estando à vista, mas nenhum hambúrguer. E também aquele cheiro distinto de peixe. Cheguei mais perto de Bernie.

Ele dobrou o mapa, enfiou-o no bolso de trás, virou-se para mim.

— Acha que pode se lembrar, garoto? Como você chegou aqui? — Ele fez um afago entre as minhas orelhas, achou um ponto que precisava desesperadamente ser coçado, mesmo que eu não soubesse antes. — Não temos muitas opções no momento.

O que ele queria saber? Como havíamos chegado aqui? É claro que eu lembrava, é claro que eu podia guiar!

— Calma, Chet, calma.

Oops. O que eu estava fazendo, apoiando minhas patas dianteiras nos ombros dele daquele jeito? Fiquei de quatro de novo. Bernie foi até o carro e voltou com a lanterna e o nosso .38 especial, que enfiou no cinto. Eu já o vira no estande de tiro — eu adorava o estande de tiro também, mas ele só me levara lá uma vez, porque a experiência era empolgante demais. É claro, eu era mais jovem na época, provavelmente me comportaria muito melhor agora. Fiquei olhando para o .38 especial. Dê um tiro em alguma coisa, Bernie. Qualquer coisa! Garrafas de Coca em cima de uma cerca, por exemplo. Pedaços de alguma coisa! Mas o .38 especial continuou no cinto dele.

— Quer um pouco de água?

Boa ideia. Eu estava com sede, não havia percebido. Bernie encheu a minha tigela. Eu bebi.

— Pronto? Guie.

Andei até a fogueira, raspei as cinzas com a pata, dei uma volta e fui para o campo aberto, para longe do sol, minha sombra à minha frente, um Chet comprido, comprido e ficando ainda mais comprido. Depois de algum tempo, cheirei o chão e mudei de rumo. Viramos na direção das colinas rosadas, Bernie alguns passos atrás. Eu mantinha meu focinho erguido, no ar, mas ele ia ao chão com bastante frequência. Eu procurava o odor mais familiar no mundo inteiro, mais especificamente, o meu. Rastrear o meu próprio cheiro, segui-lo até o rancho do Sr. Gulagov com aquela mina antiga horrível, enfiar os dentes em uma perna de calça ou duas, caso encerrado.

Mas o meu cheiro: onde ele estava? Mudei de direção de novo, me dirigi para um pedaço de terra plano e vazio e uma planta cinzenta murcha, a única coisa viva em volta. Farejei a base da planta, enfiei meu focinho bem contra as folhas, se é que chegaram um dia a ser folhas, coisas compridas e cobertas com, ops: espinhos. Tarde demais.

Fizemos uma pequena pausa enquanto Bernie os removia. Depois voltei direto para a planta.

— Chet, pelo amor de Deus.

Eu farejei e farejei e, talvez porque tenha mexido nela um pouco, ela me entregou seu segredo: um cheiro vago, quase não detectável de couro velho, sal e pimenta, casacos de pele de marta, *soupçon* de tomate; e para ser sincero, um traço forte de algo masculino e fedorento. O meu cheiro, sim, senhor. O meu cheiro e só meu, prova inegável de que Chet, o Jato, havia passado por aqui.

— Achou algo, garoto?

Achei. Coloquei meu focinho bem colado na terra batida, mais quente que o ar agora — o calor do dia ainda retido —, e farejei em volta atrás de mais rastros. Demorou o que pareceu muito tempo, mas então, perto de um pedaço enferrujado de algo feito por humanos, porém não identificável, captei outro rastro, até mais fraco que o primeiro, quase desaparecendo. Eu me virei para as colinas rosadas, para a mais alta de um dos lados, comecei a correr devagar, focinho para baixo. Outro rastro? Achei que sim e mudei de direção de novo. Aí veio um longo período sem nenhum cheiro e, quando olhei para cima, aquelas colinas distantes ainda estavam distantes, mas não mais rosadas, a não ser o topo da mais alta. Nossas sombras não apareciam mais. Em vez disso, elas cobriam tudo e o céu escurecia.

— Como você está indo?

O vento aumentou, soprando das colinas distantes. Levantei meu focinho e o testei. Como eu estava indo? Ótimo. Nós podíamos fazer isso. Mas a verdade era que o vento não trouxe nada, *niente*, zero, e isso me surpreendeu: ele normalmente era meu amigo. Mudei um pouco de direção, farejei um pouco de mato seco. Urubu de novo — moleza identificar fedor de urubu — e talvez algum tipo de lagarto, mas nada do meu cheiro. O vento soprou mais forte e o mato seco rolou para longe.

A noite caiu, um céu negro infinito cheio de estrelas, e logo a lua apareceu também, redonda e branca. Bernie tinha muitas ideias estranhas sobre a lua — dizia que ela não tinha luz própria, e que uma vez fora parte da Terra —, mas só o que eu sabia é que ela exercia um efeito sobre mim, algo difícil de explicar. Eu me sentia mais esperto à luz da lua. E este luar era o mais claro de que eu lembrava. Bernie, qualquer que fosse sua crença sobre a lua, não teve que ligar a lanterna, nenhuma vez.

Continuamos andando, o único som vindo do vento; Bernie e eu sabíamos como nos mover em silêncio. Uma vez reparei em um brilho, corri até ele, farejei um caco de vidro. Algo ali? Talvez, apenas talvez, um traço de pele de marta, da minha marta. Mudei de direção de novo, fiz um zigue-zague lento, procurando, procurando. A lua se moveu no céu. Farejei aqui e ali — não senti mais cheiro de marta, mas *soupçon* de tomate algumas vezes, e uma vez aquele fedor masculino, com certeza meu —, e mudei de direção de novo. Bernie andava ao meu lado. Às vezes, quando eu começava a correr, ele tinha que correr, sua respiração pesada quebrando o silêncio. O tempo passou, talvez muito tempo. Ele não disse uma palavra. Eu sentia sua confiança. Bernie acreditava em mim. Isso me fortalecia ainda mais que o normal. Podia continuar procurando a noite inteira se necessário.

E então, finalmente! Mais à frente eu vi uma placa em um poste, apesar de estarmos no meio do nada: uma placa da qual eu me lembrava, uma placa que vira na noite da minha fuga do Sr. Gulagov. Corri até ela, Bernie me seguindo. Agora ele usou a lanterna, iluminando a placa. Eu via o quanto estava gasta, as letras quase apagadas. Bernie passou a mão de leve por cima da madeira e disse "Fantasma" e sei lá o quê.

— Oito quilômetros. — Ele se virou para mim. — Cidade fantasma, provavelmente. Há muitas delas por aqui. Onde você esteve, Chet?

"Cidade fantasma" não significava nada para mim, mas se eu estive aqui? Ah, estive sim. Me aproximei um ou dois passos da placa e de repente fui atingido pelo meu cheiro, o rastro mais potente até agora. Saí correndo.

— Chet! Chet! Mais devagar.

Tentei ir mais devagar, mas foi difícil, o cheiro ficando cada vez mais forte. Corri adiante, voltei, circulei Bernie, continuei andando. Fizemos isso muitas vezes, mas não me cansei nem um pouco, mal notei quando a lua sumiu de vista, as estrelas se apagaram, o céu empalideceu. Estávamos no rastro, seguindo aquele cheiro, sem dúvida, todas as peças se encaixando: couro velho, sal e pimenta, casacos de pele de marta, *soupçon* de tomate, mais o fedor. Era isso mesmo! Comecei a correr, não podia me segurar. Durante algum tempo ouvi Bernie correndo atrás de mim, mas ele parou. Eu me virei para olhar. Ele não corria, na verdade estava andando, inclinado para a frente e devagar. Bernie! Vamos lá! Eu me virei, corri para a frente, meu cheiro em todos os lugares, e estava atingindo a velocidade máxima quando...

O quê? Latas de cerveja? Os restos de uma fogueira? Um barracão caindo aos pedaços? Ah, não. Estávamos de volta ao acampamento dos motoqueiros? Como? Havíamos procurado a noite inteira. Eu congelei, uma pata da frente levantada.

Bernie veio para o meu lado.

— Parece que andamos em círculos, garoto — disse ele baixinho. Eu abaixei minha pata, a cabeça também.

A luz do dia se espalhou pelo deserto, revelando como estávamos empoeirados. Empoeirados pelo vento que soprara durante a noite? Eu não sabia. Na luz do dia, via que Bernie estava com olhos de guaxinim de novo.

— É realmente bonito, o deserto ao nascer do sol.

Não para mim, não naquele momento: eu me sentia tão mal com o meu fracasso que não podia olhar na cara de Bernie. Entramos no carro, atravessamos o Apache Wash, encontramos a trilha, subimos a montanha e voltamos à Sierra Verde. Fiquei deitado no meu canto, cansado; mas dormir? De jeito nenhum.

— Com fome, garoto?

Eu estava, mas comer? De jeito nenhum. Bernie parou o carro. Eu me sentei reto. Estávamos estacionados em frente à loja de conveniência. Bernie tirou o .38 especial do cinto, o pôs no fundo do porta-luvas e esticava a mão para a maçaneta quando, da loja, saiu um homem com um saco de compras. Um cara pequeno, muito magro, com tatuagens nos braços e cabelos espetados.

Bernie ficou imóvel.

— Não mexa um músculo — disse ele, tão baixo que eu quase não ouvi.

Eu não me mexi, nem sequer respirei. Esse baixinho tatuado de cabelos espetados? Nós o conhecíamos, eu e Bernie, ah, é. Anatoly Bulganin, projecionista do cinema Golden Palm em Las Vegas. Estávamos longe de Vegas: eu sabia disso muito bem. E conhecia Bernie. Naquele instante ele pensava: "O que esse baixinho está fazendo aqui?" Fiquei alerta.

VINTE E QUATRO

Anatoly Bulganin, o projecionista de cabelos espetados, atravessou o estacionamento, abriu o porta-malas de um carro e botou as compras lá dentro, sem olhar na nossa direção. Bernie havia me dito o que um projecionista faz? Não conseguia lembrar, mas sabia que não era bom, só pela sonoridade.

— Bingo — disse Bernie, a voz mais baixa.

Bingo? Por que bingo? Aquele não era o jogo estrann que Bernie tinha jogado uma noite na festa beneficente da Associação dos Patrulheiros, um jogo que ele poderia ter ganhado não fosse um incidente infeliz envolvendo o meu rabo e o cartão dele com as marcações?

— Vê aquele carro? Uma BMW azul.

Ele saiu do Porsche. Anatoly, fechando o porta-malas da BMW, virou-se e o viu. Seu rosto fez expressões engraçadas.

— Oi, Anatoly — falou Bernie. — Meio longe de casa, não é?

— Eu, hum... — disse Anatoly. Aí, surpreendentemente rápido, ele correu para a porta do motorista da BMW e a abriu de supetão, sem nem fechar completamente o porta-malas, que quicou de volta para cima. A essa altura eu pulei. Aterrissei no chão, saltando além de Bernie e me lançando para cima de Anatoly. Um instante tarde demais. A porta do motorista se fechou e eu bati no aço duro com um impacto que me fez dar uma cambalhota de costas. Quando vi, a BMW cantava pneu em direção à saída do estacionamento, sem me atropelar por pouco.

— Chet? Você está bem?

Eu rolei, levantei, trêmulo a princípio, mas fiquei bem. Bem, e um pouco irado.

— Vamos nessa.

Eu estava mais do que pronto. Pulamos para o Porsche e fomos atrás de Anatoly, o projecionista. Ele estava ferrado, só não sabia disso.

A BMW rugiu pela rua principal, passou pelo bar com o copo de martíni em néon na janela — nenhum cavalo de aço estacionado do lado de fora, mas ainda era cedo — e virou em uma rua lateral, pneus soltando fumaça. Bernie não dirigia tão rápido — ele não faria isso perto da civilização —, e quando chegamos à rua lateral não havia sinal de Anatoly. Com o motor roncando, passamos pelas últimas casas até o campo aberto, onde Bernie pisou fundo. Quase imediatamente, o asfalto terminou; a BMW ainda fora de vista, mas a poeira de Anatoly ainda aparecia no ar, incriminadora e abundante. Nosso motor fez um som cavernoso profundo, como uma fera poderosa. Um carro era uma máquina? Não podia ser. Com máquinas eu tinha problemas, mas amava carros.

A estrada — cada vez mais estreita e irregular — fazia curvas subindo a montanha. Bernie era ótimo motorista — já disse isso antes? Deslizamos pelas curvas à toda, mas o nariz do Porsche continuava apontando para a frente. E o olhar no rosto de Bernie? O melhor, o olhar do caçador que tem a presa à vista. Talvez não exatamente à vista, ainda, mas ele tinha um recado para Anatoly:

você está frito. Eu já estivera em algumas perseguições de carro como esta — uma das melhores vantagens do nosso tipo de trabalho, perseguições de carro —, e elas sempre terminavam do mesmo jeito, com a perna da calça de algum bandido entre os meus dentes.

A estrada nos levou cada vez mais para cima, encostas íngremes e rochosas assomando de um lado, um precipício do outro. Bernie reduziu a marcha — eu adorava quando a marcha era reduzida, especialmente a forma como a rotação subia ao mesmo tempo, me empurrando para trás no banco —; ele era um mestre! O que era mais divertido do que isso? Hein?

Mas onde eu estava mesmo?

Na cola de Anatoly, com Bernie reduzindo a marcha. Nos inclinamos em uma curva fechada, uma curva onde o ângulo de saída se projetava bem para fora, e de lá podíamos ver outra curva igual à frente e, naquela curva, seguido de nuvens de poeira, a BMW azul, seu porta-malas ainda aberto, balançando para cima e para baixo. Só uma questão de tempo: uma das expressões humanas favoritas, apesar de não ser das minhas — qualquer coisa que tivesse a ver com tempo me escapava, como um sabonete que tentei encurralar no chão do banheiro uma vez. Mas eu sabia que a expressão estava correta para um momento como este, e comecei a salivar, como sempre fazia quando estávamos prestes a pegar o bandido.

A BMW desapareceu na curva. Bernie passou a marcha e nos projetamos para uma reta curta, até a próxima curva, a mesma na qual víramos Anatoly momentos antes. Depois dela, a estrada se estreitava e ficava mais difícil, culminando em outro grande trecho de curvas, a BMW nem na metade do caminho. Estávamos nos aproximando, e rápido. Um idiotinha de cabelos espetados ia dirigir melhor que Bernie? Nem em sonho.

Diminuímos a distância, Bernie reduzindo a marcha, aumentando a marcha, mãos e pés fazendo manobras, ajustes sem parar.

Agora eu via a cabeça de Anatoly pelo vidro traseiro da BMW. Ela mudou de ângulo, talvez porque ele checasse o retrovisor. Uma visão assustadora, não era, amigo, a Agência de Detetives Little na sua cola? A BMW aumentou de velocidade, mas começou a rabear, a parte de trás balançando de forma cada vez mais selvagem, o carro inteiro deslizando para a beirada do despenhadeiro e, no momento em que estava prestes a ser lançado no ar — eu mencionei que não havia nenhum tipo de barreira? —, de repente se endireitou, compras voando para fora do porta-malas, e continuou em frente. Uma maçã voou; tive um impulso maluco de pegá-la. O quê? Péssima ideia, eu sabia, mas não podia deixar de imaginar. Seria possível?

Com todas essas curvas, Anatoly tinha perdido ainda mais terreno. Diminuímos a distância rápido, tudo passando rapidamente por nós — a encosta rochosa de um lado; poeira subindo dos pneus da BMW; o despenhadeiro do outro lado, como se margeássemos o próprio céu. Eu estava sentado reto, até mais reto que de costume — na verdade, minhas patas dianteiras estavam em cima da moldura do para-brisa —, pronto, capaz, disposto. Anatoly checou o retrovisor de novo — agora eu via até os olhos, bem abertos de medo, e farejava o medo dele também —, e Bernie ergueu a palma da mão, fazendo um sinal que significava pare. Mas Anatoly não parou, até acelerou enquanto entrava em outra curva, a traseira da BMW perdendo tração, escorregando, escorregando, e nesse momento Bernie fez a coisa mais incrível: virou o volante com força, reduzindo a marcha ao mesmo tempo e ultrapassou a BMW pelo lado da encosta rochosa.

Agora estávamos na frente, e Anatoly comia a nossa poeira! Não era perfeito?

— Agora vamos diminuir a velocidade da caravana — disse Bernie. Uma palavra para descrevê-lo: gênio. — E aí lhe damos uma multa por jogar lixo no chão — acrescentou ele. Jogar lixo? Não entendi, ainda estava pensando nisso quando... Bum! Algo deu errado. Primeiro um bum de verdade que pareceu sair bem de baixo de nós — ah, não, problemas no carro agora? —, seguido de uma nuvem negra, grossa e molhada, que irrompeu do capô e molhou o para-brisa, nos cegando.

As coisas aconteceram rápido depois disso. Começamos a girar em círculos na estrada estreita, rodopiando e derrapando ao mesmo tempo, roçando a base rochosa da encosta íngreme, faíscas voando para todo lugar. Demos uma guinada para o outro lado, uma roda espalhando cascalho solto, a borracha talvez até escorregando um pouco por cima do precipício, no vazio. O tempo todo o rosto de Bernie não mudou, enquanto ele passava a marcha, freava, girava o volante para lá e para cá. Mas não conseguíamos enxergar, não pelo para-brisa enegrecido. E ainda assim, giramos o tempo todo. A BMW havia passado correndo na nossa frente mais uma vez? Achei que sim. Mas não tinha certeza e, naquele momento, eu tinha outras coisas em que pensar, como a nossa colisão com a base da encosta rochosa, com mais força dessa vez, com tanta força que eu fui lançado para fora do assento.

Veio um momento horrível em que voei pelo céu aberto — eu tivera pesadelos assim — subindo, subindo e descendo de repente. Caí com força, mas nas quatro patas. Ah, tão bom ter quatro patas. Não fiquei nelas por muito tempo, rolando, finalmente parando no meio da estrada, sem fôlego, mas ileso. Eu me sacudi, vi o Porsche à frente endireitando-se, diminuindo a velocidade, Bernie no controle de novo: ficaríamos bem. Mas aí — o que foi aquilo? Uma pedra enorme veio rolando pela encosta íngreme e despencou na estrada, bem na frente de Bernie. Não havia nada que ele pudesse fazer: o Porsche bateu de frente na pedra, capotou e caiu violentamente do outro lado da estrada, desaparecendo de vista.

Bernie!

Quando dei por mim, estava de pé na beira do abismo, olhando para baixo. Descendo, descendo, lá embaixo, o Porsche rodopiou no vazio, até finalmente se espatifar em uma saliência larga e pedregosa e explodir. Caiu o silêncio; o único som vinha da minha própria respiração.

Bernie!

— Chet?

Olhei para baixo. Ali, se segurando com uma das mãos em uma minúscula saliência no despenhadeiro, estava Bernie, o rosto todo ensanguentado, quase ao meu alcance. Nossos olhos se encontraram. Os músculos em seu braço se estufavam como cabos grossos e ele tentou se jogar por cima da beirada. Mas não conseguiu, não com apenas uma das mãos, e não havia lugar para a outra se apoiar, a parede do despenhadeiro muito lisa. Eu me inclinei por cima da beirada.

— Não, garoto.

Nem ouvi. Eu me inclinei um pouco mais, as patas da frente se enterrando na parede do despenhadeiro, as de trás ancoradas na estrada com toda a minha força. Abaixei a cabeça, me estiquei o máximo que podia, mas não o suficiente. Por pouco eu não conseguia alcançar Bernie.

— Para trás, garoto.

Fora de questão. Ficamos assim, cabeças quase se encostando, os músculos do braço dele se distendendo. Então Bernie teve uma ideia. Eu vi isso em seus olhos, já vira aquele olhar muitas vezes. Ele esticou a mão livre para baixo, abriu o cinto, o tirou, segurou bem em uma ponta e então jogou o lado com a fivela para mim. Eu a peguei com a boca, fechei os dentes com uma força que não podia ser superada.

— Quando eu disser dois — falou Bernie. Eu me preparei. — Um, dois.

Eu puxei para trás com toda força. Bernie se agarrou no cinto, ao mesmo tempo pegando impulso com a outra mão, a que estava agarrada na única saliência da parede do despenhadeiro. Ele subiu, devagar, muito devagar, cada vez mais perto, um pouco de cada vez. Meus músculos — no meu pescoço, nas minhas costas, até as minhas patas — pegavam fogo. Bernie estava cada vez mais perto, os olhos agora no mesmo nível da beirada. Ele parecia ter medo? Nem um pouco, não para mim. Ele largou a saliência e esticou a mão — por um momento seguro apenas pelo cinto —, colocando a outra no chão, impulsionando-se com força. No mesmo instante, eu o puxei mais uma vez, com toda a força que eu tinha, e ele chegou à estrada, primeiro a parte superior de seu corpo, e então o resto todo, rastejando em segurança!

Ele me abraçou.

— Está tudo bem, Chet, pode largar.

Tentei largar a fivela, mas ela estava presa nos meus dentes. Bernie a soltou. Eu lambi seu rosto, provando sangue e suor. Ele segurou a minha cabeça nas mãos, deu um apertão.

— Tenho que perder 5 quilos — disse ele. — Talvez 7. — Eu não tinha certeza de quanto isso era e, de qualquer modo, Bernie me parecia ótimo; ao mesmo tempo, eu não podia deixar de pensar que uma pequena redução tornaria aquilo mais fácil se algum dia tivéssemos que fazer de novo.

O mundo inteiro estava imóvel, a não ser por um ruído muito baixo de motor ao longe. Seguimos o som e, em uma estrada distante, em outra montanha, vimos um ponto azul se movendo, no meio da subida.

— Pelo menos eu peguei o número da placa. — Esse era Bernie, bem ali, muito à frente do outro cara. Ele acariciou as minhas costas. Eu abaixei bem as orelhas. — Eu te devo uma, garoto, devo muito.

Uma ideia ridícula. Nós éramos parceiros.

Nos levantamos, fomos até a beirada, olhamos para baixo, para os restos fumegantes do Porsche.

— Já estava morrendo, mesmo — disse Bernie. — A gente compra outro. — Morrendo? Do que ele estava falando? E onde íamos conseguir outro tão bom, o carro mais maneiro da estrada? Impossível. Além do mais, tinha a questão do dinheiro. Nossas finanças estavam um caos. Bernie era um gênio, então por que ele não conseguia se lembrar disso e aceitar que íamos ter que nos virar com o cacareco da velha caminhonete?

— Placa de Nevada na BMW — disse ele. Sorriu para mim. — C3P 2Z9: guarde isso.

Impossível ficar zangado com Bernie. Começamos a andar.

Em casa novamente, cansado, com fome e com sede. Bernie pagou o motorista do táxi — nós tínhamos pegado caronas com um caminhoneiro e um missionário e mais dois ônibus também — e entramos. A luz da secretária piscava. Fui para a minha tigela de água e bebi até ela secar. Bernie pegou a garrafa de bourbon no armário em cima da pia e apertou um botão na secretária eletrônica.

— É Cynthia Chambliss. — Ela parecia animada. — Recebi uma ligação de Madison. Ela está bem, disse que vai voltar logo para casa. — Só está resolvendo algumas coisas. Não devemos nos preocupar, ela disse, e por favor não devemos perder muito tempo e dinheiro procurando por ela. Hum, achei que você devia saber. Já mandou sua conta para Damon? Quero lhe dizer o quão grata...

Bernie pegou o telefone, discou um número.

— Alô, Cynthia? Bernie Little. Recebi seu recado e... — Ele fez uma pausa. Eu podia ouvir a voz dela do outro lado da linha, alta e meio esquisita. — Eu estou bem — disse Bernie. — Por que não estaria? — Outra pausa. — Quem disse isso? — perguntou ele, colocando a garrafa de bourbon na bancada, sem abrir. — Cynthia? Alguma chance de ter gravado essa ligação de Madison? — Ele ouviu. — Isso foi inteligente. Eu gostaria de ouvir. — Ele fez outra pausa. Ouvi silêncio do outro lado da linha. — Não vai levar muito tempo. Vamos já para aí. — Cynthia começou a dizer algo que parecia o começo de um "não", mas Bernie desligou.

Ele se virou para mim.

— Damon disse a ela que eu tinha morrido em um acidente. — Ele esticou a mão para pegar as chaves da caminhonete, penduradas em um gancho ao lado da geladeira. — O que o faria pensar em uma coisa dessas?

Nenhuma ideia. Tínhamos que descobrir isso agora? E quanto ao jantar?

VINTE E CINCO

— "Light my fire" — disse o Capitão Crunch com aquela voz horrível dele. Ah, rapaz, se ao menos eu pudesse acender um fósforo bem debaixo das suas patinhas amarelas escamosas. Ele ficou em seu poleiro — a gaiola estava na bancada da cozinha agora, não no quarto de Madison — e olhou para mim com seus olhinhos perversos. Seu penteado esquisito e espetado parecia ter crescido desde a última vez em que eu o vira, agora ocupava toda a cabeça, talvez fosse até maior. Ele não gostava de mim, havia alguma coisa mais óbvia? O sentimento é mútuo, amigo.

— Café? — ofereceu Cynthia. Ela também havia mudado, parecia mais velha, mais magra, mais seca, com linhas no rosto que eu não tinha percebido antes. Mas os humanos, principalmente as fêmeas, eram complicados assim mesmo — talvez eu tivesse percebido as rugas naquele momento porque ela estava com os cabelos presos em um rabo de cavalo e não usava maquiagem.

— Eu gostaria de ir direto à ligação — disse Bernie.

— É claro — concordou Cynthia, indo até o telefone. — Não posso lhe dizer o quanto foi maravilhoso ouvir a voz dela. Podemos superar isso.

— Superar o quê? — disse Bernie.

— Ora, o que quer que a esteja perturbando — falou Cynthia. Ela mordeu o lábio. — Eu sempre percebo isso. Maddy estava em uma fase tão vulnerável... Eu vejo isso agora.

— Quando foi essa fase? — perguntou Bernie.

Os sulcos apertados entre os olhos de Cynthia se aprofundaram.

— Quando Damon e eu nos divorciamos. Na época ela não pareceu muito abalada; tantos amigos dela vêm de famílias rompid... famílias misturadas, esse tipo de coisa. Mas agora eu vejo. Apesar do divórcio ser melhor para as crianças do que um casamento ruim, talvez para uma menina como Maddy, tão inteligente e sensível... — Ela olhou para o chão, a voz sumindo.

— Quão ruim era o casamento? — questionou Bernie.

— Você não concorda? Sobre o divórcio ser melhor para as crianças do que um casamento ruim?

Um músculo se contraiu na lateral do rosto de Bernie.

— Não estou concordando ou discordando. Só estou perguntando sobre o casamento.

Os olhos de Cynthia ficaram turvos.

— Isso importa agora?

— Não sei — disse Bernie. — Estou tentando juntar as informações. Temos muitas pontas soltas.

— O que quer dizer?

Não tínhamos nada além de pontas soltas, até onde eu sabia.

— Podemos falar sobre isso depois — disse Bernie. — Primeiro, o telefonema.

O dedo de Cynthia pairou acima dos botões do telefone.

— Foi ontem. Tive tanta sorte por ter atendido. — Eu estava a meio caminho da porta. Ela apertou um dos botões.

— Alô? Alô? Mãe?

Eu conhecia aquela voz, uma voz da qual eu gostava muito: a voz de Madison. Ela havia dito: "Não machuquem esse cachorro." Difícil esquecer algo assim e eu nunca esqueceria. Podem apostar, o que quer que seja uma aposta.

— Mãe? Você está aí? Sou eu, Maddy.

O rosto de Bernie ficou muito imóvel. Sua cabeça estava um pouco inclinada para o lado. Percebi que a minha também.

Aí veio um clique e, numa voz arfante, Cynthia falou:

— Maddy? Maddy? É você?

— Oi, mãe, sou eu.

— Maddy! Querida, ah, meu Deus! Você está bem? Onde você...

— Eu estou bem, mamãe, só... — Houve uma pausa, e naquela pausa eu pensei tê-la ouvido engasgar, como os humanos fazem quando estão prestes a chorar. Mas ela pareceu respirar fundo e continuou: — ...resolvendo algumas coisas, só isso.

— Que tipo de coisas? Eu estava morta de preocupação. Estávamos atrás de você em todos os lugares, a polícia, um detetive particular, todo mundo. Onde você...

— Não se preocupe, mãe. Eu estou bem. Foi por isso que liguei. Não se preocupe. E não jogue um monte de tempo e dinheiro fora procurando por mim. Eu volto logo para casa, mãe.

— Logo quando?

— Logo.

— Mas quando?

— Logo, mãe. E sabe de uma coisa?

— O quê?

— Andei pensando que poderia ser legal ter um cachorro.

— Um cachorro?

— Um cachorro grande, com uma cara engraçada, talvez como aquele que eu vi outro dia, com as orelhas diferentes. Será que há alguma chance de fazermos isso?

O rosto de Bernie empalideceu, toda a cor sumiu. Será que eu já tinha visto isso acontecer?

— É claro que podemos ter um cachorro, mas quando...

— Tenho que ir, mãe. Eu te amo.

Clique.

Bernie olhou para Cynthia, depois para mim. Seu corpo estava muito imóvel, uma imobilidade que eu podia sentir. Eu sabia que ele estava pensando rápido; sobre o quê, eu não fazia ideia. Eu tinha apenas um pensamento: orelhas diferentes são uma coisa ruim?

Ele foi até a secretária, apertou um ou dois botões. Sons engraçados de pessoas falando rápido demais começaram, depois diminuíram e eu ouvi de novo: "Um cachorro grande com uma cara engraçada, talvez como aquele que eu vi outro dia, com as orelhas diferentes. Será que há alguma chance de fazermos isso?"

— Nunca tivemos nenhuma briga sobre um cachorro, se é o que está pensando — disse Cynthia.

— Não estava pensando nisso.

Cynthia pareceu não ouvir.

— Quero dizer, ela quis o Capitão Crunch e eu disse sim imediatamente.

Grande, grande erro.

O Capitão Crunch levantou as asas de uma maneira que me lembrava o Conde Drácula e falou:

— Pode fazer um duplo?

— Um cachorro é algum tipo de substituto? — disse Cynthia. — É onde quer chegar? Um prêmio de consolação pela separação dos pais?

Difícil de acompanhar, mas "prêmio de consolação" me parecia ofensivo. E minha cara era engraçada? De onde tinha vindo isso?

— Não é onde eu quero chegar — falou Bernie. A cor voltou ao seu rosto e ele pareceu mais seguro de si; por um segundo ou dois eu ficara preocupado.

— Então explique.

— A sua filha é uma garota muito inteligente.

Cynthia assentiu.

— Mas o que isso tem a ver com a ligação?

Bernie não respondeu de imediato. Seu rosto estava rígido, uma expressão que Cynthia não podia deixar de perceber.

— Ela está falando a verdade, não está?

— Sobre o quê?

— Sobre voltar logo para casa. Concorda com isso, não concorda? O sargento Torres concorda.

— Ele ouviu a gravação?

— Ele esteve aqui há algumas horas. Ele concorda. Ela vai voltar para casa.

Bernie assentiu, um gesto que Cynthia provavelmente tomou como concordância, mas eu sabia que não era: aquele ligeiro aceno de cabeça podia significar qualquer coisa, parte do talento dele para interrogatórios.

— Ótimo — disse Cynthia. — Por que outro motivo ela ligaria? Ela não quer que eu me preocupe, mesmo eu tendo quase morrido de preocupação. — Os olhos dela se encheram de lágrimas, elas transbordaram e correram por seu rosto.

— Hum — falou Bernie, parecendo constrangido. Ele deu tapinhas nos bolsos, esperando encontrar sei lá o quê. Cynthia saiu em silêncio do aposento. Ele se virou para mim.

— Você viu Madison, não foi, garoto? Você descobriu tudo e eu nem sabia.

Eu abanei o rabo. O que mais podia fazer? Mas eu tinha descoberto tudo, solucionado o caso? Não, porque ela não estava conosco. Então talvez eu tivesse é estragado tudo. Meu rabo ficou quieto.

— Bom trabalho, garoto — disse Bernie. — O melhor. Mas o que quer que esteja planejando fazer com o pássaro, esqueça.

Opa. O que ele queria dizer com isso? Claro, a distância entre mim e a gaiola parecia ter diminuído bastante, misteriosamente; na verdade, eu estava ficando próximo, ao alcance de um ataque, se qualquer coisa assim passasse pela minha mente. Em vez disso, aquilo era a última coisa na qual eu pensava, pura verdade.

— Chet?

Eu me afastei da bancada, sentei de costas para o Capitão Crunch. Cynthia voltou, enxugando o rosto com um lenço de papel.

— Desculpe — disse ela.

— Não precisa se desculpar — comentou Bernie. — Estou partindo do princípio de que Damon sabe sobre o telefonema.

— Ah, sim. Eu contei imediatamente.

— Ele veio até aqui ouvir?

— Não. Mas eu dei uma descrição. Não temos um relacionamento muito bom, mesmo para um ex-casal, depois de todo esse tempo, mas confiamos um no outro nessa única área.

— E que área é essa?

— Maddy e seu bem-estar. Ela é a melhor coisa que qualquer um de nós dois já fez. Quem não tem filhos talvez não entenda isso. Sinto muito, não lembro se você tem filhos.

Bernie ficou com aquela expressão dura novamente.

Será que Cynthia parecia um pouco amedrontada? Eu já vira Bernie provocar isso em clientes antes.

— Esse, hum, corte no seu rosto, parece estar sangrando um pouco — disse ela.

— Lâmina cega — falou Bernie, enxugando o corte com a manga. Lâmina cega? Verdade, Bernie se cortava ao se barbear muitas vezes, mas um corte na testa ao fazer a barba? Percebi que ele deliberadamente não dizia nada sobre nossa aventura na estrada no alto da montanha perto de Sierra Verde. Por quê? Eu não fazia ideia. Cheguei um tiquinho mais para perto do Capitão Crunch. O pássaro se remexeu nervosamente em seu poleiro.

— Eu gostaria de estabelecer uma cronologia — disse Bernie.

— Que cronologia?

— Primeiro — falou Bernie —, exatamente quando essa ligação foi recebida. Segundo, quando você ligou para Damon. Terceiro, quando você me telefonou. Em quarto, quando Damon falou da minha suposta morte.

Ops. Em momentos como este, quando Bernie começava uma dessas listas rápidas e enumeradas dele, eu não conseguia me concentrar. Cynthia deu alguma resposta. Bernie retrucou com mais perguntas, desta vez contando-as nos dedos. As palavras todas se misturaram, viraram ruído, não muito desagradável. Eu me peguei chegando perto do Capitão, talvez até quase batendo na gaiola. A bancada era meio alta. Se eu conseguisse só botar meu focinho acima da...

— Enfia no seu — gritou Capitão Crunch com seu grasnido miserável, ao mesmo tempo se erguendo um pouco do poleiro, asas abertas no modo Drácula de novo. Enfiar? Eu achava que ele só sabia dizer "pode fazer um duplo", "light my fire", "Madison manda bem". Agora ele havia acrescentado "enfia no seu"? Exasperante. Eu queria...

— Chet?

Tentei parecer inocente, não muito fácil com uma pata na bancada. Eu a abaixei de uma forma sutil. Bernie me fez um afago gostoso; pelo menos foi o que pensei, até perceber que ele segurava firme a minha coleira.

— Uma última coisa. De onde Damon tirou a ideia de que eu havia morrido em um acidente?

— Ele me contou que ouviu dizer.

— Onde?

— Não disse.

— Me faça um favor — pediu Bernie. — Deixe-o continuar pensando que é verdade.

— Tarde demais — disse Cynthia. — Eu já contei. Fiz mal?

— Não.

— E por que você não gostaria que ele soubesse? O que está acontecendo?

— Eu explico mais tarde. Tenho que ir.

— Não estou entendendo — disse Cynthia.

Eu também não, mas isso não me incomodava: eu estava bem acostumado com Bernie e suas manias.

— O que houve com você? — perguntou Rick Torres.

— Lâmina cega — disse Bernie.

— Ahã.

Estávamos no estacionamento do Donut Heaven, no estilo policial, porta do motorista com porta do motorista. Bernie deu uma mordida em um donut com cobertura de chocolate; Rick e eu comíamos bolinhos fritos com uma bela camada de açúcar de confeiteiro.

— Ouviu a fita? — indagou Bernie.

— Ouvi.

— Bem inteligente da parte de Cynthia pensar em gravar a ligação.

— O que quer dizer?

— Nada. Mostrou presença de espírito, só isso.

— O que quer dizer?

— Nada.

— Ei, Chet — falou Rick, olhando para além de Bernie. — Tenho um bolinho extra aqui, garotão.

Sim, por favor. Refeições regulares não pareciam acontecer ultimamente e eu estava faminto.

— Calorias vazias — falou Bernie, erguendo a mão. O bolinho extra ficou na viatura. Ele mexeu o café com o dedo. — A fita.

— Ela me pareceu kosher — sugeriu Rick.

Kosher: eu conhecia aquela palavra; tinha algo a ver com frango, especificamente, o melhor frango que eu já experimentara, no jantar de comemoração depois da última vigília no caso do divórcio dos Teitelbaum. Esperei para ouvir como frangos entrariam no caso.

— A garota fugiu para botar a cabeça em ordem? — disse Bernie.
— Acontece o tempo todo.
— Com garotas como ela?
— Quem sabe como ela realmente é? — Ei, eu sabia: ela era ótima. — Mas antes tínhamos uma foto dela, saindo sozinha de algum cinema em Vegas — continuou Rick —, e agora esse telefonema. Além disso, nenhum pedido de resgate, o maior indício para mim. Então, como eu soube que você está fora do caso de qualquer maneira, e trabalhos *pro bono* no setor de detetives particulares não existiam até você aparecer, por que não esperar, ver se ela não volta nos próximos dias?
— E você? Está fora do caso?
— Não há caso algum, Bernie. É o que estou tentando dizer.
A voz de Bernie ficou mais cortante.
— Mandou pelo menos rastrear a ligação?
— Não desconte sua frustração em mim — falou Rick. Bernie ficou em silêncio. — Sim — continuou Rick —, mandamos rastrear, ou tentamos. Mas ela foi feita de um telefone público, pode ser em qualquer lugar.
— O que isso diz?
— Diz que a garota usou um telefone público.
— Onde se encontra um telefone público atualmente?
Rick apontou. Havia um telefone público do outro lado do estacionamento do Donut Heaven.
— O que eu quis dizer — falou Bernie — é por que se dar o trabalho de encontrar um telefone se ela está voltando para casa de qualquer maneira?
— Lá vem você de novo.
— Onde?

— Analisando demais as coisas.

— Eu não faço isso.

— Faz, sim, sempre fez. Nem tudo faz sentido. Existe o aleatório, a desordem, peças que não se encaixam.

— Só porque você não é inteligente o bastante para encaixá-las.

Eles ficaram atacando e contra-atacando. Eu fiquei com sono.

— Que tal isso como uma das peças? — dizia Bernie. — Encontramos a BMW azul.

Rick olhou para Bernie, depois abriu um caderno, folheou.

— O do suposto motorista louro?

— Ele não estava no carro — falou Bernie. — Mas o projecionista de cinema estava.

— De Vegas?

— O nome é Anatoly Bulganin.

— Onde foi isso?

— Em Sierra Verde.

— Qual é a explicação dele?

— Não chegamos perto o bastante.

Os olhos de Rick foram para o corte na testa de Bernie.

— Placa?

— Nevada, C3P 2Z9.

— Vou verificar — falou Rick. — Mas não fique surpreso se conseguirmos menos do que temos agora. — Ele lambeu açúcar de confeiteiro dos lábios. Eu fiz o mesmo.

VINTE E SEIS

— Pistas à vista — disse Bernie, mais para um resmungo, na verdade. — Não é sempre assim? — Ele veio resmungando muito no trajeto do Donut Heaven até onde quer que estivéssemos indo. Eu não me importava — andar no banco da frente para qualquer lugar já era bom para mim. De maneira geral, eu preferia o Porsche, mas o bom de andar no banco da frente da caminhonete era o quanto ficávamos altos. Olhar, de cima, para baixo para dentro de todos os outros carros aumentava muito a diversão: eu não sabia por quê. Enfiei a cabeça para fora da janela. O ar começava a esquentar — o verão estava chegando, segundo Bernie, mas nós éramos do tipo janelas abertas, ar desligado; do tipo, ele dizia às vezes, que conquistou o Oeste.

— Eis uma forma de analisar — continuou Bernie. Opa. Analisar: não o meu forte. — Vamos começar com uma pergunta simples. De todo mundo que encontramos nesse caso, do momento em que Cynthia Chambliss veio dirigindo pela nossa rua, quem é o menos confiável?

Ei. Analisar era moleza. A resposta para a pergunta era obviamente o Capitão Crunch; um vislumbre de seus olhinhos malévolos e você sabia disso. Mas então onde estávamos? O Capitão Crunch morava em uma gaiola e, mesmo supondo que ele conseguisse sair à noite e, digamos, voar, onde ele poderia...

— Só uma resposta — disse Bernie. — Damon Keefer.

Damon Keefer ganha do Capitão Crunch? Eu não tinha tanta certeza. Mas aí lembrei de como Keefer cheirava a gato, e também do gato dele, Prince, com seus modos esnobes, e concordei. Bernie estava certo, como sempre. Lá embaixo, em um carro que passava, a mulher ao volante falava ao celular enquanto uma fêmea do meu tipo, que estava no banco de trás, enfiava a cabeça em um saco de compras, o rabo em forma de saca-rolhas abanando enlouquecidamente. Eu meio que gostei daquele rabo, estava começando a pensar em...

— E o que fazemos quando encontramos um elo fraco? — perguntou Bernie.

Enfiei a cabeça de volta dentro da cabine. Não fazia ideia da resposta para aquela pergunta, mas a palavra "elo" me lembrou imediatamente do enforcador e do Sr. Gulagov. Ele tentara mudar o meu nome para Stalin! Meu nome era Chet.

Bernie olhou para mim.

— Exatamente — disse ele e só então eu percebi que estava rosnando. — Quando encontramos um elo fraco, botamos pressão e ficamos lá até alguma coisa acontecer. Tudo pronto?

Não precisava perguntar.

Achamos Damon Keefer em casa, a casa enorme cercada por muros e aquela estranha escultura de hidrante no jardim. A escultura na verdade não estava no gramado agora, no gramado verde e exuberante — eu não precisava olhar para Bernie para saber que ele franzia a testa. Em vez disso, a escultura estava no ar, pendendo de um gancho de guindaste instalado em um caminhão. Parecia empolgante, eu mal podia esperar para sair da caminhonete e ver se conseguia pular e alcançar o troço, mas só ficamos sentados ali enquanto Bernie observava. Logo o guindaste balançou a escultura para a caçamba do caminhão e ele partiu. Os homens nos controles eram formas vagas atrás dos vidros das cabines. As máquinas quase podiam fazer o trabalho todo sozinhas. Isso me deu uma sensação ruim. Dei uma mordidinha em um tufo do meu pelo e me senti melhor.

Hora de agir? Não; continuamos esperando, não me perguntem por quê. Mas se Bernie achava melhor esperar, nós esperaríamos. Tínhamos o nosso *modus operandi*. Depois de algum tempo, Damon Keefer saiu, descalço e usando um roupão de banho. Ele andou em volta do lugar vazio onde a escultura estava antes. Percebi pontos grisalhos em seu cavanhaque, recentes, combinando com as novas rugas no rosto de Cynthia de uma forma que eu não conseguiria explicar. Íamos sair agora? Eu olhei para Bernie: sim.

Senti cheiro de álcool no hálito de Keefer no momento em que minha primeira pata pisou no chão. Difícil de acreditar, talvez por ele estar lá do outro lado do gramado, mas meu olfato é provavelmente melhor que o de vocês — eu já mencionei isso antes?

Keefer nos viu.

— O que diabos está fazendo aqui? — Eu me lembrei da forma como ele dizia coisas desagradáveis com uma voz baixa e tranquila, e ainda não gostava dela.

— Para onde foi a escultura? — perguntou Bernie.

— O que isso tem a ver com você? — disse Keefer.

— Eu meio que gostava dela. Mas não sou nenhum especialista em arte.

— Você é especialista em alguma coisa?

— Vamos descobrir — sugeriu Bernie.

O queixo de Keefer se levantou, um daqueles sinais de agressão humana, meio estranho levando-se em conta que expunha aquela área a um bom soco, e eu já vira várias vezes o que um bom soco em um queixo humano podia fazer.

— Não vamos descobrir merda nenhuma — falou ele. — Eu não o demiti? Como é que você não continua demitido?

Bernie andou até ele. Eu estava bem ao lado. O cheiro de álcool ficou mais forte, misturado ao de Prince: uma das piores combinações que eu já havia encontrado, o oposto de um perfume.

— Sem ressentimentos — disse Bernie. Keefer pareceu muito confuso, abriu a boca para falar mas, antes que qualquer palavra saísse, Bernie continuou: — Quanto conseguiu pela escultura?

— O que o faz pensar que eu a vendi? — questionou Keefer.

— Engano meu. Não sabia que eles tomavam mercadorias de volta no mundo das artes.

Eu entendi aquilo, fácil. Um amigo meu chamado Bomber trabalhava no negócio de retomada de bens, um trabalho muito bom, ainda que não chegasse aos pés do meu.

— Você tem um belo senso de humor — falou Keefer; um pouco intrigante, já que ele não parecia gostar nem um pouco. Ele enfiou a mão no bolso do roupão, tirou cigarros, acendeu um. Eu senti uma mudança na postura de Bernie: ele queria desesperadamente um cigarro. Keefer deu um trago profundo e, quando falou de novo, sua voz parecia mais confiante, como se de alguma forma o cigarro tivesse acendido um fogo dentro dele.

— Eu vendi — disse ele —, não que isso seja da sua conta.

— Por quê?

— Começou a me cansar. Como você agora.

— Eu estou cansando? Isso me surpreende.

Keefer deu outro trago, observou Bernie através de uma nuvem de fumaça, não falou.

— Aqui estava eu — disse Bernie —, pensando que você ficaria feliz em me ver.

— Por quê?

— Cynthia disse que você achou que eu tinha morrido em um acidente. E agora aqui estou eu, um milagre, mas você não parece feliz.

Um milagre, é! Nós havíamos conseguido um milagre naquele despenhadeiro, eu e Bernie. Essa profissão — não há nada melhor. Mas eu podia ver pela expressão no rosto de Keefer que Bernie estava certo: Keefer não estava feliz em nos ver, com ou sem milagre.

— Vou ser sincero com você — disse ele. — Jamais gostei do seu tom, desde o começo. E agora que ficou claro com o telefonema que Maddy vai voltar para casa a qualquer momento, sã e salva, não consigo pensar em um único motivo para falar com você nem mais um segundo. — Ele jogou a guimba do cigarro na grama morta onde a escultura costumava estar e se afastou em direção a casa.

Nós o alcançamos em um ou dois passos, Bernie de um lado, eu do outro.

— Sair apressado não vai funcionar — avisou Bernie. — Há muito em jogo.

Keefer parou e atacou.

— Saia da minha propriedade ou eu vou chamar a polícia. Isso funciona?

Bernie assentiu.

— Funciona para mim — disse ele. — Chame a polícia.

O rosto de Keefer, até mesmo seu corpo inteiro, pareceu inchar. Achei que ele podia partir para cima de Bernie. É, faça isso, faça! Mas talvez porque seu roupão tenha começado a se abrir e ele precisou ajeitá-lo, colocando-o no lugar, nada aconteceu, nada violento. Minha mente voltou aos motoqueiros e toda a balbúrdia e a serragem ótima. Isso é que era vida.

Agora Keefer, rosto e corpo, desinflava, como uma bola de basquete que eu pegara uma vez depois que ela veio quicando para fora do pátio de um colégio.

— O que você quer de mim? Dinheiro? É extorsão?

— Com o que eu o extorquiria?

— Me reviste — falou Keefer. — Vocês têm uma reputação.

— A que rapazes você se refere?

— Detetives particulares. Os boatos se espalham.

— Conte-nos: qual é o boato?

— Chantagem — disse Keefer.

— Chantagem?

— Vocês começam a trabalhar para um cliente, se infiltram na vida dele, encontram sujeira.

— Qual é a sua sujeira, Damon? Economize nosso tempo.

Os olhos de Keefer fitaram Bernie, mas se desviaram.

— Qual é o tamanho da sua dívida?

— Está totalmente enganado. Tenho dívidas normais de negócios, compensadas por receitas, de acordo com o plano-mestre.

— Que plano-mestre?

— Para Pinnacle Peak Homes em Puma Wells, é claro — disse Keefer. — Um dos dez melhores condomínios do ano, segundo a revista *Valley*, caso esteja interessado nos fatos.

Naquele momento, um cheiro de gato veio para cima de mim, o suficiente para me deixar tonto. Olhei para cima e vi Prince em uma varanda, acima da porta da frente. E com o que ele estava brincando? Um pássaro morto? Nojento esse tipo de comportamento, completamente inimaginável para mim; além do mais, eu nunca pegara um pássaro em toda a minha vida. Por quê?

— E quanto a seus outros investimentos? — continuou Bernie.

— Que outros investimentos?

— Na indústria cinematográfica, talvez.

— Não entendi.

— Não tem participação em nenhuma sala de cinema? Em Vegas, por exemplo?

Keefer pareceu desinflar mais um pouco.

— Não está fazendo sentido.

— Tenho até um cinema específico em mente — disse Bernie. — O Golden Palm.

O rosto de Keefer ficou todo ossudo, me lembrando de uma investigação que fizéramos uma vez na casa de um senhor, algo sobre uma fraude num jogo de canastra, os detalhes jamais claros na minha cabeça.

— O que você está dizendo?

— Só estou fazendo uma pergunta: você é um dos proprietários do cinema Golden Palm?

— Uma pergunta ridícula, e a resposta é não. Eu nunca nem tinha ouvido falar no lugar até a polícia telefonar.

— Alguma ideia de quem é o dono?

Keefer se inclinou um pouco, como se atingido por uma forte rajada.

— Como eu saberia disso?

— Só estou perguntando — disse Bernie. — Estou tentando encontrar sua filha.

— Qual é o seu problema? — perguntou Keefer. Ele inflava de novo, o rosto corado. Eu realmente não o entendia. — Você é burro? Está fora da porcaria do caso. Não existe porcaria de caso nenhum; ela foi embora para botar as ideias no lugar, e agora está voltando. Você ouviu a ligação, não ouviu? Não entende a língua? Não precisamos dos seus serviços. Recebeu seu dinheiro, muito mais do que merecia. Agora, suma. — Keefer, todo corado e inflado, ainda não levantara a voz, mantendo-a baixa e cruel, o que de certa forma era ainda pior. Bernie, burro? Essa era nova. Abaixo da bainha do roupão, Keefer era um daqueles caras com panturrilhas magricelas, sem muita carne para os dentes, mas eu me preparei.

— Eu ouvi a fita — disse Bernie. — Por que você não ouviu?

— Hein?

— Se eu fosse o pai, teria dirigido até a casa de Cynthia imediatamente e ouvido a fita eu mesmo.

— Mas você não é, graças a Deus. Cynthia me passou um relatório completo.

— É uma explicação. Não me convence, parece um pouco indiferente.

— Indiferente? Olhe só quem fala. Você não faz ideia de como é. — Bernie pareceu se desanimar um pouco. Será que Keefer acertara algum ponto fraco? Eu não sabia. — Você é um filho da puta, sabia disso?

— Talvez — disse Bernie. — Então aqui está a teoria do filho da puta. Você não precisava ouvir a ligação porque já sabia o que dizia.

— Você é louco — falou Keefer. — Acha que Madison e eu estamos em algum conluio?

— Essa seria a melhor alternativa — afirmou Bernie.

Houve uma pausa, talvez para que Keefer absorvesse as palavras de Bernie. Eu não absorvi nada, mantive meus olhos nas panturrilhas magricelas de Keefer, vi quando se tencionaram. Olhei rápido para cima: Keefer tentou dar um soco em Bernie, que quase não se moveu, só mexeu um pouco a cabeça. O punho de Keefer perdeu o alvo. Naquele momento eu mergulhei, avancei em uma das suas pernas, acabei mordendo só ar. Por quê? Porque Bernie já havia agarrado Keefer e o tirado do chão, empurrando suas costas contra a porta.

— Qual é a situação real, Damon? Explique.

— Me largue.

— Primeiro, a verdade.

— A verdade está naquela fita. Não sei mais do que você. — Keefer começou a chorar, lágrimas gordas e até alguns soluços, uma cena nojenta para mim e provavelmente para Bernie também. Ele o largou. Os pés dele atingiram o chão. Cambaleou, quase caiu. Uma pena voou para baixo vinda da varanda.

Bernie ficou observando a cena. Keefer desviou o olhar, secou as lágrimas com a manga do roupão.

— Última chance de passar para o lado certo, Damon — avisou Bernie. — O que o fez pensar que eu havia morrido em um acidente? Não tenha pressa, há muita coisa em jogo na sua resposta, quer saiba disso ou não.

Eu fui parar ao lado de Bernie. Não tinha ideia do que ele estava falando, mas reconhecia autoridade quando a via.

A boca de Keefer abriu, fechou, abriu de novo. Ele passou a língua pelos lábios e falou:

— Recebi um telefonema anônimo. — Na varanda, Prince lambia uma pata com sua linguinha pontuda.

Nos viramos e fomos embora. Keefer estava do lado errado. Eu sabia disso desde a primeira vez em que senti seu cheiro, é claro. Às vezes eu sabia mais que Bernie, sendo ele a autoridade ou não.

VINTE E SETE

Nixon Panero era uma de nossas melhores fontes, o que parecia meio estranho, porque o havíamos posto na cadeia por um ou dois anos. Ele tinha uma oficina mecânica, vizinha de uma longa fila de outras oficinas mecânicas, em uma parte plana e sem árvores da cidade, onde se viam caras parados em cada esquina, cheios de más intenções. Meu velho amigo Spike estava largado — esparramado, na verdade, com as patas abertas para fora — perto do portão quando chegamos de carro. Ele me viu e levantou o rabo. Spike era um cara de aparência assustadora, parte rottweiler, parte pitbull, parte desconhecida, e já tinha se envolvido em muitas brigas, até comigo, na noite em que prendêramos Nixon. Mas ele estava melhorando agora, parecia menos beligerante, seu rosto de guerreiro abrandando.

Nixon estava sentado em uma cadeira no pátio, observando um de seus mecânicos pintar o desenho de chamas com um spray em um para-lamas preto. O ar se encheu de cheiros de tinta, doces e acres ao mesmo tempo.

— Ei, meninos, há quanto tempo — falou Nixon. — Onde está o Porsche?

Bernie balançou a cabeça.

— Finalmente o deixou na mão, não é? — perguntou Nixon, parecendo feliz com isso. Os olhos dele eram juntos demais, até mesmo para um humano, uma visão perturbadora para mim.

— Algo assim.

Nixon cuspiu no chão de terra.

— Posso lhe arrumar outro, até mais acabado.

— É? Quanto?

— Ainda não tenho. Só estou dizendo que a possibilidade existe.

Ou algo assim. Eu não estava realmente ouvindo, porque Nixon mascava tabaco, o que tornava seu cuspe bem interessante. Eu me aproximei e farejei a terra onde o cuspe havia caído. O cheiro era igual ao hálito de Bernie pela manhã, caso ele tivesse fumado na noite anterior e ainda não houvesse escovado os dentes, porém mais forte, com um certo amargor. Normalmente, em um momento como este, eu daria uma ou duas lambidas experimentais. Não desta vez, amigo.

— Suponha — disse Bernie — que um cara precisasse de algum dinheiro emprestado.

— Não precisa. Nós dois, eu e você, nós temos uma história. — Nixon começou a rir, uma risada que durou tempo demais, ficou meio louca, terminou em soluços e outra cusparada, que caiu ali perto. — Pode me pagar por semana, por mês, tanto faz.

— Estou falando em centenas de milhares — disse Bernie. — Talvez até mais.

— Por um Porsche de 30 anos de idade?

— Isso não tem a ver com o Porsche. — Bernie puxou uma lata de lixo virada para baixo e sentou; eu também sentei. — É sobre um empreiteiro metido em um grande projeto cujo crédito foi cortado pelos bancos e que não tem outros recursos, não que eu saiba.

— Não estamos falando de você?

— Eu pareço um empreiteiro?

Os olhos juntos de Nixon examinaram Bernie.

— Talvez com um banho, um corte de cabelo, sapatos novos. Sapatos dizem tudo, Bernie, não acredito que você ainda não sabe disso a essa altura. — Ele abriu uma lata achatada, enfiou mais uma porção de tabaco na boca. — Então esse empreiteiro vai procurar dinheiro nas ruas?

— Essa é a minha teoria — disse Bernie — Quero encontrar quem emprestou, quem quer que seja.

A segunda cusparada foi maior que a primeira e tinha um cheiro mais forte ainda. Fui até ela e abaixava a cabeça para dar outra cheirada quando algo bateu em mim por trás. Lá estava Spike. Ele me deu outro empurrão, para longe da cusparada, e deu uma cheirada ele mesmo. Eu o empurrei de volta, mal o tirei do lugar — Spike era muito pesado, e ainda forte. Mas era a minha vez com o cuspe, então o empurrei de novo, mais forte dessa vez. Spike me encarou, mostrou os dentes, todos amarelos e marrons agora, e rosnou. Eu mostrei os meus dentes e rosnei de volta.

— Ei, parem com isso — falou Nixon.

O quê? Spike estava mesmo parando só porque Nixon mandou? Spike andou em círculo e deitou-se à sombra do reboque de Nixon, seu rosto branco muito mais visível que o resto do corpo; por algum motivo, isso me deixava triste. Eu me afastei do cuspe.

— Pinte mais laranja nessas chamas — disse Nixon. — Mostre a que veio. — O pintor assentiu, pulverizou mais laranja. Nixon se virou para Bernie: — Esse seu empreiteiro tem nome?

— Damon Keefer.

— Não conheço. Ele deve a algum agiota na base de um milhão?

— Estou chutando a quantia — disse Bernie. Nixon coçou a cabeça. A minha começou a coçar imediatamente, então eu a cocei, primeiro com uma pata dianteira, depois mais forte com uma traseira, o que sempre funcionava.

— Uma grana séria — disse Nixon. — Meio que restringe a lista. — Ele pegou um cotoco com lápis e um caderno de espiral encardido do bolso da camisa e começou a escrever. — Temos os irmãos Spirelli em Modena. — Ele lambeu o lápis, de repente, eu também queria lambê-lo, muito. — Temos Albie Rose, mas dizem que ele está prestes a se aposentar, talvez não fosse querer mexer com algo assim. Conhece Albie?

— Já ouvi falar nele — respondeu Bernie.

— Foi casado oito vezes.

— Não sabia disso.

— Todas eram dançarinas de Vegas, três chamadas Tiffany.

— Vegas não para de aparecer neste caso.

— Então talvez deva tentar Albie. Ele tem alguns negócios em Vegas.

— Alguma chance de ter uma sala de cinema lá?

— Eu não duvidaria, ele faz o tipo culto.

Bernie deu uma olhada para Nixon.

— Um intelectual, é o que eu estou dizendo — completou Nixon.

— Já ouvi falar nele — disse Bernie. — Mais alguém?

Nixon franziu o cenho. Alguns humanos faziam isso quando tentavam colocar um pensamento para fora; eu gostaria que não fizessem.

— Há Marcellus Clay em Sunshine City, meio diversificado atualmente: imigrantes, cocaína, roubo de identidade, mas ele sempre tem dinheiro nas ruas. — Nixon abriu os olhos, piscou algumas vezes, escreveu no caderno, enfiou o lápis atrás da orelha. Será que havia algum jeito de pegá-lo? — Essa é a lista. — Nixon arrancou uma folha de papel, entregou-a a Bernie.

— Algum russo?

— Não conheço nenhum russo — falou Nixon. — Não conheço e não quero conhecer. Começo a procurar Porsches velhos?

— Depende do preço.

— Dinheiro, dinheiro, dinheiro. Estou me metendo, eu sei, mas talvez devesse aumentar seus honorários.

— Vou pensar a respeito — disse Bernie.

Por favor, pense. Neste momento estávamos cobrando zero. Que espécie de plano de negócios era esse?

Albie Rose morava na maior casa que eu já vira, parecia mais um palácio, cercada por muros altos. Um cara de ombros largos e uma arma no quadril nos guiou por um vasto gramado até uma enorme piscina. Em uma espreguiçadeira perto da piscina encontrava-se um velho gordo, vestindo uma sunga minúscula. Sua pele estava coberta de óleo e era muito bronzeada, quase a mesma cor e textura de um peru que Leda deixara tempo demais no forno em um Dia de Ação de Graças. Tentei não olhar.

— Sr. Rose? — disse o cara com a arma.

O velho abriu os olhos, olhos duros dos quais eu não gostei nem um pouco.

— Você é Bernie Little? — perguntou ele.

Bernie assentiu.

Albie Rose dispensou com um gesto o cara com a arma. Ele andou até o outro lado da piscina e ficou de pé perto do trampolim, provavelmente sentindo muito calor em sua roupa toda preta. Eu mesmo estava com bastante calor; a piscina parecia convidativa.

— Eu dei uma investigada — disse Albie Rose, ainda deitado de costas. — Você tem uma reputação interessante.

Bernie assentiu de novo.

Albie Rose deu uma olhada para mim.

— Não é um desses treinados para ataque, é?

— Não, treinado não.

Um desses? Eu era um "esse"? Cheguei um pouco mais perto da borda da piscina.

— Não gosto de violência — disse Albie Rose.

— Eu também não, Sr. Rose.

— Me chame de Albie. Só minhas mulheres me chamam de Sr. Rose. Mas, quanto à violência, às vezes não há outra saída, estou certo, Foster?

— Sim, senhor — disse o homem com a arma.

— Tenho certeza de que esta não é uma dessas vezes — garantiu Bernie.

— Sente-se — convidou Albie.

Bernie puxou outra espreguiçadeira, sentou-se na ponta.

— Soube que você é uma espécie de financista.

— Não uma espécie de — falou Albie. — Quanto está querendo?

— Nada — disse Bernie. — Só estou tentando descobrir como o negócio funciona.

— Por quê?

— Para atender melhor minha clientela — explicou Bernie.

Albie olhou longamente para Bernie, então se sentou.

— Foster — chamou. Foster veio, levantou o encosto da espreguiçadeira de Albie Rose, voltou para seu posto ao lado do trampolim. O velho enxugou um pouco de suor do peito flácido, o sacudiu com a beira da mão. Cheirava como um queijo velho que Bernie trouxera para casa uma vez. Por alguns momentos não consegui sentir cheiro de nada além de queijo velho, saindo de Albie em ondas. — Continue.

— Suponha que alguém lhe pedisse dinheiro, 500 mil, só para chutar uma quantia. O que acontece em seguida?

— Eu digo sim ou não.

— Baseado em quê?

— Pode ser qualquer coisa.

— Como?

Albie deu de ombros.

— Não me olha nos olhos, ou me olha demais nos olhos. Um chorão; não empresto para chorões. Ou não está usando gravata.

— Não está usando gravata?

— Vem me pedir dinheiro, use uma gravata. Eu sou antiquado.

— E quanto ao propósito do empréstimo, é um fator relevante?

— Propósito do empréstimo?

— Para que é o dinheiro.

— Sobrevivência — disse Albie. — Eles me procuram para sobreviver. É sempre a mesma coisa.

— Suponha que diga sim para os 500 mil, e o devedor acabe sendo lento em fazer os pagamentos.

— Isso seria estressante — disse Albie. — Eu não me envolvo. Lidar com o estresse é com o Foster.

Foster permaneceu imóvel perto do trampolim.

— Qual é a abordagem dele?

— Foster já foi um jogador de beisebol promissor — explicou Albie — Convocado na sexta rodada pelos Dodgers. Ele ainda tem seu taco.

— Louisville Slugger — interveio Foster. Seu tom de voz era normal, mas chegou ao outro lado da piscina.

— Eu tive um desses — disse Bernie. — Alguma situação estressante recentemente?

— Não — falou Albie. — Não temos nenhuma há anos. Um homem com o talento de Foster... a notícia se espalha.

Foster fez uma pequena reverência.

— É mais a filosofia que mantém as coisas tranquilas, chefe — disse ele. — Não se incomoda que eu diga?

— Filosofia? — questionou Bernie.

— Em seis palavras : Lide só com negócios em dinheiro.

— Por exemplo?

— Dentistas — disse Albie. — Eu adoro dentistas. Ganham bem, procuram investimentos, sempre escolhem errado, se endividam.

— E quanto a empreiteiros? — perguntou Bernie.

— Não chego nem perto.

— Por que não?

— O que eu acabei de dizer: negócios em dinheiro. Empreiteiros não têm nenhum fluxo de caixa. Sonhadores, claro, eu conto com os sonhadores, mas qual é a única coisa que eles devem ter além de seus enormes sonhos idiotas?

— Fluxo de caixa — falou Bernie.

— Agora você está entendendo — disse Albie. — Não vou cobrar pela aula.

Bernie deu um de seus acenos de cabeça que podiam significar qualquer coisa. Os olhos duros de Albie o observaram com atenção.

— Eu também tenho uma pergunta. Que empreiteiro está lhe pagando?

— Não estou trabalhando para nenhum empreiteiro — explicou Bernie. — Há um envolvido no caso.

— Nome?

— Damon Keefer. Ele está construindo um condomínio grande em Puma Wells.

— Puma Wells — repetiu Albie. — Minha mulher, bem, uma delas, Tiffany, talvez, ou a outra Tiffany, a que tem peitos, ela costumava cavalgar por lá, cavalgava quilômetros, nada além de território selvagem. Pensa em coisas assim, de vez em quando?

— Todo dia — afirmou Bernie.

Albie assentiu.

— Há sonhadores demais. É isso que está errado com o sonho americano. Quanto ao seu sujeito, nunca ouvi falar nele.

Bem lá no fundo da piscina, vi um anel brilhante, de plástico ou borracha, um daqueles brinquedos de piscina. Já mencionei que eu mergulho muito bem?

— Todos os seus concorrentes são como você? Filosoficamente, quero dizer.

— Que concorrentes?

— Os irmãos Spirelli, Marcellus Clay.

— Os irmãos Spirelli? Marcellus Clay? Agora está me insultando.

— Não intencionalmente — falou Bernie. — Mas eles fariam negócios com um empreiteiro?

— Os Spirelli, nunca. Não é aí que eles erram. Marcellus Clay é capaz de qualquer coisa.

Bernie se levantou.

— Obrigado pelo seu tempo.

— Vai para Sunshine City? Eu ficaria... Ei! O que diabos ele está fazendo dentro da piscina?

Bernie olhou para mim.

— Nadando cachorrinho. É a única forma de nadar que ele conhece.

A conversa pode ter continuado, mas eu perdi, não ouvia nada além das bolhas passando pelas minhas orelhas enquanto eu mergulhava na deliciosa água fria e abocanhava o anel brilhante. Borracha: eu dei uma boa mordida e nadei — nadar é como correr rápido, só que na água, nada demais — até a superfície.

Albie ria de algo que Bernie devia ter dito.

— Você é um cara engraçado — disse ele. — Caras engraçados são inteligentes. Eu gosto de tê-los por perto, se é que me entende.

— Eu tenho um emprego — retrucou Bernie.

— Esse cachorro também é meio engraçado. Como ele se chama?

— Chet.

— Bom nome. Quanto quer por ele?

— Você também é engraçado — disse Bernie.

Eu saí da piscina, me sacudi, água se espalhando para todo canto, a melhor parte de nadar.

— Largue — ordenou Bernie.

Ah, eu tinha que largar mesmo?

— Ele pode levar — disse Albie.

Larguei o anel brilhante de borracha ao lado da piscina. Albie ficou olhando para ele por um momento, depois olhou para mim, e finalmente para Bernie.

— Talvez haja mais um cara — lembrou ele. — É meio que um recém-chegado, não o conheço. O nome é Gulagov.

Gulagov? Eu lati, alto e forte. Ninguém pareceu ouvir. Tentei de novo.

— Ele quer aquele brinquedo — disse Albie.

— Ele tem muitos brinquedos.

O brinquedo? Eu não estava latindo pelo brinquedo. Esse era o tipo de situação em que os humanos soltavam um suspiro de frustração, mas os meus suspiros eram todos de satisfação, então não tinha jeito.

— Russo? — perguntou Bernie.

— Temos russos agora. O mundo inteiro está vindo para o Valley, caso não saiba.

— Eu sei — disse Bernie.

— Eu podia usar alguém como você — sugeriu Albie.

— Não, obrigado.

Começamos a sair.

— Noventa mil dólares para começar, mais benefícios e um belo bônus de Natal — gritou Albie. — Pense a respeito.

Pela expressão no rosto de Bernie, soube que ele não ia pensar. Eu também não, apesar do caos das nossas finanças. Vir trabalhar todo dia e ver Albie naquela sunga minúscula? Mais o cheiro constante de queijo? Não contem comigo.

VINTE E OITO

Voltamos ao escritório, um quartinho ao lado do de Charlie, na parte da casa que dava de frente para a cerca do velho Heydrich. Havia uma cesta de blocos infantis em um canto — o quarto tinha sido planejado para uma irmã ou um irmão que nunca chegou: às vezes eu mesmo brincava com os blocos. O resto do escritório era na maior parte os livros de Bernie — em prateleiras, em pilhas aqui e ali, às vezes espalhados pelo chão —; a mesa, com telefone e computador; as duas cadeiras para clientes e um belo tapete macio com estampa de elefantes de circo, — meu cubículo, só que sem paredes. Muito aconchegante, apesar de só a ideia de elefantes já me deixar nervoso.

— Conexões russas, Chet — falou Bernie, digitando como um louco.

Deitei de barriga para baixo no tapete de elefante, patas dianteiras esticadas para a frente, mastigando um ossinho de couro, minha mente flutuando em direção às Costelas de Memphis do Max. Aqueles cupons de pague um, leve dois — eu esperava que Bernie se lembrasse deles.

Ele se levantou, foi até o quadro branco pendurado na parede.

— Vamos começar com Anatoly Bulganin — disse ele, escrevendo no quadro. — Então, tem a faca, fabricada em Zlatoust. — Ele desenhou uma faca, não muito bem. — Mais a Srta. Larapova, que subitamente, depois da nossa visita, deixou de trabalhar no escritório da Pinnacle Peak. — Ele desenhou uma mulher com uma raquete de tênis, também não muito bem. — O que eu estou deixando de fora? Ah, é: Cleon Maxwell, identidade roubada por gângsteres russos. — Mais desenhos. Isso era para ser um porco? Por favor, não se esqueça daqueles cupons, Bernie, é só o que eu peço. — E agora temos um agiota russo, de nome Gulagov. — Bernie fez uma marca esquisita no quadro, uma marca que eu vira com frequência e poderia ser o sinal para dinheiro, e ao lado acrescentou uma espécie de gancho com um ponto redondo embaixo.

Ele voltou para a mesa, começou a digitar de novo.

— Anatoly Bulganin, projecionista em Las Vegas, por acaso tirou a foto de Madison que parecia mostrar que ela estava livre, mais uma adolescente fugitiva. *Por acaso* tirou a foto que *parecia* mostrar — vê aonde eu quero chegar com isso, Chet?

Qual era a pergunta? Parecia mostrar, blá-blá-blá. Uma coisa a respeito do dito dom da fala: com muita frequência não parava nunca. Além do mais, eu já sabia muito bem que Maddy não era uma fugitiva, praticamente desde o começo. Bernie, depressa com isso.

Plec, plec, plec.

— Por que não voltamos à pergunta que surgiu com Albie Rose: quem é o dono do cinema Golden Palm?

Ah, claro, e que tal perguntar onde eles compram a pipoca, enquanto estamos ali? Não sou muito fã de pipoca: é ar, na maior parte, a não ser por aqueles grãos que não estouram e que ficam presos entre os dentes, às vezes por dias. Mesmo agora eu sentia uma coisinha presa lá atrás. Quando era minha próxima visita ao petshop? A moça sempre escovava os meus dentes, uma das coisas que mais gosto de fazer no mundo inteiro. Enfiei o meu ossinho de couro bem no fundo da boca, manobrei-o por todo canto, tentando me livrar do que quer que fosse que estava me incomodando.

Plec, plec.

— Aí está, Chet: parece que o cinema Golden Palm é de propriedade do Grupo de Investimentos Ambientais Rasputin. Entendeu? Rasputin!

Eu não entendi.

— Escolha interessante. — Ele desenhou um homem barbudo com aparência selvagem no quadro branco. — Por que não Tchekhov ou Tchaikovsky ou qualquer um dos vários...

O telefone tocou e Bernie atendeu.

— Agência de Detetives Little — disse ele. Veio uma pausa e, em uma voz muito diferente, ele continuou: — Charlie. Oi. Desde quando você dá telefonemas? — Ele ouviu e riu: estava sentado para a frente agora, segurando o telefone nas duas mãos. — É, esse botão é o de discagem rápida. — Escutou mais, aí: Não há um botão de discagem lenta... Por que não há um botão de discagem lenta? Boa pergunta, Charlie. É pelo mesmo motivo pelo qual não existem formigas gigantes: quem é que precisa delas? — Eu não fazia ideia do que Bernie estava falando, mas ouvi a risadinha de Charlie do outro lado. Eu mesmo era muito bom em fazer Charlie rir; lamber seu rosto funcionava sempre. A risada das crianças humanas nunca era demais. — Agora, você sabe que pode ligar sempre que... Charlie? Você ainda... — baixinho, Bernie falou: — Tchau. — E desligou. Ele ficou olhando pela janela. Às vezes Bernie tinha um olhar vazio. Como agora. O que ele via em momentos como esse? Eu não sabia. Depois de algum tempo, ele girou sua cadeira e olhou para mim.

— Temos que encontrar a garota, Chet. Temos que encontrá-la logo.

Ele voltou para o computador e digitou sem parar, às vezes levantando e acrescentando algo novo ao quadro branco. Eu fechei os olhos, o sono a caminho. Eu tirara alguns cochilos adoráveis no tapete de elefante, macio, mas de uma textura irregular que era muito boa. Sono a caminho, mas por alguma razão ele não chegou, não completamente. Por mim, tudo bem. Um estado muito agradável de semiadormecimento recaiu sobre o tapete de elefante, e nada conseguiu penetrá-lo além da voz de Bernie e daquele plec-plec, ambos baixos e distantes.

— Russos — falou ele. E mais tarde: — Ambientalista Rasputin... o que mais eles têm, eu fico imaginando — plec, plec. — E Keefer fede, não há dúvida disso.

Eu não podia concordar mais — ele fedia àquele gato horrível, Prince; um pouco surpreendente que Bernie tenha sentido, odores eram o meu departamento, apesar de às vezes nossas funções se sobreporem —, mas eu não tinha energia no momento para bater meu rabo em concordância.

— Padrões, padrões... Primeiro a visão do lado de fora do Golden Palm, aí o telefonema. As duas coisas foram armadas, é claro, e não só isso, mas Maddy tentou nos dar a dica — que garota! Então eles sentiram a pressão. Tem que ser a nossa pressão, garoto, devemos estar chegando perto, nossas ações influenciam as deles. Meio como o princípio da incerteza de Heisenberg, Chet: o simples fato de realizar a experiência influencia o seu resultado, então nunca podemos ter certeza dele. Que tal essa ironia? Mesmo se... ou será que era Max Planck? — Ele ficou resmungando por algum tempo. Às vezes, como agora, eu ficava ansioso com o fato de Bernie saber um pouco demais sobre tudo. Talvez se ele ficasse só no básico, como as nossas finanças e aqueles cupons pague um leve dois do Costelas de Memphis do Max, nós estivéssemos melhor.

Plec plec.

— Gulagov. Ele nos disse o primeiro nome? Eis um: Dmitri. E Yevgeny... Anton... Ruslan... alguma chance de um deles ter ligações com a Investimentos Rasputin, o que o ligaria à armação do Golden Palm e então...

A campainha tocou. Bernie se levantou para atender. Eu também me levantei, afastando a lerdeza rapidinho — tudo na porta era uma questão de segurança, meu assunto. Nós abrimos a porta e, surpresa! Era Janie. A moça que cuidava de mim, a melhor em todo o Valley. Ela tinha um ótimo negócio com um ótimo plano de negócios: "Serviço de Tratamento de Animais da Janie — Nós Buscamos e Levamos em Casa". E ali, bem na frente, estava a sua caminhonete, prateada e brilhando ao sol.

— Tudo pronto — disse ela. Era uma mulher forte, de rosto largo, mãos grandes e unhas sujas. Eu adorava Janie.

— Tínhamos hora marcada para hoje? — perguntou Bernie.

Janie pegou um aparelho com uma telinha, segurou para que Bernie visse.

— Acho que esqueci — disse ele.

— Quer deixar para outra vez?

— Não. Parece que ele quer ir.

Eu voltei a ficar de quatro.

— Eu o trago de volta em duas horas. — Incrível, vocês podem dizer, como eu acabara de pensar em uma bela sessão de limpeza e agora aqui estávamos nós. Mas esse tipo de coisa acontece comigo o tempo inteiro.

— Chet, calma aí, garotão — disse Janie no caminho para a caminhonete. Ela era quase tão alta quanto Bernie e eu tinha que pular bem alto para lamber seu rosto, mas eu conseguia fazer isso, sem problema. Ela riu, como Charlie, uma risadinha aguda, meio estranha em uma mulher do seu tamanho. Mas soava ótima para mim. Essa vida não era boa? Eu mal podia esperar pela escova de dentes.

* * *

Janie tinha uma lojinha bacana em um shopping não muito longe. Primeiro vinha a sala da banheira, praticamente uma grande tina de aço cheia de espuma de sabão. Janie esfregou e esfregou. Eu me empurrei contra a escova; queria poder explicar o quanto era gostoso.

— Por onde você andou, Chet? Trouxe o deserto todo junto.

Pensei no rancho do Sr. Gulagov e em me arrastar pela horrível mina velha, mas por pouco tempo — não ia querer estragar uma visita a Janie com coisas assim.

Passamos para o chuveiro, uma tina de aço menor, onde toda a espuma era enxaguada. Janie pulou para trás bem na hora, quase sem se molhar quando me sacudi — nos conhecíamos bem. Pulei sozinho para fora da tina, corri para a sala de secar, rolei de costas.

Janie riu de novo.

— Na mosca, não é, Chet?

O que quer que isso signifique. Vamos em frente. Eu gostava da parte de secar, primeiro sendo esfregado com toalhas, mas gostava ainda mais quando o secador de cabelo aparecia e Janie o passava para cima e para baixo, ao mesmo tempo usando um pente grande e duro no meu pelo, puxando-o bem devagar, devagar, devagar. Ah, êxtase. Será que Janie tinha cupons "pague um, leve dois"?

— Parece que você precisa de uma tosa.

Pode tosar.

Janie pegou a tesoura e tosou um pouco. Depois, cortou e poliu as minhas unhas. E aí, finalmente, a escova de dentes. Janie sempre cantava uma canção enquanto escovava meus dentes.

"*Escove os dentes com Colgate*
Pasta de dentes Colgate
Limpa seu hálito
Que pasta
Enquanto limpa seus dentes."

Eu adorava aquela música, uma das minhas favoritas. Ergui a cabeça e fiz um pouco daquele vocal de woo-woo-woo que aprendi ao lado da fogueira. Janie riu, seus olhos brilhando, e me fez um afago. Alguns humanos tinham uma queda por nós, outros não; Janie era do primeiro tipo. Afago, afago, então o riso foi sumindo e a mão dela diminuiu de velocidade em algum ponto no meio das minhas costas, apalpou, mudou de lugar, voltou, apalpou mais um pouco.

— Está com um caroço aqui, Chet?

Não que eu soubesse. Caroço? O que era isso, mesmo? Algo que Janie podia tirar com o pente? Eu esperei que ela pegasse o pente de novo, mas ela não pegou. Caroço. Pensei em um bandido chamado Flanagan Encaroçado que pegamos uma vez, mas não pensei nele por muito tempo — um brutamontes feio, dentuço e sem queixo —, e logo me esqueci da história toda.

— Muito bem, Chet, acabamos.

Janie e eu fomos para o estacionamento, entramos na caminhonete. Eu me sentia ótimo. Uma fêmea do meu tipo que estava passando na rua teve que ser puxada para longe pela coleira. Quem podia culpá-la?

Subimos a Mesquite Road de carro e estacionamos na entrada da garagem, atrás da van. Janie me deixou sair por trás — eu não andava no banco da frente da caminhonete dela, algo a ver com o seguro. Seguro era uma daquelas coisas que eu não entendia, só sabia que os humanos se preocupavam demais com isso e que não tínhamos muito, eu e Bernie, por causa das nossas finanças. Olhei para a porta da casa ao lado e lá estava Iggy na janela. Ele também me viu e começou a latir, um yip-yip-yip rascante que não parava. Eu soltei um latido também, só para dizer oi. Os latidos dele ficaram mais enlouquecidos; ele pulou para cima e para baixo, correu de um lado para o outro atrás da janela.

— Seu amigo está tentando dizer alguma coisa — falou Janie. Ela bateu na porta.

Nenhuma resposta.

Ela apertou o botão que tocava a campainha. Nenhuma resposta, mas a campainha nem sempre funcionava, um problema com um fusível. Trocá-lo estava na lista. Bernie tinha uma lista na gaveta de baixo da mesa, acrescentava algo de tempos em tempos; o bourbon frequentemente saía do armário depois de uma sessão com a lista.

Janie bateu novamente, mais forte. Iggy ainda latia. Janie gritou.

— Bernie?

Ela subiu o tom da voz e tentou de novo, batendo na porta, praticamente esmurrando-a com seu punho grande.

— Bernie? Bernie?

Ela ficou ouvindo, eu fiquei ouvindo. Janie olhou em volta.

— Onde está o Porsche? — disse ela. E então: — Ele deve ter dado uma saída.

Seu rosto se retraiu um pouco, um daqueles sinais de irritação humana. Ela botou a mão na maçaneta e girou. A porta abriu. Segurança ruim: mas esse era Bernie.

Janie olhou para dentro.

— Bernie? Bernie?

A casa estava em silêncio. Fui para o hall da frente, farejei o tênis de correr de Bernie, bebi um pouco de água de uma das minhas tigelas, peguei minha bolinha de apertar, apertei-a algumas vezes.

— Acho que ele deixou a porta destrancada para nós — falou Janie. — Acha que tem problema deixá-lo sozinho?

Eu apertei a bola para ela. É claro que não havia problema: eu morava aqui.

— Vou escrever um bilhete então, pedir para ele me ligar para falar do seu... — A voz dela parou no meio do que quer que fosse dizer. Isso frequentemente acontecia quando algum humano e eu estávamos a sós, me deixando com a sensação de que a conversa continuava em suas cabeças, nenhum silêncio, nunca. Aqui entre nós, e sem querer ofender, mas eu realmente não gostaria de ser humano.

Janie escreveu em um bloquinho de Post-it — Bernie costumava encher o escritório com eles antes de o quadro branco aparecer — e o colou na parte de dentro da porta.

— Muito bem, Chet. — Ela me fez um bom afago, macio e suave — Cuide-se. — Janie fechou a porta e foi embora. Ouvi sua caminhonete sendo ligada, e então o som foi sumindo. Iggy ainda latia.

Corri até a cozinha. Depois da limpeza eu ficava com fome, sendo ou não hora de comer. Imaginava se ele havia deixado alguma coisa na tigela do café da manhã — isso já havia acontecido, uma vez que fosse? —, quando senti o cheiro de estranhos. E não apenas de quaisquer estranhos, mas estranhos que cheiravam um pouco como beterrabas cozidas. Soltei um latido que ecoou pela casa, voltou para mim tão selvagem que me assustou. Lati de novo, mais alto. Corri de aposento em aposento, latindo o tempo inteiro, sentindo o pelo arrepiar nas minhas costas.

Tudo parecia normal: a cozinha, a tigela de comida vazia; a sala de jantar que nunca era usada; a sala de estar com a TV grande em que assistíamos filmes; o quarto grande, muito bagunçado, como sempre; o quarto de Charlie, um brinco, o que quer que isso significasse — eu havia me espetado com um brinco uma vez, não vi nada de legal nisso. Mas normal, essa era a questão, tudo normal. Aí fui para o escritório.

Algo estava errado: e não só o cheiro dos estranhos, de beterraba, de longe mais forte que em qualquer outro lugar da casa. O que era, o que estava errado? Corri em círculos, farejando e latindo. Levei um longo tempo, mas acabei vendo: no local onde o quadro branco sempre ficava pendurado na parede agora havia um espaço vazio, a tinta mais clara que no resto do aposento. Farejei um pouco mais, senti o cheiro de Bernie, é claro, mas quase suplantado pelos estranhos da beterraba.

Ah, não. Bernie tinha sumido.

Corri pela casa, latindo. Todas as portas estavam fechadas, todas as janelas também, com o ar finalmente ligado, agora que o calor de verdade estava chegando. Eu não podia sair! Bernie! Eu me joguei contra a porta da frente. Vira Bernie derrubar uma porta certa vez, mas a nossa não saiu do lugar, nem mesmo fez um estalido. Tentei de novo com toda a minha força. Isso só derrubou o bilhetinho de Janie no Post-it. Ele voou de lado e desapareceu atrás da lata de lixo.

Bernie!

VINTE E NOVE

Noite. Eu estava fora de mim. Corria pela casa, checando de novo todos os aposentos, parando apenas quando ouvia algo ou achava que ouvia algo e, se eu realmente ouvia algo, sempre acabava sendo um carro passando ou um avião alto no céu, ou Iggy latindo de novo. Pior, eu não fui capaz de me segurar, apesar de ter tentado muito, e acabei me humilhando ao lado da privada no banheiro do corredor.

Bernie. Onde está você? Algo ruim havia acontecido — eu sentia isso com muita convicção. Os estranhos da beterraba tinham vindo e agora Bernie sumira, e o quadro branco também. Bernie desaparecido — e talvez em perigo — e eu não podia sair, não podia encontrá-lo. Eu, encarregado da segurança. Eu me vi de volta à porta da frente, me jogando contra ela de novo e de novo, sem resultados. Bernie tinha falado sobre resultados há pouco tempo, enquanto trabalhávamos no escritório. O que ele dissera? Eu não fazia ideia. Lati, um latido selvagem que enchia a casa, mas não adiantava de nada. Então... o que era isso? Fiquei imóvel, as orelhas se empertigando.

Mas era só Iggy: yip yip yip. Nem lati de volta. O que o pobre Iggy podia fazer? Minha única esperança era... o quê? O que era? Aí eu soube: minha esperança era Bernie voltar, entrar pela porta. Talvez agora? Fiquei olhando a porta, não tirei os olhos, me preparei para pular em cima dele. A porta não abriu. Depois de algum tempo um carro subiu a rua, um carro barulhento que soava um pouco como o Porsche. Mas nós não tínhamos mais o Porsche, tínhamos? Eu ainda podia vê-lo voando para fora da estrada na montanha e pegando fogo na ravina lá embaixo. Era confuso. Poderia ser Bernie lá fora, de algum jeito dirigindo o Porsche? O carro barulhento continuou andando, o barulho do motor diminuindo, diminuindo, sumiu. Eu me levantei, comecei a arranhar a porta. Estava arranhando com tanta força que quase não ouvi o telefone tocando.

Corri pelo corredor até o escritório, fiquei na frente da mesa, observei o telefone tocar. Trim, trim, e então uma voz, uma voz que eu conhecia e da qual gostava.

— Bernie? É Suzie. Se estiver aí, por favor, atenda. Eu realmente gostaria de falar com você. Hum. Eu cometi um erro, Bernie, e só espero que, hum... Bem, me ligue se puder. Tchau.

Eu pulei, derrubei o telefone da mesa. A coisa toda — a base, o fone, os fios — despencou no chão, caindo atrás da mesa. E lá de baixo, eu ouvi Suzie.

— Bernie? Você está aí? É você?

Eu lati.

— Chet?

Eu lati mais vezes. Suzie! Suzie!

— Chet? Você está bem?

Continuei latindo. Depois de um ou dois segundos, houve um clique e mais nada. Eu me espremi debaixo da mesa, me inclinei na direção das luzes brilhantes do telefone. Outra mulher falou, não Suzie, uma voz pouco amiga, que não era fã do meu pessoal, dava para ver logo.

— Se quiser fazer uma ligação, por favor, desligue e tente novamente. — Eu lati para ela. — Se quiser fazer uma ligação, por favor, desligue e tente novamente. — Eu lati mais alto. Ela falou isso mais algumas vezes, para eu discar de novo, e eu fiquei cada vez mais zangado. Aí o telefone começou a fazer bip, rápido e agudo, machucando meus ouvidos. Eu cutuquei o telefone com a pata, mas ele continuou fazendo bip sem parar, insuportável.

Saí do escritório, comecei a correr pela casa de novo, uma casa escura, sem nenhuma luz acesa. Eu não conseguia me acalmar, não com aquele cheiro de beterraba no ar e o bip constante. Na lavanderia, encontrei uma velha sandália de couro do Bernie e a estraçalhei com os dentes. Lati um pouco mais, achei ter ouvido algo além do bip, fiquei imóvel. Era uma sirene? Sim, uma sirene, bem longe. Esperei que ela ficasse mais alta, mas ela continuou baixa e depois veio o silêncio, a não ser pelo bip e pelo Iggy uma ou duas vezes. Logo ele também ficou em silêncio. Pobre Iggy. Eu me levantei e arranhei a porta da frente de novo. O que mais podia fazer? Arranhei, sem chegar a lugar algum. Uma vaga lembrança me veio, a lembrança de um filme que tínhamos visto, talvez do Rin Tin Tin, onde Rinty abre uma maçaneta sozinho. Será que Bernie até havia dito "Devíamos aprender isso alguma hora"?

Mas não havíamos aprendido. Como o Rinty fez? Minhas patas dianteiras deslizaram pelo local onde eu arranhava a porta até se chocarem contra a maçaneta; ela brilhava de leve com a luz do poste mais para baixo no quarteirão. Mexi na maçaneta com a pata, primeiro com uma, depois a outra. Nada aconteceu. Maçanetas deviam girar; eu as vira girar várias vezes, mas essa não. Passei a pata de novo e de novo, cada vez mais rápido, ouvi um rosnado que me sobressaltou por um instante antes de perceber que era eu. Depois de algum tempo eu pus as quatro patas no chão, descansei um pouco. Estava prestes a me levantar e tentar de novo quando ouvi um carro na rua.

Ele chegou cada vez mais perto. Ouvi o rangido que os carros às vezes fazem quando param. Aí vieram um ou dois segundos de barulho de motor — será que eu reconhecia o som desse motor em particular? — e depois disso, silêncio. Mas só por um instante: uma porta de carro abriu e fechou e passos vieram pelo caminho. Será que eu reconhecia esses passos? Eu achava que sim.

Alguém bateu na porta.

— Bernie? Você está aí? — Era Suzie.

Eu lati.

— Chet?

A maçaneta girou. A porta se abriu. Lá estava Suzie, o rosto todo preocupado. Eu corri para fora, bem ao lado dela, dando voltas pelo jardim da frente. Uma brisa quente e seca estava soprando do cânion, trazendo muitos cheiros da cidade, graxa, alcatrão, exaustor de carro, especialmente exaustor de carro, mascarando o que eu precisava, beterrabas e Bernie. Finalmente eu achei um rastro de beterraba, o segui pelo jardim até depois das nossas árvores e para a rua, onde ele desapareceu.

— Chet? — chamou Suzie. — Talvez seja melhor você vir aqui. — Eu parei, olhei para ela. Suzie tinha acendido a luz da porta da frente. Seu rosto parecia pálido, seus olhos grandes e escuros. Ir? Eu me esqueci disso imediatamente, corri em círculos cada vez maiores em volta do lugar onde o cheiro de beterraba havia sumido, finalmente encontrando-o de novo. Agora ele me levava de volta para o outro lado do jardim, não para depois das árvores desta vez, mas em volta delas e pelo beco estreito ao lado da casa, a cerca do velho Heydrich do lado oposto. Uma leve corrente de Bernie se misturou. Eu já falei sobre o cheiro dele? Um cheiro muito bom, meu segundo favorito, na verdade — maçãs, bourbon, sal e pimenta. Beterrabas e Bernie: o rastro de cheiros misturados me levou para a janela do escritório e acabou bem ali.

— Chet? — Suzie apareceu do meu lado. — Qual é o problema?

Eu farejei em volta, encontrei um rastro do cheiro entorpecente das hidrográficas que Bernie usava no quadro branco, mas Suzie deu um passo na minha frente e o cheiro dela — sabonete e limões — o obliterou.

— Vamos, Chet — disse ela — Vamos entrar.

Eu não queria entrar; eu queria encontrar Bernie, só isso. Quando dei por mim, estava correndo de volta para a rua, onde o cheiro havia sumido antes, e voltando para a janela do escritório.

— Chet? O que foi? O que está acontecendo? — Suzie colocou as mãos no batente da janela, empurrou. A janela escorregou. — Não está trancada. Isso é normal?

É claro que não. Nada era normal, não com Bernie desaparecido. Fiquei olhando para ela.

— Quanto tempo você ficou sozinho lá dentro?

Comecei a ofegar, só um pouco.

— Vamos pegar um pouco de água — disse Suzie. Ela fez um carinho entre as minhas orelhas. Andamos até a porta da frente e entramos. Suzie acendeu mais luzes. Bebi da tigela no hall da frente, de repente com muita sede, e então encontrei Suzie enquanto ela ia de aposento em aposento, olhando em volta, verificando os armários, até espiando debaixo das duas camas, de Charlie e de Bernie. No escritório, ela encontrou o telefone e a base no chão, botou tudo de volta em cima da mesa, e finalmente o barulho horrível de bip parou. Depois de uma pausa, Suzie pegou seu telefone celular e discou alguns números. Quase imediatamente um telefone começou a tocar, não o grande em cima da mesa, mas perto. Suzie abriu a gaveta de cima e tirou o celular de Bernie, fácil de identificar por causa da fita isolante em volta. O celular continuava tocando. Suzie apertou um botão e ouviu por alguns instantes; eu também ouvi a voz dele, algo sobre deixar um recado. Bernie estava ali? Eu não entendi. O celular com fita isolante estava aqui, o que queria dizer que ali era aqui. Máquinas eram ruins para os humanos, não há qualquer dúvida sobre isso na minha cabeça. Eu me arrastei para debaixo da mesa. Suzie falou:

— Se de alguma forma você receber este recado, Bernie, por favor me ligue. É Suzie. Estou na sua casa neste momento. A porta estava destrancada e acho que Chet ficou aqui sozinho por algum tempo. Portanto, se... Só ligue.

De debaixo da mesa eu podia ver Suzie levantando a persiana da janela e olhando para fora — até mesmo farejando o ar, o que os humanos faziam às vezes, apesar de não servir para nada, até onde eu sabia.

— Aconteceu alguma coisa aqui, Chet? O que você viu?

Nada, mas algo aconteceu, com certeza, algo ruim, tinha que ser ruim se aquelas pessoas com cheiro de beterraba, o Sr. Gulagov e seus...

O telefone tocou bem em cima da minha cabeça. Tocou e tocou, vibrando o tampo da mesa, e então veio uma voz que eu conhecia:

— Ei, Bernie, é Nixon Panero aqui. Talvez eu tenha uma reposição para o seu Porsche que foi destruído. Ligue para mim.

Clique.

— O Porsche foi destruído? Como assim? — Os olhos de Suzie estavam ainda maiores e mais escuros agora. — Não está mais andando? Bernie não está dirigindo por aí? — Eu circulei durante algum tempo, parei e lati na frente do lugar vazio onde antes estava pendurado o quadro branco. A Suzie olhou para mim. Eu podia senti-la pensando, pensando com esforço. — Vou chamar a polícia.

Nós esperamos na cozinha. Suzie despejou um pouco de ração na minha tigela, mas eu não comi. Não muito tempo depois, Rick Torres chegou, usando jeans, camiseta e sapatos de boliche — eu fora jogar boliche uma vez com Bernie, mas a coisa não acabou bem —, seguido por um policial de uniforme.

— Ei, Chet — disse Rick e me fez um carinho. Ele sorria, não parecia nem um pouco preocupado. Suzie começou a falar, muito rápido e complicado, difícil de entender. Ela levou os homens pela casa, de aposento em aposento. Eu segui. Entramos no escritório por último.

— Como explica a janela estar destrancada? — perguntou Suzie. — E a porta da frente também?

— A verdade — falou Rick. — É que Bernie pode ser imprevisível às vezes. — Um sorriso rápido passou pelo rosto do homem de uniforme.

— Eu não acho — discordou Suzie. — Nem um pouco. Acho que ele é extremamente confiável.

— Eu não poderia concordar mais. Em todas as coisas importantes. Mas de vez em quando, desde o divórcio, quero dizer, ele perde um pouco a linha.

— O que quer dizer?

— Como a noite no Red Onion, certo, Rick? — interveio o policial fardado. — Não foi a noite com aquela garota que tocava guitarra havaiana? A garota com gigantescos... — Rick fez um ligeiro gesto de cortar com a mão e o homem fardado ficou em silêncio.

— Independentemente de qualquer coisa — insistiu Suzie —, ele nunca deixaria o Chet sozinho dentro de casa por tanto tempo.

— Creio que isso já aconteceu uma ou duas vezes, na verdade — disse Rick. — Não foi, garotão?

A resposta era sim; mas eu perdoei Bernie, coisas assim aconteciam. Permaneci imóvel, sem entregar nada.

— Mesmo que isso seja verdade — falou Suzie—, do que eu duvido muito, por que ele não levaria o celular?

— Isso é fácil. Ele odeia celulares, odeia tecnologia em geral.

— Mas ele não está trabalhando em um caso? Suponha que recebesse um telefonema importante.

— Que caso? — perguntou Rick.

— Aquela garota desaparecida, Madison Chambliss.

Rick balançou a cabeça.

— Não há caso algum. A garota foi vista se divertindo em Vegas, também ligou para a mãe dizendo que volta logo para casa.

— Bernie sabe disso?

— Sabe. Se ele entendeu, é outra questão.

— Como assim?

— Bernie pode ser teimoso. Uma das coisas que o faz ser tão bom em seu trabalho, mas também o torna um problema às vezes.

Suzie deu uma olhada rápida para Rick, nada amigável.

— Talvez ele esteja trabalhando em outros casos — disse ela. — Acho que devemos olhar em seu computador.

— Atrás de quê?

— Alguma anotação que ele possa ter feito, algo que nos leve a ele.

— Nada disso.

— Por que não?

— Por que não? Porque ele pode entrar pela porta a qualquer segundo e eu não gostaria de ter que explicar por que estava bisbilhotando seus arquivos.

— Não é bisbilhotar. Só estamos tentando ajudar. E onde está seu laptop? Ele também não tem laptop?

— Provavelmente o levou. E Bernie não precisa de ajuda. Não para cuidar de si mesmo. Não sei o quanto você o conhece, mas Bernie é bem durão.

— Bernie?

— Acho que você não o viu em ação — afirmou Rick. Suzie só olhou para ele, não falou nada. — E ele só sumiu há... O quê? Uma questão de horas? Provavelmente está dedilhando uma guitarra havaiana enquanto conversamos.

— Ele não toca guitarra havaiana — disse Suzie.

— Na verdade, toca — falou Rick. — Ele é muito bom.

Melhor do que isso: ele era ótimo, apesar de eu não ouvi-lo tocar há muito tempo. Suzie e Rick olhavam um para o outro; o guarda fardado bocejou e eu também bocejei, apesar de não estar nem um pouco cansado.

— Eu vou ficar com o Chet — concluiu Suzie.

— Você é quem sabe — disse Rick. — Quando ele finalmente aparecer, diga-lhe que eu verifiquei aquela placa sobre a qual ele perguntou. Está registrada em nome de algum negócio de investimento ambiental — o pior dos piores.

Estávamos sozinhos na cozinha, eu e Suzie.

— Como é que ele toma café?

Na rua, Bernie comprava um copo de café em qualquer loja de conveniência, mas as coisas não eram tão simples em casa, com sacos de grãos no congelador, um moedor que só funcionava se não fosse apertado com força demais ou de menos e uma cafeteira que vazava se botássemos água demais nela. Suzie entendeu todo o sistema depois de algum tempo e o cheiro de café fresco — um dos meus preferidos, apesar de eu não gostar nada do gosto — encheu o ar. Ela sentou em frente à bancada, bebendo café, olhando para o vazio. De repente, verificou o relógio, me assustando um pouco, então virou-se para mim.

— Por que eu fui a L.A.? O que há de errado comigo?

Nada, que eu soubesse.

Ela serviu outra xícara.

— Não gostou da ração?

Não muito, era a resposta verdadeira. Filé, se estivesse disponível, era sempre a primeira opção, e havia muitas outras antes da ração. Fui até a minha tigela e abocanhei uma porção ou duas. Ainda fazia isso quando Suzie largou sua xícara em cima da bancada com força suficiente para que o café transbordasse. Ela enxugou com o cotovelo e disse:

— Não aguento isso, não fazer nada. — Levantou, andou até o escritório, eu logo atrás, e ligou o computador. Só que ele não ligou, a tela continuou preta. Suzie se abaixou, verificou a tomada, tentou o botão mais algumas vezes.

— Algo errado com o computador?

Como eu ia saber? Naquele momento, senti uma lufada — muito leve, quase que inexistente — do odor da hidrográfica que deixava a mente leve e que Bernie usava no quadro branco. Eu o segui, um rastro muito fraco, até a janela. Lati.

— Quer sair, Chet?

Eu queria.

Suzie me levou para fora pela porta da frente. Eu corri pelo lado da casa, pelo beco entre a nossa casa e a do velho Heydrich. Quase imediatamente, encontrei o cheiro da hidrográfica, o segui alguns passos além da janela do escritório até a mangueira de jardim enrolada, nunca usada por causa de problemas com a água. E ali, atrás da mangueira, em um pedaço iluminado pela janela do escritório estava um destroço pontiagudo, não muito grande, do quadro branco. O desenho de Bernie de um homem barbudo de aspecto selvagem em um canto e alguma coisa escrita embaixo. Peguei o pedaço do quadro branco e me virei.

— O que você tem aí, Chet? — perguntou Suzie, de pé perto de mim. Fui até ela, ofereci o pedaço. Ela o ergueu na luz — "Rasputin"? "Mina fantasma"? "S.V."? — Ela virou o pedaço nas mãos; nada atrás. — Rasputin? Mina fantasma? S.V.?

Mina fantasma? Eu lati. Lati um pouco mais. Da casa ao lado veio a voz zangada do velho Heydrich:

— Faça algo com esse cachorro. Maldição!

Eu rosnei. Será que eu precisava do velho Heydrich agora?

— Vamos lá, Chet — disse Suzie, a voz gentil.

Nós entramos. Suzie sentou à mesa do Bernie, olhando para os restos do quadro branco.

— S.V. — repetiu ela. — S.V. — Ela tentou o computador novamente, sem resultado. Tirou um canivete suíço de sua bolsa — havíamos dado um igualzinho para Charlie de aniversário, apesar de Leda não o deixou ficar com ele — e arrancou a parte de trás do computador. Ela olhou para a parte de dentro, que parecia vazia aos meus olhos. Era isso que havia nos computadores, interiores vazios?

— A placa-mãe não está aqui — disse Suzie. Completamente fora do meu território, o que quer que ela fosse. — E só consigo pensar em uma coisa que pode significar S.V. — Eu esperei. — Aquela cidade na qual eu o encontrei, Chet: Sierra Verde. — Eu abanei o rabo. Sierra Verde: estávamos de novo no meu território.

— S.V... O que mais pode querer dizer?

Está perguntando à criatura errada, querida. Suzie esticou a mão para pegar as chaves de seu carro. Eu já estava a caminho da porta.

TRINTA

Dirigimos a noite inteira. Eu senti cheiro de biscoito, me lembrei que Suzie tinha uma caixa inteira no carro, mas não queria um. Meu estômago estava esquisito, fechado. Suzie se inclinou para a frente, as mãos apertando o volante, seu rosto tenso sob a luz dos carros que vinham no sentido oposto.

Ela disse coisas como "Eu não acredito em destino" e "Como pude deixar Dylan me arrastar de volta para...". Eu me lembrava de Dylan, menino bonito, presidiário, fracassado. Ele não teria me arrastado para nada, nem no seu melhor dia. A verdade era que os humanos não eram os melhores juízes de outros humanos. Nós, quero dizer eu e os meus, éramos muito melhores. De vez em quando eles nos enganavam; alguns humanos eram cheios de truques, como raposas. Mas normalmente sabíamos quem eram esses tipos desde a primeira farejada.

Depois de algum tempo, o trânsito diminuiu e o rosto de Suzie ficou no escuro. Saímos da autoestrada, subimos as montanhas, as curvas ficando cada vez mais fechadas. De tempos em tempos um carro passava na mão contrária e eu via que os olhos dela estavam úmidos. Coloquei uma pata em seu joelho. Ela me fez um carinho.

— Ele realmente toca guitarra havaiana? Eu adoraria ouvir. — Passamos por um trecho vazio da estrada. — Só espero... — Ela ficou em silêncio. Essa esperança tinha a ver com a guitarra havaiana ou com alguma outra coisa? Bernie realmente tocava; antigamente, tocava músicas como "Up a Lazy River", "When It's Sleepy Time Down South", "Jambalaya" e a minha favorita "Hey, Bo Diddley". A favorita do próprio Bernie era "Rock the Casbah". Eu normalmente fazia minha pausa para ir ao banheiro quando essa começava. — Eu sou inteligente, isso é que é irônico — continuou Suzie. — Mil e quatrocentos pontos no meu SAT, me formei com honras... então como posso ser tão burra? — Não consegui seguir seu pensamento. — Estou ficando tão cheia de ironias que quero vomitar. — Ops. Eu me afastei, cheguei mais para perto da porta.

Mas não houve vômito; talvez o estômago dela tenha se acalmado. Isso acontecia às vezes — me lembrei de uma aventura com anchovas que poderia ter acabado muito pior do que acabou. A noite continuava passando por nós. Cheguei a ver o brilho dourado dos olhos de um gato, só que maior. O pelo nas minhas costas se eriçou. Eu sabia o que estava lá fora.

— É verdade? Que ele é durão? Conheci alguns homens durões. Eles nunca me fizeram rir. Nem tocavam guitarra havaiana. Por outro lado, há toda a história de West Point, a experiência de combate dele... Ah, Deus. — Ela começou a roer uma das unhas, um sinal de extrema preocupação humana; eu também tinha alguns desses sinais. — Se eu conseguisse antever as coisas — disse ela. Eu gostava de Suzie, mesmo que às vezes ela não fizesse muito sentido. Antever as coisas, por exemplo: quem precisava disso? Farejar as coisas era mamão com açúcar, era tudo de que eu precisava. E digamos que um pedaço de mamão com açúcar estivesse realmente fora de visão, bem, aí eu podia... Eu me perdi um pouco no meu próprio pensamento e me aninhei no banco por um tempo. Bernie era durão. Eu o vira fazer coisas incríveis, como com aqueles motoqueiros. Nada de ruim podia acontecer com ele. Meus olhos se fecharam.

Acordei na rua principal de Sierra Verde. O bar com o copo de martíni em néon passou por nós, o copo aceso, mas só a escuridão atrás dele e nenhum cavalo de aço estacionado na frente. Não de muito longe, veio um latido nervoso, agudo, do tipo que o meu pessoal às vezes dá no meio de um pesadelo; pensei naquele lugar na rua lateral, com todas as jaulas e a nuvem de fumaça branca. A Suzie não entrou na próxima rua, mas continuou por alguns quarteirões, chegou à loja de conveniência de onde Anatoly Bulganin tinha saído com uma sacola de compras. Nenhum carro do lado de fora, mas as luzes estavam acesas e um homem esparramava-se atrás do balcão. Suzie estacionou, pegou o celular.

— Oi. Lou? Noite movimentada? — Ela ficou ouvindo. Escutei uma voz de homem no outro lado. — Se tiver oportunidade — continuou Suzie —, eu gostaria que procurasse por "Rasputin" e "mina fantasma". — Ela ouviu mais. — Como o monge russo maluco — explicou ela. O homem do outro lado falava alto, mas eu não conseguia distinguir suas palavras. — Não, ele morreu há muito tempo, não é essa a questão... não tem nada a ver com ele ou com o czar. É só um nome, Lou. R-A-S-P-U-T-I-N... É, como Putin, só que com um "Ras" no começo... é, você tem razão, Rastafari é completamente diferente.

Ela desligou, virou-se para mim.

— Meu sonho era arrumar um emprego no *Washington Post*, como Woodward e Bernstein.

O sonho de Suzie passou batido por mim, sem ser sequer minimamente compreendido. Os meus sonhos envolviam caçadas no cânion, ir atrás de bandidos e às vezes um jantar de filé com molho para churrasco em cima. Eu gostava mesmo quando Bernie deixava aquelas marcas cruzadas da grelha na carne, não sei dizer por quê.

Suzie baixou o vidro das janelas. O ar do deserto entrou, frio e fresco, ou seja, a manhã estava chegando. Suzie envolveu os braços e estremeceu, como se estivesse com muito frio.

— Eu tive um cachorro quando era criança — disse ela. — Quando meus pais se divorciaram, ele foi para o abrigo.

Eu a observei na luz que saía da loja. O divórcio é uma história triste, eu sabia disso — e eu certamente não queria acabar em um abrigo —, mas ainda assim, eu adorava... bem, quase tudo.

— Você é um bom garoto, Chet — continuou ela, abrindo sua porta. — Vou pegar um café. — Ela saltou, entrou na loja de conveniência. O meu estômago parecia todo fechado, mas eu sabia que eles tinham Slim Jims lá dentro. Eu poderia comer um Slim Jim.

Faróis brilharam no retrovisor. Olhei para trás e vi uma caminhonete se aproximando, não muito rápido. Conforme ela chegou mais perto, enxerguei o rosto do motorista, um círculo pálido atrás do para-brisa. Muito pálido, com longas sombras lançadas pelas maçãs do rosto protuberantes, orelhas minúsculas e cabelos claros, quase branco, apesar de ele não ser velho. Boris! Eu conhecia o Boris, com certeza, jamais esqueceria de uma pessoa que havia me esfaqueado. Eu me sentei reto no banco, quase lati. Mas sabia que isso seria ruim, sabia que Bernie ia querer que eu ficasse de boca fechada em um momento como aquele. Ele teria feito um pequeno gesto com a mão, só entre nós. Calma, Chet, vamos pegá-los com calma.

A caminhonete — de cor clara, não tão grande quanto a nossa — chegou mais perto. Quando passou ao meu lado, vi claramente o rosto de Boris, iluminado pelo brilho verde das luzes do painel. Ele sorria. Aquele sorriso verde me enfurecia. Eu não pensei — esse era o departamento de Bernie e ele podia ficar com essa área —, só pulei pela janela, aterrissando na estrada atrás da caminhonete.

Só que ela andava muito mais rápido do que eu havia pensado de dentro do carro. Corri atrás, à toda velocidade, e a alcancei quando Boris parou no único semáforo da cidade. Vermelho, mas ele continuou dirigindo, até acelerou. Última chance. Eu me concentrei e saltei, um salto tremendo, um dos meus melhores, por cima da traseira. Caí dentro da caçamba da caminhonete, uma aterrissagem suave e silenciosa.

Ou não: pelo estreito vidro de trás eu vi Boris virar subitamente a cabeça, a caminhonete diminuindo a velocidade. Eu me abaixei, completamente imóvel, só uma sombra. A caminhonete acelerou de novo. Ergui a cabeça, vi Boris olhando para a frente. Rodamos pela cidade silenciosa. Do meu ângulo, bem baixo, eu via o topo dos prédios, e acima deles a noite estrelada, algumas nuvens passando rápido, tão finas que as estrelas brilhavam através delas. Depois, de repente, nenhum prédio. Nós saíamos de Sierra Verde, descendo a estrada para a planície do deserto, que se estendia até o Novo México.

Fiquei deitado em uma lona, minhas costas contra um rolo de corda. Senti cheiro de gasolina e pólvora, e muito de leve, minha segunda combinação preferida: maçãs, bourbon, mais aquele traço de sal e pimenta que o fazia parecer um pouco com o meu próprio cheiro. Bernie estivera aqui, bem nesta caçamba! Eu e os meus companheiros estamos no rastro certo, uma espécie de agitação contida. Eu a sentia agora; a parte "contida" talvez ainda estivesse esperando para acontecer.

Estávamos na estrada de terra que eu conhecia, aquela esburacada onde Bernie havia parado para pensar nos velhos tempos, no Kit Carson e em outras coisas dele de que não conseguia me lembrar. Mantive o olho na cabeça de Boris pelo vidro estreito, uma cabeça grande, grande demais até para um pescoço grosso como o dele. Os faróis iluminaram coisas no caminho, das quais eu me lembrava — um cacto alto com dois braços como uma pessoa gigante, arbustos espinhosos que eu havia marcado, uma pedra achatada em cima de uma pedra redonda. Mais tarde veio o leito seco do rio, a colina baixa, o barracão caindo aos pedaços e a trilha levando a nada. Boris parou perto dos restos da fogueira dos motoqueiros e saiu. Eu fiquei abaixado, talvez não tão abaixado quanto podia, com a minha cabeça por cima da beirada da traseira, mas eu tinha que olhar para fora, não tinha?

Boris andou na direção da fogueira enegrecida, chutou uma lata de cerveja uma ou duas vezes, assobiou uma melodia desagradável. Veio um barulho de zíper e um esguicho suave na terra. Os homens ficavam vulneráveis em momentos como este. Eu podia pegá-lo agora mesmo, sem problema. Mas e depois? Eu não sabia. Boris subiu o zíper e a oportunidade passou. Ele ergueu o olhar, que subitamente recaiu sobre mim! E então desviou a visão, que, assim como a de todos os humanos que eu já encontrara, era praticamente inútil à noite. Eu às vezes sentia pena dos homens, com suas óbvias deficiências, mas não de Boris. Boris era mau, e logo ia estar morando em Central State, usando um macacão laranja e quebrando pedras debaixo do sol forte.

Boris voltou para o volante, ainda assobiando. Logo não vai assobiar, amiguinho. Desse mesmo ponto sem nenhuma trilha para seguir, Bernie e eu tínhamos partido, a pé, na direção daquelas montanhas distantes, então rosadas, agora invisíveis. Boris não fez o mesmo caminho; em vez disso, fez uma longa curva além da fogueira, em direção a um amontoado de rochas sombrias, o chão do deserto duro e desnivelado. Nós sacudimos juntos, Boris virando o volante de um lado para o outro, feixes de músculos protuberantes em seu pescoço, já áspero para começo de conversa. Os solavancos aumentaram, a caminhonete dava pinotes para a frente e para trás. Eu escorreguei da lona, bati contra o lado da caçamba. Boris começou a olhar para trás, mas naquele momento batemos em um saliência ainda maior, e a caminhonete inteira pareceu sair do chão. Ele lutou com o volante. Eu fiquei de pé nas quatro patas, escorreguei para o outro lado, já ofegando. O cheiro de Bernie subiu à minha volta. Eu me acalmei e, não muito tempo depois, a estrada ficou lisa novamente. Enfiei a cabeça para fora, espiei à frente, vi que estávamos em uma trilha, longa e reta. E, não muito distante, estava a montanha que fora cor-de-rosa quando Bernie e eu a víramos antes, mas que agora era uma curva escura debaixo de um céu não mais tão escuro. Calma, Chet, tem que ficar calmo. Eu me agachei atrás do rolo de corda.

Lá em cima, as estrelas foram se apagando e sumindo lentamente. Fazíamos muitas curvas, o motor soava como se estivesse trabalhando duro. Levantei e vi que estávamos nas montanhas, ainda no escuro, a não ser pelos topos, circundados de branco leitoso. A brancura leitosa se espalhou, derramando-se lentamente por cima da terra, uma linda visão. Era manhã. Contornamos uma curva, passamos por algumas máquinas grandes e enferrujadas que eu não conhecia e lá, lá na frente, estavam alguns prédios caindo aos pedaços — uma casa comprida e baixa, um celeiro, barracões e, do outro lado, um declive íngreme com um buracão redondo na base: a mina do Sr. Gulagov.

Boris estacionou ao lado de um carro que eu conhecia, a BMW azul, toda empoeirada, e entrou no celeiro. Eu olhei em volta, não vi ninguém e pulei para fora. Farejei a BMW, a porta e o lado de fora do celeiro, encontrando o rastro do meu próprio cheiro. Ele me levou a um dos barracões e, atrás dele, achei a jaula onde o Sr. Gulagov me prendera. Fique calmo, garoto. Mas rosnei, não consegui evitar.

Atrás do barracão ficava a casa. Fui até uma janela aberta, vi uma cozinha. O Sr. Gulagov estava sentado à mesa, de lado para mim, empilhando maços de notas. A Srta. Larapova entrou no meu campo de visão, carregando um bule de café. Eles estavam tão perto! Eu podia alcançá-los em um segundo, mostrar ao Sr. Gulagov o que era bom. Mas seria a jogada certa? Esperei e, enquanto esperava, o Sr. Gulagov disse:

— Boris já voltou?

— Vou verificar — respondeu a Srta. Larapova. Ela serviu café e saiu do aposento.

Opa. Eu me afastei da janela. Talvez a melhor jogada fosse...

Uma porta se abriu bem do meu lado — como eu não tinha visto? — e a Srta. Larapova saiu. Se virasse a cabeça ligeiramente, teria me visto, e o que aconteceria depois? Mas ela não virou a cabeça. Em vez disso, foi para o outro lado, na direção do celeiro, seus cabelos em um rabo de cavalo comprido, balançando de um lado para o outro. De algum lugar próximo, ouvi um rádio, e então um homem pigarreando. A qualquer momento apareceriam pessoas em todos os cantos. Eu me afastei, esperando que alguma ideia surgisse. De repente, perto de uma planta baixa e espinhosa que crescia sozinha entre a casa e a mina, senti um leve aroma de Bernie.

Eu me apressei, correndo de um lado para o outro, farejando, farejando. Outro rastro, perto de uma pá quebrada; outro, perto de um carrinho de mineração virado; e mais um, perto do trilho que levava para dentro da mina. O cheiro ficou mais forte, muito mais forte. Eu o segui pelo buraco redondo em direção às sombras.

Lá, com as costas apoiadas em uma escora, não muito longe da entrada da mina, estava Bernie! Seus olhos estavam fechados. Ele estava dormindo? Fiquei tão feliz em vê-lo que não percebi de primeira que seus pés estavam amarrados um ao outro; que suas mãos pareciam presas atrás dele à estaca; que um enforcador, enganchado no teto da mina, prendia-o pelo pescoço.

TRINTA E UM

Cheguei mais perto de Bernie. Ele dormia, ou seria algo muito pior? Eu conseguia farejar essa coisa muito pior, o cheiro não estava ali. O peito dele subia e descia, enchendo-se de ar e soltando-o, assim como o meu. Ouvi um ganido, percebi que era meu. Os olhos de Bernie se abriram. Por um momento, vi em seus olhos uma expressão que eu nunca vira antes, e nunca mais queria ver, uma expressão de — não quero nem pensar — derrota. Mas ele me viu, e seus olhos mudaram. Não vou esquecer daquele olhar tão cedo, apesar de aquele ser apenas o olhar do Bernie voltando a ser ele mesmo.

— Que bom te ver, garoto — disse ele, a voz baixa e cansada. — Eu deixei que eles me pegassem. — A cabeça dele estava na mesma altura que a minha, ou um pouco abaixo. Eu fui lamber seu rosto, mas parei quando vi os hematomas e cortes. Bernie olhou para trás de mim, na direção da entrada da mina. — Sozinho, Chet? Como isso aconteceu?

Uma história complicada; na verdade, eu não conseguia me lembrar da maior parte. Balancei o rabo.

Bernie sorriu, só por um instante, mas vi que um de seus dentes da frente estava lascado.

— É melhor ir buscar ajuda, Chet. Não temos muito tempo
Não me mexi.

— Mas como, certo? É nisso que está pensando? Você está sempre na minha frente.

Impossível. Ninguém era mais inteligente que ele. E mesmo que eu soubesse como pedir ajuda, de maneira alguma ia deixá-lo assim. Eu não pensava em mais nada. Andei em volta da escora, dei uma olhada nas cordas que amarravam os braços de Bernie à ela — bem baixo, em volta dos pulsos — e comecei a roer.

Eu já havia roído muito na vida — uma bolsa de Leda, por exemplo, de couro, apesar da cor verde, e não qualquer couro, couro italiano, que eu nem sabia que existia, e ainda assim acabou sendo o melhor que eu já havia provado. Além de várias outras coisas — roupas, móveis, brinquedos, ferramentas de jardinagem — roídas na minha juventude. Portanto, uma corda velha, até mesmo uma corda razoavelmente grossa como essa, não seria problema. Já mencionei que meus dentes são afiados? Como adagas, e nem tão menores.

Trabalhei rápido, enfiando os dentes entre as cordas, puxando e mastigando, quase sem me dar tempo para me divertir com o que eu estava fazendo. A corda começou a esgarçar quase imediatamente, fibras se rompendo e se desenrolando na minha boca. De vez em quando, Bernie retorcia os pulsos ou esticava a corda, uma vez com tanta força que a escora rangeu. Bom ver que ele tinha energia, mas não estava ajudando, e sim diminuindo meu ritmo. Um pedaço grosso se rompeu, depois outro. A corda afrouxou. Não demoraria muito agora. E então — cuidado. Enfiei um dente fundo no que ainda restava, puxei para trás de um lado para o outro como sempre...

— Chet — falou Bernie muito baixo. — Para trás.

Parei, olhei para cima e vi duas pessoas emolduradas pela luz da entrada da mina. Uma carregava uma garrafa de água, era a grandona chamada Olga, os cabelos em um coque apertado, a mulher que eu vira antes puxando Madison para longe da janela do celeiro. O outro era Harold, o motorista, sua sobrancelha única e grossa o deixando meio parecido com um macaco. De acordo com Bernie, os humanos descendiam dos macacos, enquanto eu e os meus companheiros vínhamos dos lobos: não preciso dizer mais nada. Harold tinha uma arma, menor que o nosso .38 especial; ela balançava frouxa em sua mão. Andei para trás, para as sombras, fiquei imóvel.

Olga e Harold se aproximaram de Bernie. Eu podia vê-lo mexendo os pulsos, retorcendo-os e puxando. Fibras de corda se esgarçaram cada vez mais, mas não se romperam.

— Como está o paciente esta manhã? — falou Harold.
— Paciente? — indagou Olga — O que é esse "paciente"?
— É só uma coisa engraçada que dizemos — retrucou Harold.
— Quem? — perguntou Olga.
— Nós — falou Harold. — Os americanos.
— O que é engraçado? — questionou Olga. Ela desatarraxou a tampa da garrafa de água e a esticou para Bernie, começando a virá-la na direção de sua boca. Ele balançou a cabeça. Ao mesmo tempo, continuava revirando os pulsos; agora ele também usava os dedos de uma das mãos.

— Beba: ordens do Sr. Gulagov — disse Olga. — Você tem que viver mais um pouco.

— Eu não recebo ordens do Sr. Gulagov — retrucou Bernie. Por trás das costas dele, os restos da corda caíram. Eu me agachei, reuni forças nas patas traseiras.

Harold se aproximou e parou diante de Bernie, a arma ainda frouxa na mão.

— Derrame — ordenou ele.

Olga começou a derramar a água em cima do rosto de Bernie. Eu odiei ver aquilo.

— Beba, seu filho da puta — disse Harold.

— Quando eu estiver com sede — falou Bernie.

— Hein? — disse Harold.

Um músculo se flexionou nas costas de Bernie e aí seus braços se lançaram para a frente. Bernie era rápido, o humano mais rápido que eu conhecia, mas talvez não hoje, talvez não desta vez. Ele golpeou a arma e errou. Os olhos de Olga se arregalaram. Ela deixou a garrafa cair, ficou parada ali, estática por um instante. Mas não Harold — ele se mexeu imediatamente, levantando a arma. Pulei.

Talvez não exatamente no alvo: bati em Olga, derrubando-a no chão, mas fiz uma correção no meio do salto, dando um giro e abrindo bem a boca, enfiando meus dentes no pulso de Harold. Ele gritou. A arma voou, aterrissou entre os trilhos do carrinho. Olga se retorceu para pegá-la. Pulei por cima dela, agarrei a arma, escorreguei até parar, dei meia-volta e corri de volta para Bernie. Ele tirou a arma da minha boca, apontou-a para Harold, depois para Olga, de volta para Harold.

— Não quero matar ninguém — disse ele. E então: — Na verdade, eu quero. — Isso os deixou paralisados. Com a mão livre, Bernie afrouxou o enforcador, tirou-o do pescoço e começou a soltar a corda dos seus tornozelos.

Logo o enforcador estava no pescoço de Harold, e ele estava amarrando a Olga com os restos da corda, sob a supervisão de Bernie.

— Eu estou sangrando — disse Harold.

— Aperte esse nó — ordenou Bernie.

Harold cheirava à urina. Assim como Olga. Isso fez eu me sentir bem. Quando as mãos e os pés de Olga estavam amarrados, Bernie soltou a corrente do enforcador do gancho no alto e amarrou Harold na escora com ela. Isso o forçou a largar a arma. Eu fiquei bem atrás de Harold, talvez tenha cutucado a perna dele uma ou duas vezes. Ele não tentou nada.

Bernie pegou a arma.

— Silêncio — disse ele.

Nós esperamos, não sei bem o quê. Olga estava deitada de lado entre os trilhos, nos observando com olhos cheios de ódio. Harold estava sentado onde Bernie se encontrara antes, contra a escora, tremendo algumas vezes. Chato para ele. Bernie e eu fomos para trás, ficamos na escuridão. Bernie pegou a garrafa de água, derramou um pouco do que sobrara em um balde para mim, bebeu o resto. Não muito tempo depois, ouvimos uma voz.

— Harold? Olga?

Era Boris. Bernie fez um gesto minúsculo com o dedo, de um lado para o outro.

— Harold? Olga?

Podíamos ver Boris vindo do celeiro na nossa direção, um rifle em uma das mãos.

— Harold, idiota, onde diabos você está? — Ele chegou à entrada da mina, deu uma espiada para dentro. — Harold? É você? O que...

O rifle subiu, agora nas duas mãos.

Bernie saiu de trás da escora.

— Largue — ordenou ele. Boris não largou, mas puxou o gatilho. Uma bala ricocheteou na parede de pedra atrás de nós, ricocheteou de novo mais fundo na mina. Bernie atirou, o clarão da boca do cano iluminando a mina, algo sempre entusiasmante, apesar de tiroteios cansarem rápido, na minha experiência. Boris gemeu de dor e cambaleou, agarrando a perna. Ele deu mais um tiro, com só uma das mãos desta vez. Acertou a escora, não muito longe da cabeça do Harold.

— Ah, meu Deus — disse Harold.

Bernie atirou de novo, atingiu Boris no ombro. Ele deu um giro, caiu, largou o rifle, esticou a mão para pegá-lo. Bernie atirou mais uma vez, levantando poeira entre o rifle e a mão de Boris. O russo se arrastou para longe, deixando o rifle para trás, mancando na direção do celeiro. A alguns passos de lá, caiu de novo e ficou deitado, erguendo a cabeça na direção da porta uma ou duas vezes e gritando palavras que não chegavam até a mina. Corri para fora, peguei o rifle — grande, mas parecia não pesar nada — e o levei de volta para Bernie. Agora ele tinha uma arma em cada uma das mãos. Normalmente nos saíamos bem em situações como essa.

Silêncio. Olga, deitada entre os trilhos, virou-se para Harold e falou:

— A culpa é sua por não tê-lo amarrado direito.

— Minha culpa, sua vaca idiota? Eu o amarrei direitinho. Se está procurando alguém para botar a culpa, culpe o Stalin aqui.

Eu me virei para Harold, lati no rosto dele, fazendo-o se encolher. Aquele não era o meu nome.

— Stalin? — falou Bernie.

Harold passou a língua pelos lábios.

— Eu posso explicar — disse ele. — Posso explicar muitas coisas se me soltar. Eu vou embora, não vou olhar para trás, nunca mais vai me ver de novo.

— Que tipo de coisas? — perguntou Bernie.

— Cale a boca, seu covarde — repreendeu Olga.

— Por que eu deveria? Acabou.

— Você não conhece o Sr. Gulagov — avisou Olga.

— Estou cheio de Gulagov — disse Harold. A voz dele ficou chorosa, arranhando meus ouvidos. — Cheio dessa história toda.

— Que história? — indagou Bernie.

O olhos de Harold se estreitaram, no que eu sabia ser um olhar astuto. Bernie dizia que, quando você via alguém com o olhar astuto, sabia que ele não era nada astuto. Eu não entendia, mas adorava quando Bernie dizia coisas assim.

— Eu saio livre dessa? — perguntou Harold.

— Tudo é possível. Porém, eu preciso saber mais.

— Cale a boca — disse Olga.

— Olga? — falou Bernie. Ela olhou para ele. Bernie colocou o cano da arma nos lábios, como o sinal com o dedo que significava silêncio, só que mais forte. Olga virou o rosto para o outro lado.

— Suponha que eu lhe conte — disse Harold — que esse imbecil do Keefer pegou quase um milhão com Gulagov. E parou de pagar os juros, que eram de 12 mil dólares por semana. É o motivo pelo qual Gulagov sequestrou a garota: ela é refém até o pai aparecer com a grana.

— Conte-me algo que eu ainda não saiba — sugeriu Bernie.

Bernie sabia disso tudo? Uau. Eu dei uma olhada para Boris lá fora, apoiado na porta do celeiro, tentando levantar. Segurança era minha responsabilidade.

— E quanto a isso? — disse Harold. — Houve outros reféns; é assim que eles fazem na Rússia. Sempre acabou tudo bem, dinheiro devolvido, reféns libertados, a não ser uma única vez.

— Você vai se arrepender — avisou Olga.

Bernie rasgou uma faixa de sua camisa, já bastante rasgada, foi até Olga e a amordaçou. Ele podia ser duro quando necessário; eu também.

— Continue — pediu Bernie. — Fale sobre a vez em que não acabou tudo bem.

Harold deu uma olhada para Olga — os olhos dela estavam vazios, sem nenhuma expressão, mas de certa forma mais assustadores que antes — e desviou o olhar.

— Há alguns anos, em Vegas. O dinheiro não foi pago.

— E o refém?

Harold balançou a cabeça.

— Enterrado? — perguntou Bernie.

Harold assentiu.

— Aqui? Na mina?

Harold assentiu novamente.

— Eu posso lhe mostrar — ofereceu ele. — O quanto isso valeria?

— Alguma coisa — disse Bernie.

— Minha liberdade?

— Vamos ver.

Harold livre? Ele tinha me dado um choque! Quando eu esqueço coisas assim? Nunca. Aproximei minha cara da dele, mostrei-lhe os dentes.

— Faça alguma coisa a respeito desse bicho — pediu Harold.

— O nome dele — disse Bernie — é Chet. Ele parece não gostar de você. Por quê?

— Hum — começou Harold. Mas não chegamos a ouvir sua resposta, porque naquele momento a porta do celeiro se abriu, derrubando Boris de novo no chão, e o Sr. Gulagov, metade do rosto branco com creme de barbear, saiu empurrando Madison na sua frente com uma das mãos. Com a outra ele segurava uma navalha contra o pescoço dela. Os olhos de Maddy estavam arregalados. Eu fiquei cego de fúria, mas não cego de verdade.

Boris ergueu a mão.

— Chefe — disse ele.

O Sr. Gulagov o contornou, empurrando Maddy para a frente. Eles chegaram mais perto, atravessaram o pedaço de terra que separava a mina dos prédios. A alguns passos da entrada, o Sr. Gulagov parou, puxando Maddy para si. Olga se sentou, os olhos brilhando; Harold parecia confuso.

— Esta é uma situação simples — falou o Sr. Gulagov. — Abaixe as armas e desamarre Olga.

— Só Olga? — perguntou Harold. — E quanto a mim?

O Sr. Gulagov não respondeu. Seus olhos não se desviavam de Bernie, que começou a andar até a entrada da mina, devagar e com calma. Eu andei com ele, do mesmo jeito.

— Nem mais um passo — avisou o Sr. Gulagov. Ele mexeu ligeiramente a navalha, a lâmina contra a garganta de Maddy, realmente encostando nela. Lágrimas transbordavam dos olhos da menina e molhavam seu rosto, mas ela não fez nenhum barulho. Bernie parou, quase do lado de fora, à distância de um homem ou um pouco mais dos dois. Eu também parei.

— Largue as armas — ordenou o Sr. Gulagov.

— Tudo o que está fazendo só vai piorar as coisas para você no final — falou Bernie.

— Não preciso que alguém como você pense por mim — retrucou o Sr. Gulagov — Espero que seja esperto o suficiente para saber que eu sempre tomo a atitude necessária, rápido e sem arrependimentos. — Uma gota de sangue apareceu no pescoço de Maddy.

Bernie largou as armas.

— Agora solte Olga — mandou o Sr. Gulagov.

Bernie se virou e, conforme se movia, me lançou um olhar rápido. Os olhos do Sr. Gulagov ainda estavam nele, não haviam perdido o foco. Bernie deu um passo para trás, para dentro da mina e, em uma voz baixa, quase inaudível até para mim, falou:

— Vá.

Eu hesitei? Não teria sido eu. Dei um salto enorme, o maior em toda a minha vida, passando bem por cima da cabeça de Maddy. O olhar do Sr. Gulagov, um pouco atrasado, passou de Bernie para mim e se encheu de medo. É, ele tinha medo de mim e dos meus — eu sempre soubera disso — e seu medo tomou conta dele. Ele se esqueceu de Maddy, pensou somente na sobrevivência e me atacou com a navalha. Senti a lâmina rasgar a ponta da minha orelha e logo eu estava em cima dele, derrubando-o de costas no chão, a navalha caindo de sua mão. Depois disso veio uma nuvem de poeira, eu rolando na terra, o Sr. Gulagov tentando pegar a navalha. Ele conseguiu agarrar o cabo, me preparei para dar o bote. Então Bernie entrou na minha frente, agarrando Maddy e pisando na mão do Sr. Gulagov em um único movimento. Ouvi o barulho de algo se quebrando, e o Sr. Gulagov gritou de dor. Aquele olhar confuso que eu vira nos olhos de Harold? Agora o Sr. Gulagov também o tinha. Bernie chutou a navalha para longe.

Naquele momento, percebi que a Srta. Larapova havia corrido para fora da casa. Ela pulou para dentro da BMW e começou a fugir no carro. Carros vinham da outra direção, um deles o de Suzie, os outros com luzes piscando em cima. Com tudo aquilo acontecendo e Maddy soluçando em seus braços, Bernie tirou os olhos do Sr. Gulagov. Foi quando a parceria entrou em cena. O Sr. Gulagov começou a se contorcer para longe, na direção da mina. O que ele planejava agora? Eu não fazia ideia. Agarrei-o pela perna da calça. Caso encerrado.

A pior coisa que aconteceu depois foi no caminho de volta, quando Maddy implorou a Bernie para deixar seu pai de fora da história e Bernie teve que dizer não. A melhor coisa foi ver o rosto de Cynthia quando levamos sua filha para casa — na verdade, ver os rostos das duas. A segunda melhor coisa foi a caixa de petiscos de alta qualidade que Simon Berg, o namorado de Cynthia, mandou da Rover & Company. Os dois caras da transportadora mal conseguiram carregá-la até a nossa porta. Bom também foi o cheque gordo que Simon nos entregou, alto o bastante para Bernie comprar o Porsche de Nixon Panero — ainda mais velho e caindo aos pedaços que o que havíamos perdido, marrom a não ser pelas portas, amarelas — e ainda sobrar algum para acertar nossas finanças, pelo menos um pouco. Rick Torres trouxe uma garrafa de bourbon para Bernie e pediu desculpas. Ele e Bernie esvaziaram o negócio inteiro em uma rodada. Quando pareceu que estavam prestes a abrir outra e talvez até começar uma queda de braço, fui para a cama.

O que mais? A Polícia Metropolitana prendeu a maior parte da gangue de Gulagov. Anatoly Bulganin foi preso no aeroporto, tentando pegar um voo para a Rússia. Boris passou um tempo no hospital antes da prisão. O procurador de justiça acusou Damon Keefer por formação de quadrilha e ninguém pagou sua fiança. Keefer desmoronou na frente do juiz, dizendo que não havia percebido com que tipo de gente estava lidando, que amava Maddy mais do que tudo, que havia tentado ao máximo levantar o dinheiro para pagar Gulagov, só precisava de um pouco mais de tempo. O juiz não se impressionou. Então havia Harold. Ele fez um acordo e se livrou das acusações. Bernie o avisou que permanecer no Estado ou até mesmo voltar depois seria uma má ideia. Passamos no Sr. Singh para pegar o relógio e um pouco de cordeiro ao curry. Eu perdi a ponta de uma orelha, mas orelhas diferentes não são um grande problema, na minha opinião — já mencionei isso? Nós fizemos uma longa caminhada juntos, eu e Bernie.

Veio a estação das chuvas — eu tinha me esquecido completamente dela! — e isso deixou Bernie de muito bom humor. Uma noite fomos acampar, estilo quintal, eu, Bernie, Charlie e Suzie. Ela começou a aparecer bastante, mas não me perguntem exatamente o que estava acontecendo. Às vezes, quando ela estava por perto, eu percebia um olhar cuidadoso nos olhos de Bernie; outras vezes, algo diferente. Nessa noite em particular, fizemos uma fogueira, assamos salsichas — da marca Hebrew National, a minha favorita — e Bernie trouxe a guitarra havaiana. Ele ensinou Charlie a tocar um pouco. Mais do que um pouco, na minha cabeça — o garoto era um gênio da música. Eles cantaram "Up a Lazy River" e "When It's Sleepy Time Down South". Eu me juntei a eles em "Hey, Bo Diddley". Logo depois disso, Suzie foi embora e Bernie disse "Boa noite, garotão". Charlie me fez um carinho antes de entrarem na tenda para dormir.

Eu fiquei ao lado do fogo, vendo-o morrer lentamente. Podia olhar o fogo para sempre. A noite caiu em silêncio, o máximo de silêncio possível no Valley. Eu estava quase adormecido quando ouvi o latido feminino. E não só isso, ele estava mais perto que antes, muito mais perto. Seria só o desejo falando, uma expressão que eu ouvia Bernie usar de vez em quando? Eu não saberia dizer. Era só o meu jeito de pensar, só isso. Levantei, corri para a cerca dos fundos, saltei por cima e voei noite adentro.

AGRADECIMENTOS

Muito obrigado ao meu editor, Peter Borland,
e à minha agente, Molly Friedrich.

Este livro foi composto na tipologia Minion, em corpo 11,
e impresso em papel off-white no Sistema Cameron da
Divisão Gráfica da Distribuidora Gráfica Record.